聖水のか・ん・せ・い!!
さっぱりとした林檎のような……
完熟したパイナップルの味のようにも感じられる……
この芳醇で上品な葡萄《ぶどう》の風味はまさに
『白ワインの女王』。シャルドネの味だ……!!
お酒のために
乙女ゲー
設定をぶち壊した
結果、
悪役令嬢が
チート令嬢に
なりました

視線の先では
モフッとしたシルバーグレーの尻尾が
左右に大きく揺れている。
「触らなくていいの?」
テーブルに片手で頬杖をついた
リカルド様が、
ブルーグレーの澄んだ優しい瞳で
私を見つめていた。
その優しい眼差しに、
ドキッとして動けなくなる。

ゆなか

Illustration
ひづきみや

お酒のために乙女ゲー設定をぶち壊した結果、

悪役令嬢がチート令嬢になりました

カドカワBOOKS

口絵・本文イラスト
ひづきみや

装丁
黒木香＋ベイブリッジ・スタジオ

CONTENTS

本書は、二〇一八年にカクヨムで実施された
「第4回カクヨムWeb小説コンテスト　異世界ファンタジー部門」で特別賞を受賞した
「悪役令嬢はお酒の為に頑張る！」を改題、加筆修正したものです。

第一章　目覚めと始まり

自分が転生者であることに気付いたのは十二歳の時だった。

『ちょっとでいいから舐《な》めてごらん』

大丈夫です。十八禁的なものではありません。

現代社会ではコンプライアンスがどうのこうので、廃れているかもしれない日本の古き文化（？）。

しいていうなら二十禁になるだろうか……？

幼い子供が大人から受ける洗礼的な儀式。

ビールの『泡だけでも舐めてみる？』というやつである。

この世界でいえばエールと呼ばれるものを、たまたまお忍びで邸を訪れていた伯父様に勧められ、何も知らなかった私は泡だけでなく全《すべ》てを飲み干し……そのまま倒れた。

「キャー!!」

「医者を呼べ!!」

お母様は叫び、お父様は右往左往しながら大慌て……。

「はははは っ!!」

そんな中、伯父様だけが大爆笑だったらしい。

姪《めい》っ子《こ》がお酒を飲んで倒れたというのに大爆笑って……！　おい！

と、まあ……初めてのお酒を口にした私は、座っていた椅子ごときれいにひっくり返ったのだ。

白い泡がふわふわしていておいしそうだったんだもん！　テヘペロ。

……そんなこんなで気を失った私は夢を見た。


私の名前は天羽和泉《あもういずみ》。二十七歳。両親は健在で姉と弟がいる。

大学卒業と同時に地方から上京し、数年前に同棲《どうせい》までした恋人がいたのを最後に、現在は自由気ままなお一人様生活を満喫していた。

某有名デパートの衣料品売場で接客販売をしており、唯一の趣味といえば……大好きなお酒を飲みながら乙女ゲームをプレイすることだった。

え？　全然寂しくないですよ？　自由気ままなお一人様ですから！

……大事なことだから二回言いましたが、何か？

好きなお酒は、カクテルや酎《ちゅう》ハイ、甘いワイン。キンキンに冷えたビールをゴクゴクと喉《のど》を鳴らしながら飲み干すのも大好きだ。

お酒好きを公言しているくせに、日本酒やウイスキー、麦や芋などの焼酎《しょうちゅう》が飲めない私は、真の酒好きとはいえないのかもしれない。これでも飲めるようになりたくて、何度か頑張ってみたのだけど……私には合わなかった。だから勘弁して下さい。ごめんなさい。

職場の上司や同僚達に恵まれ、仕事は順調で趣味も充実。

結婚する気の全くない私に両親はそろそろ諦《あきら》めモードらしく、最近では孫の催促をしなくなった。

そうそう。私よりも、優秀な姉と弟がいるのだから、是非そちらへ期待して下さい。と、まあ、私は自由で幸せな日々を過ごしていた。

　あの日までは……。


　その日、早起きが苦手な私が何故《なぜ》か目覚ましが鳴る前にスッキリと目を覚ました。爽快《そうかい》な気分で出勤し、お店が開店して間もなくのことだった……。

『女子トイレに忘れ物がありますよ』

　お客さんにそう教えてもらった私は、急いで女子トイレへと向かった。

　中に入ってすぐの床の上に、無造作に置かれた大きな黒いバッグを見つけた。

　……こんなに大きなバッグなのに忘れてしまったのだろうか？

　首を傾《かし》げながら手を伸ばそうとすると、バッグの中から白い煙が吹き出し始めた。

　咄嗟《とっさ》にポケットを探り、取り出したハンカチを口に当てる。

　これは……危険《ダメ》なヤツだ！

「衣料品担当、天羽です！　二階の女子トイレで不審物を発見しました！　黒いバッグの中から大量の煙が出ています！　大至急、指示と応援をお願いします!!」

　普段は耳から外れ気味な緊急無線用のイヤホンをギュッと耳の奥に押し込みながら、制服の胸ポケットに挟んで付けてあるマイク部分に向かって呼び掛けた。

　接客業ということもあり、緊急事態を想定した訓練は何度も受けてきた。だけど今、目の前で起こっているのは訓練なんかではなく紛れもない現実だ。バクバクと早鐘を打ち続けている心臓に

『焦るな』と何度も言い聞かせる。……この返答のないたった数秒間が心細くて堪《たま》らない。

そうだ。お客さんがいたら避難誘導しないと……！

そう思い、口元をハンカチで押さえながらトイレの個室を回り始めた時。

『天羽！　大丈夫⁉　状況は分かったわ！　近くにお客様がいたら誘導してあげて！　誰《だれ》もいないのならすぐに避難をして自分の命を守る為《ため》の行動をしなさい‼』

同じ衣料品担当の斉川《さいかわ》主任からの返答だった。斉川主任のこんなにも焦った声を聞いたのは、私が入社して以来初めてかもしれない。普段はおっとりした優しい先輩なのだ。

「了解！」

できるだけ煙を吸い込まないようにと端的な返事をする。

「誰かいませんか⁉」

個室を巡り、残っているお客さんがいないかを確認していく間にも、煙はもくもくと出続け……トイレの中は真っ白な煙でいっぱいになってしまった。これでは、もう売場の方へも煙が流れ出ていることだろう。

……私も逃げなきゃ！

真っ白な視界の中。壁伝いに必死に出口を目指す。

後少しで出口……‼

女子トイレを出て、売場の見える通路に差し掛かった時を最後に……私の記憶は途切れた。

ふと目覚め、一番先に視界に映り込んできたのは高い天井だった。

あれ……？

見慣れているはずの高い天井に違和感を覚えつつ、ゆっくりと身体《からだ》を起こした私は……

「いたたっ！」

突然、起こった激痛に両手でこめかみの辺りを押さえた。

ううっ……。この痛みには覚えがある。これはアレだ。……二日酔《ふつかよ》いだ。

ガンガンと痛む頭のせいで、どんどん瞳《ひとみ》が潤んでくる。

私……どうして昨日《きのう》、こんなになるまで飲んだんだっけ？

記憶にはないが、久し振りにこんなになるまで無茶な飲み方をした自分が恨めしい……。

少しでも気分を紛らわせるようにと視線をさ迷わせると、白を基調とした品のよい収納家具や白い猫足のテーブル、白く可愛《かわい》いソファーセットが目に入った。

……ちょっと待て。

今まで私が寝ていたベッドを見れば、布団はふかふかのフワフワで、まるでお姫様が寝ていそうな天蓋《てんがい》付きの大きなベッドだった。……明らかに高そうな造りである。

というか、室内の調度品が全てめちゃくちゃ高そうなのだ。平社員の私の給料では一生かかって、やっと一つ買えるか買えないかくらいの高級品だろう。

……え？　どういうこと？

首を傾げながら今度は反対方向へと視線を動かすと、ベッドの右横の壁側にある白くて可愛いドレッサーが目に入った。

鏡の中には、腰まで伸びた蜂蜜《はちみつ》色の長い髪が縦ロールに巻かれ、長い睫毛《まつげ》に縁取られたちょっとつり目がちなアメジスト色の大きな瞳の……まるで西洋のビスクドールを思わせる美少女が映っていた。その美少女は、何故か辛《つら》そうな表情で頭《かお》を押さえている。

……もしかして具合でも悪いのだろうか？

『大丈夫？』そう話し掛けようとすると、鏡の中の少女も何かを伝えたいのか、私と同じタイミングで口を開いた。

……被《かぶ》った。

その後、少女が話し掛けてくれるのを待つが、少女は困った顔のままで口を開こうとはしない。

おーい？

大きく手を振ってみると、少女も大きく手を振った。

…………まさか‼

……唐突だが私は理解した。鏡に映るビスクドールは『私』だ、……と。

ベッドから降りた私はドレッサーの前に座り、静かに鏡の中を見つめた。

すると、私《わたし》のこと……いや、『私《わたくし》』のことを思い出してきた。

私《わたくし》は【シャルロッテ・アヴィ】。十二歳。アヴィ公爵家の末娘だ。

お忍びで遊びに来ていたこの国……ユナイツィア王国の王様であるアルベルト伯父様に、晩餐《ディナー》の時に大人達に用意されていたエールを『泡だけでも』と、勧められるがままに飲んで……倒れたのだ。

初めて飲んで分かったけど……エールは噂《うわさ》通りにまずかった。

何がまずいって……温度だ。日本人的に、やっぱりビール系はキンキンに冷えていて欲しい。仕事から疲れて帰って来た私を待ち受けるキンキンに冷えた至福の一杯……。

私《わたし》はそのご褒美の為に日々の仕事を頑張っているのだ。

……って、あれ？　『私《わたし》』……？　十二歳の『私《わたくし》』にはお酒なんて飲めない。

二日酔いなのも相まってか、頭の中はグチャグチャに混乱していた。

そうだというのに、ビールがおいしいと思っている私は誰？　日本人って……何？

鏡の中に映る少女の姿を呆然《ぼうぜん》と見ていると、遠くからバタバタと誰かが走っているような音が聞こえてきた。その音はこの部屋の前で止まり……。

「シャルロッテ‼」

乱暴に開け放たれた扉の向こう側から、慌てた様子の男女が部屋の中に入ってきた。

「目が覚めたのか！　起きていても大丈夫なのかい⁉」

蜂蜜色の柔らかいウェーブの髪をオールバックに纏《まと》めた、ターコイズブルーの綺麗《きれい》な瞳を持つ、三十代半ば頃《ころ》の壮年男性が、心配そうな顔で私の元に駆け寄ってくる。

大きな声は二日酔いの私の頭にとてもよく響く……。

「……少し頭が痛いですけど、大丈夫です」

心配してくれているのは分かるけど、頭に響くので少しは抑えて欲しい。

「心配したんだぞ？　兄上には困ったものだが……お前もお転婆はほどほどにしてくれないか」

眉《まゆ》を下げ、その長身を屈《かが》めながら私の顔を覗《のぞ》き込んでくるこの人は……そう、私のお父様だ。

【エドワード・アヴィ】。アヴィ公爵家の現当主。王家の次男だったお父様は、公爵家の一人娘だったお母様に一目惚《ひとめぼ》れをして、アヴィ公爵家に婿入りした。婿入りの際に王位継承権を永久放棄し、兄である国王を臣下として支える道を選んだ。

「よかった……。心配したのよ？」

腰まで伸びた艶《つや》のある蜂蜜色のロングヘアーを後ろで一つに緩く編み込み、アメジスト色の瞳を潤ませながら、優しく私を抱き締めてくれる三十代前半くらいのこの美女は【ジュリア・アヴィ】。私のお母様である。

私と同じアメジスト色の瞳を持つお母様は、お父様が一目惚れしただけのことはあるとても美しい人だ。いつも若々しく、子供がいるようにはとても見えない。

「……ごめんなさい」

「あなたが無事ならそれでいいのよ」

謝る私の頬を撫《な》でながら微笑《ほほえ》むお母様と、その隣に寄り添うように立つお父様。

二人はいつ見ても美男美女で仲の良い私の自慢の両親である。

そんなお父様とお母様の後ろの方から、クスクスと笑う少年の声が聞こえてきた。

「久し振りにお転婆なシャルを見たよ」

お父様達の後ろから顔を覗かせたのは、蜂蜜色のサラサラの髪にアメジストとターコイズブルーを混ぜた、アメジストブルーと呼ばれる不思議な色合いの瞳を持つ、顔立ちの整った少年だった。

光の加減でアメジストにもターコイズブルーにも見えるその瞳を見た私はハッとした。

まだ少し幼く優しい顔立ちをしたこの少年が、十九歳になった姿を私は知っていたからだ。

思考の読めない無表情と冷ややかな空気を常にまとわせながらも、三歳下の妹をひたすら溺愛《できあい》しており、自らが心を許した者に対してだけ表情を変える。その人の名は……

「ルーカス。こっちへおいで」

そう。『ルーカス』だ。

お父様は、ルーカスと呼んだ少年の肩を抱いて私の側《そば》へと引き寄せた。

【ルーカス・アヴィ】。アヴィ公爵家の長男。現在十五歳。未来の公爵様だ。

……そして、乙女ゲーム『ラブリー・ヘヴン』に出てくる攻略対象者である。


さっきから、背中を伝う嫌な汗が止まらない。

目の前の少年が私の知るルーカスならば、『シャルロッテ』と呼ばれた私は……彼の三歳年下の妹であるはずだ。……このつり目と縦ロールにも見覚えがある。

しかし、よりによってシャルロッテ……。詰んだな。はい。詰んだ。

【シャルロッテ・アヴィ】は、『ラブリー・ヘヴン』に登場する悪役令嬢だ。

ユナイツィア王国を舞台とした物語で、魔術あり、魔物あり、冒険ありのファンタジー設定で、【光の聖女】と呼ばれるヒロインが、攻略対象者である王太子や騎士、魔術師達と共に愛を育みながら魔王討伐を目指すという大人気の乙女ゲームなのだ。

コンセプトは『愛があればそこは天国だ！』。

シナリオライターさんの迷走っぷりを感じさせるコンセプトである。

シャルロッテは、ヒロインの成長を促す為《ため》の当て馬的な悪役キャラなのだ。

誘拐、暴行、毒薬等の使える手段はなんでも利用してヒロインを酷《ひど》い目に遭わせようとする。

最後には断罪され、首斬り処刑ルートか、追放ルートかのどちらかのルートで退場となる。

『追放ルート』と聞こえは軽いが、追放先は魔物だらけの国なので遅かれ早かれ死ぬ。

そんな乙女ゲームに私はハマっていたのだ。

悪役令嬢の断罪には爽快感《そうかいかん》があったが……その本人となった今は複雑すぎて笑えない。

それに、私がこうしてシャルロッテとして生きているということは……。

恐らく和泉《わたし》は、あの時に死んでしまったのだろう……。

まさか、死後に大好きだった乙女ゲームの世界の人物に転生するなんて夢にも思わなかった。

お父さん、お母さん、お姉ちゃんと弟。そして、斉川主任や職場のみなさん。

今まで大変お世話になりました。先立つ不孝をお許し下さい。


「……本当に大丈夫なの？」

ルーカス……お兄様が心配そうな眼差《まなざ》しを向けてくる。

……しまった。記憶の整理をしていた私は、こちら側の家族の存在をきれいさっぱり忘れていた。

「まだボーッとしているだけなので大丈夫です」

私は咄嗟に必殺技『営業スマイル』で誤魔化《ごまか》すことにする。

……ってあれ？　おかしいな。みんなからの刺すような視線が痛いぞ？

もしかして、営業スマイルじゃなくてドヤ顔になってたり……？

焦った私は、これ以上ボロを出さないように黙って微笑んだ。沈黙は金である。

そんな私を複雑そうな顔で見つめてくるお父様達。

「……まだ酔っているんだろう。もう休ませてあげよう」

お父様は軽く溜息《ためいき》を吐《つ》いた後に、お母様とお兄様を連れて部屋から出て行った。


そうして部屋の中に一人残された私は、ドレッサーの前から立ち上がり、背中からベッドに飛び込んだ。高い天井に向かって何気なく両手を伸ばすと、ほっそりとした小さな子供の手が視界に入った。見慣れた和泉《わたし》の手ではなく、十代前半の少女《シャルロッテ》の手である。

本当に【シャルロッテ】に転生してしまったのだと……現実を目の前に突きつけられる。

公爵令嬢として育てられた十二歳の品行方正のシャルロッテと、日本で気ままなお一人様生活を送ってきた二十七歳の天羽和泉。この二人が頭の中で同居しているという複雑な感覚……。

二重人格ってこんな感じなのかな？　そんなことをぼんやりと思った。

外見は十二歳なのに、中身は二十七歳。……足したら三十九歳……!?

あーもう……。頭は痛いし、グルグルするし、吐きそう……って、これは二日酔《ふつかよ》いのせいか。

過ぎたことを気にしても仕方がないのかもしれないが、和泉としての人生があまりにもあっさりと終わってしまっていて……実感が持てないのだ。

あの時、不審物を見に行かなければ……と後悔する自分がいる。

しかし、私が行ってなければ他の従業員やお客さんが犠牲になったのかもしれない。

それはそれで嫌なのだ……。

あー、もう。止《や》めだ！　止め‼

『たられば』なんて今更考えても意味がない。

そんな時間があるならば、この世界で私が平穏な人生を送る為の方法を考えるべきだ。

断罪を回避できなければ、私は確実に死んでしまうのだから。

そんな理不尽な運命を変える為にも、覚えている範囲で状況の整理をしてみようと思う。


シャルロッテがヒロインに初めて出会うのは約三年後の十五歳の時だ。

『ラブリー・ヘヴン』の攻略対象者は全員で五人いる。

まず、一人目はユナイツィア王国の王太子である【クリストファー・ヘヴン】。

シャルロッテの兄ルーカスと同い年で、従兄弟《いとこ》であり、二人は親友でもあった。

サファイアブルーの瞳を持ち、サラッとした薄い金色のロングストレートの髪を一つに纏めた王道の美男子であるクリストファーは、強く、正しくを理想とするキラキラ系な『ザ・王子様』である。このゲームのメインヒーローであり、シャルロッテの婚約者だった。


二人目は、【ハワード・オデット】。クリストファーやルーカスと同い年のハワードは、侯爵家の長男である。学院と騎士団の両方に所属し、父親は騎士団の団長を任されているほどの実力者だ。

アッシュブラウンの短髪にブラウンの瞳を持つハワードは、裏表がなく、笑顔の爽《さわ》やかな体育会系男子。バランスの取れた筋肉が魅力的で『筋肉ワンコ』の異名を持つ。

三人目は【ミラ・ボランジェール】。ミラは伯爵家の次男で、シャルロッテやヒロインと同い年。肩まで伸びた白銀色の髪を一つに纏めて耳の下に流し、赤みがかった大きな瞳《ひとみ》を持つミラは、先天性白皮症……つまりアルビノで、肌は透けるように白く、それを隠す為に暑くても長袖《ながそで》しか着ず、瞳の色は前髪で隠している。女の子に間違われるような中性的な容姿をしていた。

常識に囚《とら》われない研究者で、最年少の魔道具開発のスペシャリストである。通称『研究馬鹿』。

四人目は【サイラス・ミューヘン】。クリストファー達と同い年のサイラスは、エルフと人間の間に産まれたハーフエルフだ。琥珀《こはく》色の瞳に、長く尖《とが》った耳。腰まで伸びる白金色のロングヘアーは、緩い三つ編みにして後ろへ流している。

サイラスは魔術系を得意としており、攻撃、守備どちらでも使える。温厚そうな見た目とは逆に、腹黒く笑顔で毒を吐く。サイラスの持つ独特な妖艶《ようえん》な色気に当てられた女性達《プレイヤー》の中には、失神寸前の人までいたとか、いないとか……。

そして、最後の五人目が【ルーカス・アヴィ】。悪役令嬢シャルロッテの兄である。

ルーカスはクリストファーの親友であり、王太子を補佐する未来の宰相候補でもある。

頭が良く、溢《あふ》れるほどの魔力を持ったルーカスは常に無表情。絶対零度の眼差しを向けることもあり、『氷の貴公子』として一部の女性達から大人気だった。心を許した相手のみに見せるデレは、底なしの甘さで……中毒者が続出したほどだ。

因《ちな》みに、ルーカスは私の二番目の推しキャラだった。ツンドラデレ最高‼

以上の五人が攻略対象者である。

私の大好きなイラストレーターさんが描く『ラブリー・ヘヴン』の美麗なキャラ達は、それぞれの個性が充分に発揮され、敬遠されがちなヒロインでさえも好感の持てるキャラに仕上がっていた。

ヒロインの名前は【常盤彼方《ときわかなた》】。垂れ目がちな焦げ茶色の大きな瞳に、胸のラインまである艶々なストレートの黒髪。

初めは少し頼りなく感じる彼方《ヒロイン》が、ストーリーが進むにつれてどんどん強く成長していく。

無理矢理に異世界に召喚されたのにも拘《かかわ》らず、この世界を必死で救おうとする姿には、純粋に幸せになって欲しいと好感を持った。……と、いうことで私には彼方《ヒロイン》を虐《いじ》める理由はない。

しかし、ゲームの設定でありがちな強制力という自分の意思に反した抗《あらが》えぬ何かに導かれ、結果的に彼方《ヒロイン》に危害を加えてしまい……断罪《バッドエンド》!? なんて望まぬ展開になる可能性は否定できない。

それではどうするのか？

『ルーカス以外の攻略対象者とは関わらずに生きていく‼』

これしかないだろう‼

シャルロッテの婚約者になる予定のクリストファーは好感が持てるキャラだったが、私自身は彼に対して恋愛感情なんてないし、ごく一般的な社会人でしかなかった私が王太子妃だなんて荷が重すぎる……。無理だ。無謀だ。そして正直に言えば……面倒くさい。

彼方《ヒロイン》がどの攻略対象者を選ぼうが、逆ハーレムルートを希望しようが、みんなが幸せなら問題ない。

もし、クリストファーやハワード、ミラ、サイラス達に出会ってしまったら……全力で逃げよう。

彼らと無駄な接点は増やしたくない。

既に出会ってしまったルーカスはどうしようもない。だって兄妹《きょうだい》だもの……。

だから、彼方《ヒロイン》がルーカスを選んだ時にはそっと応援をしようと思う。小姑《こじゅうと》にはなりませんよ？

そうして余計なフラグを立てずに、ひっそりコッソリ過ごせば……きっと大丈夫！

悪役令嬢とはいえ、せっかく美少女に生まれ変わったのだから好きなことだけをして生きたい。


彼方達《ヒロイン》が夜ご飯を食べながら一日の反省会をしているという何気ないシーンに描かれていた料理やお酒。私は何故か毎回そのシーンに目が釘付《くぎづ》けになった。料理の匂《にお》いが漂ってきそうなほどの凝った描写はまさに飯テロだった。ゲームのプレイ中に、何度お酒を取りに冷蔵庫まで往復したことか。料理のスチルを肴《さかな》に飲んだのは私だけではない！　はず。

そんな彼方達《ヒロイン》の隣の席で、おじさん達が頬を緩ませながらおいしそうに飲んでいた『クランクラン』というあのお酒だって、この世界で生きていれば飲めるのだ！

私は生まれ変わったこの世界で、バッドエンドを回避し、大好きなお酒をたくさん飲み続けられるようにする為《ため》に頑張るのだ‼


さあ、今後（酒飲みルート）の為に、できることを考えていきますよ‼

シャルロッテがシナリオ通りの人生を歩むのならば……。
①十二歳の時に、ルーカスの入学式で再会した従兄《いとこ》のクリストファーに恋をする→お父様に頼み

込んで婚約者にしてもらう。
②十五歳。王立ラヴィッツ学院に入学。
入学して間もなく彼方《ヒロイン》が【光の聖女】として召喚される。学院で同じクラスになる。
③彼方《ヒロイン》がクリストファー達五人の攻略対象者と共に魔物討伐任務に就く。いつも一緒で仲良し。
④クリストファーが彼方《ヒロイン》に好意を抱くようになる。
⑤彼方《ヒロイン》を見つめる瞳が柔らかく優しいものに変わる瞬間をシャルロッテが目撃してしまう。
⑤嫉妬《しっと》したシャルロッテが彼方《ヒロイン》を虐めはじめる。
⑥数々の嫌がらせにも負けず、魔物討伐も頑張る彼方《ヒロイン》へクリストファーが愛の告白をする。
シャルロッテが婚約破棄を告げられる。
⑦彼方《ヒロイン》を殺そうと毒を飲み物に混入→攻略対象キャラ達にバッチリ目撃される。
⑧【聖女】を殺そうとしたことが明るみに出され、王様に断罪内容を言い渡される。
首斬り処刑又は魔物の国へ追放。
⑨THE　END。

今は三月だ。ルーカスの入学式は九月だから…………って、危なっ‼
このタイミングで記憶を思い出せて本当によかった……。
クリストファーと婚約した後だったら、取り返しがつかなかったかもしれない。
半年後の入学式には絶対に行かないこと‼　ダメ！　絶対！
この調子で回避していけば……大好きなあの人にも会えるかもしれない。

というか、こっそり会いに行っちゃう⁉

……いや、それはダメだ。

無理に会おうとすれば攻略対象者達と接点を作りかねないし、そもそも会いに行っても私のことを知らないじゃないか……。会えるのに会えない。この距離がもどかしい。

しかし、バッドエンドを回避できれば、いつかは出会えるのだ‼　そうポジティブに捉《とら》えよう。

【リカルド・アーカー】。ルーカスが心を許している数少ない親友の内の一人である。

透き通るようなブルーグレーの瞳に、シルバーグレーの髪とピンと立った同じ配色の獣耳。

大人しくて優しい、狼《おおかみ》系獣人だ。

和泉《わたし》は、攻略対象者ではない彼のことが大好きだった。

ふわふわモフモフのお耳と尻尾《しっぽ》が魅力的で堪《たま》らない……！

ルーカスのルートにしか出てこないリカルド様に会う為だけに、何度ルーカスを選び続けたことか……。

そういえば、二学年になって初めて同じクラスになったルーカスとリカルド様は、何故か最初から仲が悪かった。それもルーカスの方が一方的に嫌悪感を漂わせていたから、空気を読んだリカルド様が敢《あ》えて避けていた感じだった。……そんな二人がどうやって親友になったんだっけ？

この他にも素朴な疑問はまだある。

入学した当時のルーカスは、明るくて誰《だれ》に対しても分け隔てなく優しい少年だった。なのに、二

学年に進級した時には、冷たい視線がデフォルトのツンドラなキャラクターに変わっていた。

シャルロッテとして生きてきた十二年間の記憶を辿《たど》ってみても、兄であるルーカスがそんな風に変わってしまいそうなことに心当たりなどない。

それはルーカスだけでなく、みんなからたくさんの愛情を受けて育っていたシャルロッテだってそうだ。高圧的で自己中、殺人未遂までやらかすような教育は受けていない。そう断言できる。

……それがどうして、我が儘《まま》放題の悪役令嬢へと成長してしまうのだろうか？

ヒロインに対する『嫉妬』だけで、そこまで変わる？

何百回とクリアしたルーカスルートなのに疑問は解消されない。

混乱している記憶のせいなのか……それとも二日酔《ふつかよ》いのせいか……。

まあ、その内に思い出すだろう。

だんだんと重たくなってきた瞼《まぶた》に抗えず、私はそのまま夢の世界へと旅立った。

第二章　シャルロッテとルーカス

ルーカス・アヴィは十五歳の年の九月に王立ラヴィッツ学院に入学することになった。

王都にある学院は全寮制の為、卒業するまでは家族と離れて暮らさなければならない。

大好きな兄と離れたくないシャルロッテは、なかなか素直に受け入れることができなかった。

それでも『休みにはこまめに帰って来るから』と、シャルロッテが納得するまで何度も優しく説得してくれる兄に、しぶしぶ折れたシャルロッテは、とある一つの条件を出した。

それは『兄の入学式には自分も連れて行くこと』だった。シャルロッテはこれから兄が生活する学院を実際に見て、自分の気持ちに折り合いをつけるつもりだったのだ。

そこでシャルロッテは、思いがけず運命的な出会いを果たす。

新入生代表の挨拶《あいさつ》を務めた従兄のクリストファーに恋をしたのだ。

シャルロッテは『自分をクリストファー殿下の婚約者にして欲しい』と父に懇願し続けた。

王族としての責任や立場を充分に理解している父は、愛娘《まなむすめ》のお願いを拒否し続けた。娘にはもっと普通の幸せな生活を送って欲しかったからだ。しかしそんな父も末っ子のシャルロッテには甘かった。

娘の熱意に根負けした父は反対派を説き伏せ、クリストファーとの婚約を見事に成立させた。

公爵令嬢としての立場上、幼い頃《ころ》から王妃教育は受けてきたシャルロッテだが、婚約が決まってからは、より良い国母になる為にと……今まで以上に努力をした。


それから半年後の四月のある日。

大好きなルーカスは側《そば》にはいないが、惜しみない愛情を注いでくれる大好きな両親や、優しい使用人達。自ら望んだ王妃教育。シャルロッテは毎日が幸せで、満ち足りていた。

シャルロッテは自室で机に向かい、いつものように兄へ手紙を書いていた。

すると、遠くから誰かがバタバタと廊下を走ってくる音が聞こえてきた。その音はだんだんと大きくなり、こちらの方へ向かって来ているのが分かった。

誰？　走ったりして……どうしたのだろう？

首を傾《かし》げるシャルロッテの部屋のドアが、ノックもなくバタンと乱暴に開け放たれた。

「お嬢様‼　早くお逃げ下さい‼」

真っ青な顔で部屋に飛び込んできたのは、いつも笑顔を絶やさない老齢の執事のマイケルだった。

余程急いで来たのか、顔面は蒼白《そうはく》で浅い呼吸を繰り返していた。

「逃げるって……一体何があったの？」

ただならぬ気配を悟ったシャルロッテは、ハンカチを片手にマイケルの元に駆け寄った。

「スタンピードです！　屋敷の裏手から魔物の大群が押し寄せて来ています‼　早く！　旦那《だんな》様の書斎へ‼」

驚きのあまりに目を見開き、震え出すシャルロッテの手を引いたマイケルは有無を言わさずに走えた。


り出した。

スタンピードって……物語に出てくる……あの？

どうしてそれがアヴィ領《ここ》で起きるの？　あんなの夢物語じゃないの……？

シャルロッテは、もつれそうになる足を必死に動かして、マイケルと共に父の書斎を目指す。

そうして辿り着いた書斎のドアを開けると、ボロボロと涙を流す母を抱き締めている父の姿が見えた。

「シャルロッテ……」

シャルロッテに気付いた父は、片腕を広げながら娘の名を呼んだ。片腕に母を抱いたまま……。

その片腕に飛び込んだシャルロッテは、母と父と二人から力強く抱き締められた。

「騎士団も、魔術師達も間に合わないんだ」

頭の上に響く聞き慣れた父の声は、何故《なぜ》か妙に落ち着いていた。

シャルロッテはそんな父親の声が怖くて堪らなかった。これではまるで……

「私達がここに残って少しでも時間を稼ぐから、シャルロッテはマイケルと逃げるんだ」

「……え？　嘘《うそ》。そんなの嫌よ‼　ねえ、お父様もお母様も一緒に逃げるのよね⁉」

父と母の服にギュッとしがみ付きながら、シャルロッテはブンブンと首を大きく横に振る。

「……マイケル、後は頼む」

「旦那様……」

悲痛な面持ちのマイケルは唇を噛《か》み締《し》め、震えながら頷《うなず》く。

「マイケル⁉　マイケルも止めて‼　お父様達は逃げないと言うのよ⁉　そんな……そんなの嫌

よ‼」

「……シャルロッテ。お父様とお母様は、誰よりもずっとあなた達を愛しているわ。ルーカスにも伝えて頂戴《ちょうだい》。きっとよ……？」

涙を流しながら微笑《ほほえ》む母は、シャルロッテが一番聞きたくない最期の言葉を口にした。

嫌だ！　嫌だ！　嫌だ‼　聞きたくない‼

「どうか幸せになって。あなたがお嫁に行く姿を見届けてあげられなくてごめんなさい……」

両手で耳を塞《ふさ》ぎ、大きく首を横に振り続けるシャルロッテをギュッと抱き締めた母は、その頬にキスをした。そして『愛してる』と、塞いだ耳の隙間《すきま》から聞こえてきたのは両親の最期の言葉……。

「嫌ぁぁ！　お父様！　お母様‼」

離れたくないと両親にしがみ付くシャルロッテを、マイケルの両手が無理矢理に引き剥《は》がす。

「旦那様、奥様。御二人《おふたり》に御仕えでき……このマイケルは幸せでありました。御武運を……！」

震える声でしかし涙を流さぬようにと堪《こら》えるマイケルは、父達に向かって深々と頭を下げた後に、本棚の陰にある隠し通路へとシャルロッテを強引に押し込んだ。

抵抗するシャルロッテが扉の閉まる瞬間に見たのは、笑顔で手を振る両親の姿だった……。

「嫌ぁっ‼　マイケル、放して！　放しなさい‼　お父様とお母様の所に戻るの‼」

「お嬢様それはなりません！　旦那様達のお気持ちを踏みにじりたいのですか⁉」

涙声のマイケルに叱咤《しった》され、半ば引き摺《ず》られるようにして狭い通路を進み続けるシャルロッテ。

隠し通路の向こう。邸の内側からは、恐ろしい魔物の雄叫《おたけ》びや、逃げ惑う使用人達の壮絶な叫び声が絶えず聞こえてくる。

「……っ‼　みんな……！　みんなが‼」

叫び声の中には、シャルロッテの優しい専属侍女の声も混じっていた。

「マリアンナを……‼　みんなを助けないと‼」

「……っ。駄目です‼」

シャルロッテの手を握り締めたマイケルは、ギリッと唇を噛み締めながら首を横に振る。

邸にはマイケルが長年連れ添った妻もいたはずだ。

「どうして………‼」

どうして私達がこんな目に遭わなければいけないの⁉

私達は普通に暮らしていただけなのに……！

どうして、私は優しいみんなを助けてあげられないの……？

どうして……？　どうして私はこんなに非力なの……？

ごめんなさい。ごめんなさい。ごめんなさい……‼

自らの無力さを突きつけられたシャルロッテは、溢《あふ》れ出る涙を拭《ぬぐ》うこともできずに、謝罪の言葉を呟《つぶや》きながら歩き続けることしかできなかった。

永遠にも感じられた時間の中。どのくらい歩き続けていたのだろうか？　それはほんの数分だったのかもしれないし、数時間だったのかもしれない。

目の前に光が差し込む扉が見えてくると、先頭を歩いていたマイケルの足が止まった。

振り返ったマイケルは、シャルロッテに視線を合わせる為《ため》に床に膝《ひざ》をついた。

「お嬢様、いいですか？　私はここから外に出て助けを呼んできます。助けが来るまで決してここから出てはいけませんからね」

「……えっ？　マイケルまで行かないで！　私を一人にしないで‼」

シャルロッテは必死でマイケルの腕にすがり付いた。

「私はスタンピードが起こったことを外に知らせないといけないのです」

「そんなのマイケルじゃなくてもいいじゃない！」

「いいえ。これは私が旦那様とした……約束なのです」

マイケルはシャルロッテを優しく見つめながら微笑んだ。

「大丈夫。私は死にません。お嬢様を一人にしたりしません。だから泣かないで下さい」

止めなければいけない。そう思うのにマイケルを説得する為の言葉が出てこない。

お願いだからそんな風に微笑まないで……。そんな笑顔なんて見たくない。

マイケルのシワのある大きな手が、シャルロッテの大きな瞳《ひとみ》から優しく涙を拭う。

「必ず助けを呼んできます。……ご無事で」

「マイケル‼」

マイケルは笑顔を残し、魔物の雄叫びの聞こえる扉の向こう側へ走り去ってしまった。

シャルロッテは閉じた扉に向かって、いなくなってしまった人の名前を呼び続けた……。


……どのくらい経《た》っただろう。

シャルロッテはいつの間にかその場に座り込み、ぼんやりと扉だけを見つめ続けていた。

扉の隙間から漏れてくる外の光が暗くなって、また明るくなったような気がするが……シャルロッテにはよく分からなかった。恐ろしい雄叫びは聞こえなくなったが、動く気にはなれなかった。

お腹《なか》も空《す》かないし、眠くもならない。自分が生きているのかも、死んでいるのかも分からない。

……死んでもいい。みんなの所に逝けるなら。

シャルロッテが無意識に微笑んだ時。目の前のドアが、ギィーッと大きな音を立てて開いた。

＊＊＊

その日。ルーカスはいつものように授業を受けていた。

その最中に突然現れた王の従者を名乗る男によって王城まで連れて来られたルーカスは、そこで初めてアヴィ領内で起こったスタンピードを知らされた。

スタンピード……!?　父様や母様、シャルロッテやみんなは……!?

自分だけ安全な所にいたという負い目がルーカスの精神をギリギリと締め上げてくる。

ルーカスが騎士団長のカイル・オデットを筆頭とした騎士団と共にアヴィ領に到着したのは、スタンピードが発生してから丸一日が経った次の日だった。

新緑に囲まれた白色が特徴だった公爵家の建物は、魔物の爪跡と血に塗《まみ》れた惨《むご》たらしさの残る巨大な廃墟《はいきょ》と化していた。

「……ルーカス？」

邸を見上げ呆然と立ち尽くすルーカスの肩に触れながら、カイルは労《いたわ》るように呼びかけた。

「大丈夫です」

ルーカスはギュッと唇を噛み締めながら首を横に振る。

アヴィ公爵家の跡取りとして、この事態を受け止める責任があるとルーカスは考えていた。

「無理するなよ」

カイルは父と親交がありルーカスとも馴染《なじ》みがあった。正直、今のカイルの存在は心強かった。

まだ魔物が残っている可能性が充分にある為、二人一組でペアを組んで捜索をすることになった。

ルーカスとカイルのペアが邸内を捜索し、残りのペア達は裏山や敷地内の捜索をする。

今すぐに駆け出してしまいたい気持ちを抑え、準備が整ってから邸の中に足を踏み入れたルーカスとカイルが見た光景は……地獄だった。

誰《だれ》もが目を背けたくなるほどの残虐な爪痕《つめあと》は、圧倒的な力に蹂躙《じゅうりん》されたことを現実として突きつけてくる。抵抗もできず無惨にも腹を食い破られたであろう遺体や、首だけ残された遺体など……

至る所に生々しい肉片が散乱していた。中には肉片すら残されず喰《く》われた者もいるかもしれない。

邸中に残されたおびただしい量の血や肉片、破損された遺体の腐臭が吐き気を誘う。

「グッ……」

口元を押さえるルーカスの顔は青白さを通り越して、血の気を感じさせない程に白くなっていた。

……酷すぎる。一体、自分達が何をしたというのだ？

「マリアンナ……」

犠牲者の中には、親しくしていた妹の専属侍女や気心の知れた使用人達の姿もあった。

あまりの理不尽さに涙が滲《にじ》み、堪え切れない程の怒りが沸き上がる。

咄嗟《とっさ》に噛み締めた唇からは血の味がした。

父様と母様は……！　シャルロッテは何処《どこ》にいるんだ⁉

ルーカスはカイルと共に生存者を探しながら屋敷中を駆け回る。

そうして邸内を駆け回っていたルーカスは、ふと疑問を覚えた。

何故か邸内で出会う様々な魔物達は、大した外傷もなく全《すべ》て息絶えていたのだ。スタンピードを起こした魔物達が死滅するなんて話は聞いたこともない。

「ルーカス！」

自分を呼ぶ声のする方向を見れば、そこは父の書斎の方だった。開け放たれている書斎の中からカイルが手招きしている。

あの中に父様達が……⁉

ルーカスが僅《わず》かに抱いた希望は、書斎に足を踏み入れたのと同時に無残にも打ち消された。

「父様……？　母様……？」

呼び掛けても動かない両親。二人の顔はまるで眠っているかのように穏やかなのに……。

縋《すが》るようにカイルを見るが、彼は痛まし気に眉《まゆ》を寄せ、ただ黙って首を横に振るだけだった。

そのカイルが先程まで着ていた上着が、両親の身体《からだ》の上に掛けられていた。

顔ではなく身体。隠すように掛けられている意味とは……。

「ルーカス！　それは……‼」

カイルの制止を振り切り、上着を捲《まく》り上《あ》げた。

「っ……！」

ルーカスは瞬時にギリッと奥歯を噛み締めた。そうしないと泣き叫んでしまいそうだった。

カイルの上着の下。二人の身体は胸から下がグチャグチャに潰《つぶ》されてしまっていたのだ。

どうして……。

父様と母様が……みんなが何をしたというのだ。

握り締めた拳《こぶし》から血が滴り落ちる。知らない内に爪で深く傷付けてしまったらしい。

俯《うつむ》いたまま涙を堪えるルーカスを、カイルは強く抱き締めた。

「……っ……！」

カイルに抱き締められ……温《ぬく》もりに触れ、ルーカスはここに来て初めて嗚咽《おえつ》を漏らした。

泣いている場合じゃない。まだ、妹が……シャルロッテが見つかっていない。

だけど！　父様……。母様……。

年頃の少年のように素直に泣き叫ぶこともできず、静かに涙を流し続けるルーカス。

カイルはそんなルーカスが落ち着くまで黙って抱き締め続けた。

カイル自身もまた、そうして友の死を乗り越えようとしていたのだ。


暫《しばら》く泣いて落ち着きを取り戻したルーカスは、魔物の死骸《しがい》がこの書斎に多く集中していることに気付いた。入口付近から中に向かって折り重なった、たくさんの魔物の死骸……。

「カイル団長。書斎に魔物の死骸が多いのはどうしてだと思いますか？　しかも外傷がほとんどない」

「恐らくだが、お前の父……エドワードは王家の秘術を使ったのだと思う」

「……王家の秘術？」

そんな話は今までに聞いたことがない。

首を傾《かし》げるルーカスに、カイルは【王家の秘術】について説明をしてくれた。

別名【護《まも》りの力】と言われるそれは、王族にのみ伝わる魔術で、術者の魔力が強大であればある程に絶大な効果を得ることができるが、魔力を練るのに時間がかかり、魔物等の敵を引き寄せてしまうといったデメリットがある。その為《ため》に、秘術を使用する際には術者の盾となり、守ることができる者を側《そば》に置かなければならないのだという。

それを聞いたルーカスは、父と母が一緒だった理由を悟った。母は子供が生まれた時に引退をしたのだが、公爵令嬢でありながら結界や自らの魔力を他人に付与するといった魔術に長《た》けた術師であった。領民や我が子を守る為に最期まで父を支える道を選んだのだ。固く結ばれた手に二人の愛と絆《きずな》を感じ、共に逝けたことがせめてもの救いだだと、ルーカスは自分に言い聞かせた。

……そう願わずにはいられなかった。

書斎……。二人がここで最期を迎えたのだとしたら……！

「ルーカス？」

呼び掛けるカイルに答えず、弾《はじ》かれたように本棚の方へ駆け出したルーカス。

確かこの辺りに……。

力任せに本棚を動かそうとするが、ピクリとも動かない。

「どうした？　そこに何かあるのか？」

不思議そうな顔をしたカイルが覗《のぞ》き込んでくる。

カイルが知らないのも無理はない。

ルーカスが探しているのは、アヴィ家の一部の人間しか知らない秘密の通路を開ける為の仕掛けなのだから。

「本棚の陰に隠し通路の入口があるんです！　仕掛けが作動しないということは……誰かが中から鍵《かぎ》を掛けたから‼」

だったら……シャルロッテは絶対にあそこにいる‼

ルーカスはカイルを置いて書斎を飛び出した。目指す先は中庭だ。


ガサガサと庭の横の茂みをかき分けながら進む。

すると……少し開けた場所に横たわった状態の見知った相手の姿を見つけた。

それは執事のマイケルだった。彼の近くには三体の魔物の死骸があった。

抱き起こしたマイケルの片眼《かため》は抉《えぐ》られ、顔面は赤黒く染まっていた。この三体の魔物と対峙《たいじ》したのだろう。心臓に耳を近付けると、凄《すご》く弱いが鼓動が聞こえた。……生きている‼

「マイケル！　マイケル‼」

ルーカスの何度目かの呼び掛けに、マイケルの身体がピクリと小さく身動《みじろ》ぎした。

口元が微《かす》かに動き、何かを伝えようとしているのだが、その声はか細すぎて聞こえない。

それでも口元に耳を寄せて必死でその声を拾おうとすると、漸《ようや》く聞き分けることができた。

「ル……カスさ……ま。もうしわけ……ありませ……。だんな……さまと……やくそく……まもれなか……った」

瀕死《ひんし》の状態だというのに、マイケルは父との約束を気にしているのだ。彼の忠信に涙が滲む。

「もう大丈夫だ！　陛下が騎士団を貸して下さった。だから、今はどうか安心して眠ってくれ……」

ルーカスは一筋の涙を流しながら、マイケルに向かって回復の呪文《じゅもん》を唱えた。

失った瞳を治すことはできないが命は救えた。ゆっくりと静養すればマイケルは大丈夫だ。

一人だけでも救えたことにルーカスは心の底から安堵《あんど》する。

そして、マイケルがここに倒れていてくれたお陰で、シャルロッテの居場所が確定された。

マイケルが父とした約束は恐らくシャルロッテのことだろう。

シャルロッテを安全な所に隠した後、マイケルは助けを呼びに行こうとした。その時に魔物に襲われたのだと思われる。片眼が失われた頃《ころ》に父の魔術が作動し、深手を負いながらも命は助かったのだ。

マイケルの身体をゆっくりと木の根元に移動させ、周りの安全を確保したルーカスは、シャルロッテの待つ場所へと駆け出した。


ルーカスが辿《たど》り着《つ》いたのは、隠し通路の出口だ。

少し錆《さ》び付《つ》いた重い扉をゆっくり開けると、太陽の光が差し込み、暗い通路内が照らし出された。

「シャルロッテ‼」

ルーカスは、扉のすぐ近くで、微かに笑い座り込んだまま動かないシャルロッテを見つけた。

妹に駆け寄り無事かどうかを確かめる。服は汚れているが……怪我《けが》はない。

「……無事で良かった！」

妹が……シャルロッテが生きていてくれた‼

ルーカスはシャルロッテを強く抱き締めた。腕の中にある愛《いと》しい温もりを感じ、涙が溢《あふ》れる。

「おに……い……さま？」

ルーカスの背中にそろそろと両手を伸ばしてくるシャルロッテを更に強く抱き締める。

「そうだよ！　一人にしてごめん……。もう……大丈夫だから……」

「お、お兄様……!!」

ルーカスに抱き締められながらシャルロッテは泣いた。泣き疲れて意識を失うまでずっと……。


そんなシャルロッテが目覚めたのは、二日後の両親や邸の使用人達の合同葬儀の日だった。

「お父様……お母様……!!」

両親の綺麗《きれい》な死に顔を見たシャルロッテは、棺《ひつぎ》に寄り添うように泣き崩れた。

「……ごめんなさい！　私なんかが生き残って……みんな……本当にごめんなさい……」

虚《うつ》ろな瞳《ひとみ》で壊れたように泣き続けるシャルロッテをルーカスは黙って抱き締めた。

両親の棺を見つめ、亡くなった二人の分もシャルロッテを幸せにすると……。

両親やみんなの仇《かたき》の為に、全《すべ》ての忌まわしき魔物達を殲滅《せんめつ》するとルーカスは誓った。

『どうか幸せになって』『あなた達を愛しているわ』

母の最期の言葉は、シャルロッテの口からルーカスに届けられることはなかった。

壊れてしまったシャルロッテと、仇をとることに生きる意味を見出《みいだ》してしまったルーカス。

二人は自ら破滅へのカウントダウンを始めた……。

「嫌ぁあああ!!」

私はガバッと飛び起きた。寝汗が服に貼り付いていて気持ちが悪い。

あれは……ただの夢？

……いや、違う。あれは夢なんかじゃない。

ルーカスルートの過去篇《へん》のイベントシーンだ。

生々しい夢のせいで、まだ心臓が痛いくらいにバクバクと早鐘を打ち続けている。

どうして忘れていたのだろう？　あまりに重くて辛《つら》い二人の過去には何度も泣いたじゃないか。

……この時に発生したスタンピードが、ルーカスとシャルロッテの人生の分岐点なのだ。

ルーカスはスタンピードに間に合わなかった罪悪感から、我が儘《まま》をエスカレートさせるシャルロッテを止めることができず……『愛しているから』を言い訳にして甘やかし続けた。その結果がシャルロッテの断罪に繋《つな》がる。

ルーカスが他者に対して冷酷だったのは、大切なものを増やしたくないという『恐怖心』から。

彼方《ヒロイン》に対して冷たい言葉を投げ付けていたのは、彼方《ヒロイン》の純粋で素直な感情が眩《まぶ》しかったからなのかもしれない。

そして、シャルロッテがクリストファーに対して、異常に執着していたのもまた『恐怖心』からだったのだろう。両親や使用人を突然の悲劇で失ったシャルロッテは、自分の無力さを誰《だれ》よりも痛感した。誰かを救いたいのに、自分にはそんな力はなくて……。いっそ死んでしまいたいと思うのに、自分で死ぬことすらできない。だから、将来のこの国の最高権力者に救いを求めた。

何故《なぜ》なら彼の側《そば》が一番安全だからだ。

入学式でのクリストファーに対する恋心は本当だったはずだ。

しかし、シャルロッテの純粋な心は、あのスタンピードの時に両親達と一緒に死んでしまったのだ。誰よりも死への恐怖が分かるはずなのに、他人を傷付けることを厭《いと》わなくなってしまった。

そんなシャルロッテだから、クリストファーの心は彼方《ヒロイン》へと動いた。

ゲームをしていた時は、散々ヒロインに酷《ひど》いことをしたのだから断罪は自業自得だと、そう思いながらシャルロッテを見ていた。

しかし、シャルロッテになってみて分かったことがある。シャルロッテは、悪役令嬢になることを望んでなんかいなかった。ただ、大好きな人と幸せになりたかっただけ……。

シャルロッテを見殺しにする形になってしまったルーカスだって、妹を救えなかったことを一生後悔し続けるのだろう。

この世界がどこまでゲームと同じ世界観なのか、それはまだ分からない。

だけど、十二年間シャルロッテとして生きてきた私にとって、お父様もお母様もルーカスお兄様も、邸のみんなも……シャルロッテも。最早《もはや》、ただのゲームの登場人物ではない。大事な家族なのだ。

もし、私達家族が不幸になる強制力なんてものがあるとしたら、そんなのぶち壊してやる。

誰一人欠けることなく、必ずみんなで一緒に幸せになるんだから!!

夢を見たことで、ルーカスとリカルド様の仲が悪かった原因も思い出した。

両親の死後、魔物達を憎むようになったルーカスは、獣人であるリカルド様に嫌悪感を持ったのだ。勿論《もちろん》、獣人は魔物とは違う。そんなのは常識だ。

それでも……ルーカスも歪《ゆが》んでしまったから、正常な判断ができなかったのだろう。

リカルド様は、アヴィ領で起きたスタンピードを知っていた。獣人を魔物扱いする者がいることも理解していた。だからこそ、ルーカスを避けることにしたのだ。お互いが傷付かない為《ため》に……。

そんな二人が授業中に起こった遭難をきっかけに親友になるのだから、人生は分からない。

……あれ？

スタンピードが起きなければ誰も死なないし、私が悪役令嬢に堕《お》ちることもない。

ルーカスとリカルド様が仲違《なかたが》いすることもなければ……早めに親友になれたりするんじゃ……？

そしたらお兄様を介して彼に会えるじゃないか⁉


一年後のスタンピードは絶対に起こさせない。誰も殺させない。

そうすれば平穏な生活が送れるようになるはずだ。

スタンピードが起こった原因は、いつの間にか裏山にできていた未発掘のダンジョンのせいだ。

そこから、何かしらの原因で魔物達がスタンピードを起こした。

スタンピードが起こる前に原因を叩《たた》き潰《つぶ》す。王太子妃にはならない！　断罪もされない！

その為に今日から、少しずつ裏山を探索してみよう。

何度もゲームをしていたから、大体の場所には見当が付く。

そう思い立った私は、ベッドから降りて朝の支度をしようとした。その時……。

コンコンと部屋の扉がノックされ、一人の侍女が部屋の中に入ってきた。

「おはようございます。シャルロッテお嬢様」

そう言いながら微笑《ほほえ》んでいるのは、私の専属侍女のマリアンナだ。

「今日は随分と早起きですね」

「うん。……怖い夢を見て……ね」

私は苦笑いを浮かべた。夢の中で死んでいた相手と現実で対面するのは罪悪感が伴う。

「そうでしたか。どんな夢だったのですか？　内容を話すことで安心できることもありますよ？」

マリアンナはドレッサーの前へと私を誘導し、椅子を引いて座らせた。

鏡越しに映る、優しいブラウンの瞳が心配そうに揺れている。

ストロベリーブラウンの髪を一つに纏《まと》め、お仕着せの帽子に隠しているマリアンナは、睫毛《まつげ》の長い美人なお姉さんである。

マリアンナは所謂《いわゆる》、行儀見習いとして男爵家からお預かりしているお嬢さんで、アヴィ家には彼女の他にも数名いる。花嫁修業を兼ねて私やお母様のお世話をしてもらっているのだ。

今年十八歳になるマリアンナは、私が七歳の頃《ころ》からお世話になっている為、もう一人のお姉様みたいな存在だと私は思っている。そろそろ実家の方から婚約の話が出てもいい頃だが、本人的に侍女の仕事にやり甲斐《がい》を感じているらしく、結婚する気は今のところはないそうだ。

「ありがとう。でも、口に出したら現実になりそうで怖いから言わないでおこうと思うの」

フルフルと小さく首を横に振る。

「……そうですか。私でよければいつでも聞きますので、遠慮なくお話し下さいね？」

「うん。その時はお願いします！」

私が大きく頷《うなず》くと、マリアンナは嬉《うれ》しそうに微笑みながら私の髪をブラシで優しく梳《と》かし始めた。

「今日はどんな髪型にしましょうか？」

んー、今日は裏山を探検する予定だから……。

「動きやすいように纏めてくれる？　服装もできるだけシンプルで動きやすいのをお願い」

「かしこまりました」

はあ……。いつ見てもアンナのブラシ捌《さば》きは凄い。

私の形状記憶付き縦ロールをあっという間に綺麗に纏め上げてしまうのだから。

悪役令嬢のチャームポイント的なこの縦ロールを何とかしたら、それだけで未来が変わったりしないかな……？　そんなことを考えている間に支度が終了した。

『動きやすい服』というリクエスト通りにマリアンナが用意をしてくれたのは、簡素な若草色のワンピースだった。それにレースの付いたコットンの靴下を履き、ダークグリーンの靴を合わせた。

爽《さわ》やか山ガールファッションの完成～！　パチパチパチパチ。

「ありがとう！　マリアンナ」

「どういたしまして。今日はお天気がよいので、テラスでの朝食にするそうですよ」

そう笑顔で答えてくれたマリアンナと一緒に、朝食の用意されているテラスに向かった。


「おはよう。シャルロッテ」

「おはよう。昨日《きのう》はあれからよく眠れたかしら？」

朝日を浴びたテラスには、お父様とお母様、そしてお兄様が既に揃《そろ》っていた。

「おはようございます。お父様、お母様。はい。よく眠れたと思います」

……嘘《うそ》です。本当はもの凄く後味の悪い夢を見てました。

「おはよう。今日はどこかに出掛けるの？」

空いていたお兄様の隣の椅子に座ると、お兄様は私の顔色を窺《うかが》うように瞳を覗《のぞ》き込んでくる。

「……おはようございます。お兄様」

見慣れているはずのお兄様だけど、あのルーカスだと意識すると緊張でドキドキした。

「はい。ちょっと裏山へお散歩に行ってこようと思っています」

「へえー？　珍しいね」

瞳を細めながら、こちらの真意を探るような眼差《まなざ》しを向けてくる時のお兄様には、嘘を吐《つ》いてはいけないと、そう本能が告げている。

「邸の中に籠《こも》っていてばかりでは運動不足になりますから」

後が怖いので……本心半分、嘘半分で答える。

こうして真実を混ぜることにより嘘っぽさが消えると……和泉《いずみ》の時に聞いたことがある。

「ふーん。そっか」

お兄様は思ったよりもアッサリ頷いて、運ばれてきた朝食を食べ始めた。

良かった……。誤魔化《ごまか》せたみたいだ。

安心した私が笑顔でサラダにフォークを刺すと……

「散歩。僕も一緒に行くから」

お兄様はニッコリ微笑みながら、爆弾を投げ付けてきた。

未発掘のダンジョンを探す為にわざわざ裏山に来たというのに……。

何故かお兄様が憑《つ》いて……じゃなくて、付いてきた。

しかも『恋人繋ぎ』と言われる指を絡めた手の繋ぎ方で、私の左手は完全にホールドされていた。

『あ！　あそこにＵＦＯが‼』

……なんて言って逃げることはできません。

「お兄様？　こんなにしっかりと手を繋ぐ必要ありますか？　裏山で迷子《まいご》になったりはしませんよ？」

細《ささ》やかな抵抗を仕掛けてみるものの……。

「僕と手を繋ぐのが嫌なの？」

そんな寂しそうな顔で言われたら……。

「嫌じゃないです‼」

断れるわけないいじゃないかぁぁぁ！

「じゃあ、このまま行こうね？」

甘さを含んだ笑顔で首を傾《かし》げるお兄様は、林檎《りんご》のように真《ま》っ赤《か》に頬を染めた私を見ながら、クスクスと笑っている。

……ってまさか、わざと⁉

「ごめん、ごめん。何かいつもよりシャルが可愛《かわい》くてつい」

お兄様は、プーッと頬を膨らませる私の頭の上に、空いている方の手をポンと乗せた。

……まあ、よく分からないけど、お兄様なりに気を遣ってくれているのかもしれない。

「お兄様、あっちに行きたいです！」

行きたい方向を指しながらお兄様の手を引く。

これ以上、振り回される前に目的の場所に連れて行ってしまおう。私はそう思った。


……確か、この辺りだと思ったんだけどな。

ゲームでの記憶を頼りに裏山を進み続ける。

立ち止まって、周りをキョロキョロと見渡していると………。

「シャル！　こっち！」

強く手を引かれ、そのまま茂みの中へと押し込まれた。

「お兄様？　どうしたのですか？」

「黙って……！」

私より大きな手で口を塞《ふさ》がれる。

お兄様の緊張したような真剣な眼差しから、想定外の何かが起こったのだと悟った私は、コクコクと黙って大きく頷き、お兄様の指示に従った。

そして……数十秒も経《た》たない内にソレは現れた。

……えっ⁉

思わず上げそうになった悲鳴を必死で飲み込む。

ソレは猫くらいの大きさで、猿のような顔をし、筋ばった細い手足の四足歩行の魔物だった。

私達のいる茂みの前をゆっくり通り、どこかへ消えて行った……。

「……もう大丈夫だよ」

アレが去ってからどのくらい経っただろうか。お兄様が私を解放した。

衝撃や恐怖からの解放感から、無意識に強《こわ》ばっていた全身の力が抜け……腰が抜けてしまった。

足腰に全く力が入らない。暫くは思うように動けそうにない。

そんな私とは対照的なお兄様は、平然と立ち上がって辺りをキョロキョロと見回している。

その様子からまだ警戒を続けているのが分かる。

「アレは一体……？」

「アレは猿飢《えんき》。単体では弱いんだけど、群れで行動するタイプの魔物だから少し厄介なんだ」

……そうか。あれは【猿飢】だ。ゲームの中で戦ったことがある。めちゃくちゃ弱いくせに、死にそうになると、これでもかってくらいに仲間を大量に呼び寄せる面倒な魔物だった。

あの猿飢を私達で相手にするのは危険でしかない。

「なんでここに猿飢が……？」

お兄様は眉間《みけん》にシワを寄せて思案していたが、

「早く邸に帰ろう。いつまでもここにいるのは危険だ」

そう言うや否や、腰が抜けたまま動けない私を横抱きに抱え上げた。

「お、お兄様……!?　お……重いから！　歩けましゅ！　歩きましゅからっ!!」

突然のお姫様抱っこに動揺しまくり、噛《か》みまくりの私。

だって！　ルーカスのお姫様抱っこだよ!?　ゲームで彼方《ヒロイン》がされてたアレだよ!?

スチルで見たあのシーンの一場面を自ら再現なんて……動揺しない人がいたら会ってみたいよ。

「シャルは重くないから大丈夫。これでも鍛えてるんだよ？」

ニコリと微笑《ほほえ》むお兄様。

「……で、でも！」

邸まではそこそこ距離があるのに、十五歳の少年が三歳しか違わない妹を抱え続けるのはキツイんじゃ……。

「お願いだから黙って運ばれてくれないかな？　僕も魔物に出会って少なからず動揺してるし……シャルロッテをこうして抱き締めてるだけで安心するんだ」

『お願い』とそう言って、私の額にキスを落とすお兄様は……王子様《イケメン》でした!!

……もう!!　さっきから何なの!?　私をどうしたいの!!　私の心の中にはリカルド様がいるのに!!

この展開……私が妹じゃなかったら、恋愛フラグだよね!?

ああ……生ルーカスの威力半端ない……。

「……よろしくお願い致します」

今までの私《シャルロッテ》はよく無事だったな……。いや……寧《むし》ろ、今だからか……？

邸に着く前に、恥ずか死ぬのではないだろうか……私。

私は妹《シャルロッテ》、私は妹、私は妹……。そう何度も心の中で唱えて気持ちを落ち着かせた。

「お兄様は猿飢を知っていましたけど……もしかして他の魔物を見たこともあるのですか？」

恥ずか死ぬ前に話題を変えてみることにする。

「僕は冒険者ギルドに登録してるから、依頼を受けて何度か魔物を討伐したことがあるよ」

お兄様は歩くスピードを緩めず淡々と答える。

冒険者ギルド⁉　いつの間に……⁉

将来、騎士にもなれるようにと、幼い頃《ころ》から剣や武術の訓練をしていたのは知っていたけど、まさかギルドに登録までしていたとは。

「お父様は知っているのですか？」

「勿論《もちろん》。僕がパーティーを組んでいるのは父様達だから」

なんと⁉　お父様まで冒険者⁉

そういえば……お父様とお兄様が揃って、どこかの領地の視察に行くとかで何度か邸を空けることがあった気がする。あれは魔物の討伐の為《ため》だったのか……。

「着いたよ」

考えごとをしている間に、邸に到着していた。

私というお荷物があったはずなのに……お兄様は凄《すご》い。

邸の玄関の前で私をそっと下ろしたお兄様は、私の頭をそっと撫《な》でてから扉に手を掛けた。

「僕は猿飢のことを父様に報告してくるよ。一人で裏山に戻ったりしたら……怒るからね？」

笑顔で私に釘《くぎ》を刺すことを忘れない。

私が素直に頷くのを見届けてから、お兄様は満足気な様子で邸の中へと消えて行った。

……さて、これからどうしようか？

予定では、まだまだ裏山を探索しているつもりの時間だったのに、暇になってしまった。

昼食《ランチ》にはまだ少し早いし、お兄様に釘を刺されてしまった以上は裏山には戻れない……。

そうだ！　だったら、あの場所に行こう。

私はいそいそと邸の中へ戻り、マリアンナに一人分のお弁当を用意してくれるように頼んだ。

うわぁー‼　訪れた場所は相変わらず綺麗《きれい》な場所だった。

季節毎《ごと》の美しい花や、数十種類もある薔薇《ばら》達が鮮やかに咲き誇るアヴィ家自慢の庭園。

ここは、シャルロッテの一番のお気に入りの場所である。

庭園の隅には屋根付きの小さなテーブルセットが置いてあり、花を愛《め》でながらティータイムを楽しむこともできる。

私は手に持っていたバスケットをテーブルの上に置いてから、早速、花達の元へ駆け寄った。

ゆっくりと時間をかけて庭園を一周し、元の場所へと戻ってきた。

この庭園の隅。テーブルセットの置いてあるすぐ側には、なんと食用花のコーナーがあるのだ。

その一角へ近付き、ラベンダーに似た花の形をしている《ラベル》の花弁《はなびら》を一枚摘んで、口の中に入れた。

「んっ……甘い！」

ラベルはマスカットのような味がする。小さな花弁一枚だけでも充分な甘さが楽しめる。

他にも、林檎のような味のする白い花の《シーラ》や苺《いちご》のような味のする《スーリー》というピンク色の花もある。私がここへ来た本当の目的はこの食用花だ。

和泉の記憶が戻った後、新しいお酒を自らで作り出すことができないかと考えた。

お酒と言えば、この世界にはエールの他に、さくらんぼのような果実を漬け込んだ『クランクラン』という有名な果実酒の存在しか私は知らない。このクランクラン酒を飲んでみたいと思う第一目標は変わっていない。身分を問わずに飲めるエールやクランクラン酒が、この世界に広まっていることはいいことだと思う。しかし、あまりにもお酒の種類が少なすぎるのだ‼　だからこそ私は、たくさんの新しい種類のお酒を作って、同じようにこの世界のみんなに広めたい‼　このままじゃ悲しすぎる！　もっとおいしいお酒の味を知って欲しいのだ‼

その為に、ラベルやシーラ、スーリーの花を、焼酎《しょうちゅう》のようなアルコール度数の高いお酒に漬け込み、甘い味や香りを移した新しいお酒作りなど……構想実現の為の実験をしてみようと思う！

ロックで飲んでもいいし、花弁でシロップを作ってから、アルコールに混ぜてもおいしそうだ。

炭酸水で割って、シュワシュワにしてから飲むのもいいな～。

あー。お酒が飲める十六歳になるまでの四年間が待ち遠しくて堪《たま》らない……。

ゆっくりと安心してお酒を飲めるようにする為には、不安要素を全《すべ》て取り除かなければならない。

その為にはまず、スタンピードを起こさせないことだが……。

最悪起こってしまったとしても、対処できる力が欲しい。

先程リアルで初めて目にした猿飢には、驚きのあまりに何もできなかった。

あの時は何もしないことが最善だったかもしれないが……これでは駄目なのだ。

自分や大切な人達を守れる力が欲しい。絶対に誰《だれ》も亡くしたくないから。

ゲームの中の【シャルロッテ・アヴィ】は、ほとんど魔術を使えなかった。

唯一使えたのは水と氷の魔術だが……水は如雨露《じょうろ》で水やりをした時の水量しか出ないし、氷は小石くらいの氷が二、三粒作れる程度と非常に使えなかった《弱かった》。

引退してしまったがお母様は優秀な魔術師だったし、それに及ばなくてもお父様とお兄様もそれなりに魔術が使えるのだから、シャルロッテだけがこんなにショボいはずがない……。

魔術を使用する為には何よりもイメージが大切だ。魔術を使う際に呪文《スペル》を唱えるのだが、唱える文言は基本的に何でもいい。要は気持ちの問題……？　的なものだ。

因《ちな》みに、悪役令嬢のシャルロッテの呪文は『氷よ！　美しい私《わたくし》に従いなさい‼』だった。

うーわぁ……シャルロッテ痛い。どんな呪文だよ……それ‼（汗）

そんなイメージしにくい呪文を唱えてるから、弱いんじゃないの⁉

って、それは措《お》いといて……。私は実験を開始した。

んー……氷か。氷、氷……氷の粒……。

イメージを練り、手の平を上に向けながら某冒険ゲームの呪文を唱えてみる。

「アイス！」

ゴスッ。

手の平にサッカーボールくらいの大きさの氷の塊が落ちてきた。

「うわぁ……っ⁉」

慌てて両手でそれを受け止める。

ちょ、ちょっと！　イメージより、大きくない⁉

シャルロッテは小石の大きさの氷の粒しか出せなかったよね……？

……た、たまただよね……。

岩サイズの氷の塊を足元に下ろし、もう一度試してみる。

氷……小石くらいの氷……小石……小石……。

「……アイス」

ゴスッ。

……サッカーボール大の氷の塊が再び落ちてきた。

「なんで⁉　どうしてイメージより大きくなるのー⁉」

ポイッと二個目の氷のサッカーボールを投げ捨てる。

……落ち着け。落ち着くのよ！　シャルロッテ！

魔術を使えることが分かったのだからいいじゃない⁉

瞳《ひとみ》を閉じ、クロスした両手を胸元に当てながら深呼吸を繰り返す。

悪役令嬢のシャルロッテ……って、これ長いな。

もう『(悪) シャル』でいいや。

(悪) シャルの文言である『従いなさい』なんて言わなくても氷の魔術が使えた。

だから、次は水だ‼

(悪) シャルは『水よ！　清流のように清らかな私《わたくし》に従いなさい！』と、これまた痛いことを言っていたが、勿論却下だ。そんな呪文は恥ずかしくて唱えていられない。

花壇に如雨露《じょうろ》で水やりをするような優しいイメージを頭の中で練り上げ、これまた聞き覚えのある呪文を唱えながら右手を前に突き出した。

「ウォーター！」

ブシャ―――‼

……右の手の平から噴水が出ました。……なんでこうなった？

「あははは……っ」

乾いた笑いしか出てこない。

噴水はアーチを描き、綺麗な虹《にじ》を作り出している。

庭園の花達をバックにしているせいか無駄に神々しく見える。そう、天使が存在するなら降臨して来そうな……って、駄目だ！

『愛があればそこは天国だ！』がコンセプトの世界で、そんなことを想像したら本当に出てきかねない。フラグ駄目！　絶対‼

それにしても……右手から永遠に噴水が湧《わ》き続けているのにも拘《かかわ》らず、全く疲労を感じない。普通に元気だし、まだまだ魔術が使えそうな余裕がある。

そこで私は他の魔術も試してみることにした。噴水を止めて和泉の中の記憶を探る。

水や氷の他にＲＰＧによくある魔法といえば、炎や雷、風、地、補助、回復……だろうか。

それならば、（悪）シャルの水系とは属性の遠い炎系魔術を試してみよう。

イメージするのは火の玉くらいの大きさの可愛《かわい》い炎だ。

イメージを限界まで練り上げ呪文を唱える。

「ファイヤー！」

ゴォォォォォォォォ‼

軽く二メートルは超える火柱が手の平から出現した。

「マヂデスカ……」

想定外の出来事に感情が付いて来ない。

え？　え？　試した私も私だけど……逆属性の魔術なんて高難易度だよね⁉

まさか……。

「………サンダー」

ドゴォォォーン‼

凄《すさ》まじい光を帯びた稲妻が裏山の方へ落ちる。

あぁ、邸の中から悲鳴が聞こえるぅー（遠い目）。

『エアー』『アース』『フロート』……。

嫌ぁぁぁぁぁぁぁぁぁぁぁぁ‼

って、なんで想像した魔術が全《すべ》て使えるの⁉

……チート⁉　まさか本当にチートなの⁉

『前略。お母さん（和泉の）。

生まれ変わったあなたの娘はチートな娘になってしまったみたいです』

地面に膝《ひざ》と両手をつき、項垂《うなだ》れた状態で現実逃避をしていた私ですが…………。

開き直ることにしました！

ヒャッホーイ！　チート上等‼　チート万歳‼

未来を変えたいと思っている今、使える能力が多いに越したことはないし、魔術をたくさん使っても疲れないいだなんて最高じゃないか！

それにチートな能力ならば、お酒作りにも使えるじゃないか‼（これが一番重要）

炭酸水も作れたりしないかな？　テヘッ。

神様か女神様か分かりませんが……、転生させてくれてありがとうございます‼

「チート最高‼」

立ち上がった私は右で握《にぎ》り拳《こぶし》を作り、それを空に向かって思い切り突き上げた。

……その時。

「楽しそうだね」

ここにはいないはずの人の声が、私の背後から聞こえてきた。

「ひぃっ……⁉」

私の身体《からだ》は、悪いことが見つかった時の幼子のようにビクリと跳ね上がった。

……恐る恐る声のした方へと視線を向けると……

「ル、ルーカスお兄様……」

そこにはニッコリと笑顔を浮かべたお兄様が立っていた。

「やっぱり、ここにいたんだ？　シャルは本当に庭園が好きだよね」

私を見つめる眼差《まなざ》しが超絶に怖い……。ゾクゾクと寒気がする。

「あ、あの……お兄様？　お父様とのお話は終わったのですか？」

突然のお兄様の登場に動揺しながらも、必死に冷静さを取り繕う。

さっきの見られてなかったよね……？

「うん。あれ？　スカートが汚れてるよ。淑女なんだから汚しちゃ駄目だよ？」

お兄様はパンパンとスカートの汚れを手で払ってくれる。

「あ、ありがとうございます」

「どう致しまして」

お兄様はニッコリと笑った後、おもむろに私の耳元に顔を近付け……

「お転婆は程々に、ね？」

ゾクリとするような低い声で囁《ささや》いた。

「なっ……!?」

耳を押さえながら後退《あとずさ》りする私を、お兄様は瞳を細めながら見ている。

『逃げろ』と私の本能が警鐘を鳴らしている。

本能に従って踵《きびす》を返そうとすると……

「どこに行くの？　昼食《ランチ》、僕も持って来たから一緒に食べよう」

ニッコリ笑いながら首を傾《かし》げているお兄様に手を掴《つか》まれた。

痛くはないが振り払うこともできない絶妙な力加減だ。『絶対に逃がさない』と瞳が語っている。

お兄様は、プルプルと子犬のように身体を震わせる私の手を引き、紳士らしく流れるようなスマートな誘導で椅子に座らせ、見事に私の退路を絶つことに成功した。

庭園の隅にある小さめなテーブルセットは、椅子の部分がベンチシート式になっている為《ため》、小さいとはいえ身体の大きな大人でも四人は普通に座れる。

そこに座るのが、十代前半～半ばの華奢《きゃしゃ》な子供だったら更に余裕である。

そして、それを二人で利用するならば……大多数の人が、互いの顔を見て話しやすいように、向かい合った状態で座ると思うのだ。

な・の・に！

お兄様は私の隣にピッタリくっ付いて座っているのだ。

……私の逃亡防止なのは分かってる。

だけど、もう逃げることはできないのだから、せめて昼食はゆっくり食べさせて欲しい。

抗議の視線を向けてみるものの……お兄様は全く気にした様子もなく、サンドイッチを咀嚼《そしゃく》している。

「食べないの？　おいしいよ？」

お兄様の食べているサンドイッチをチラッと横目で見ると……分厚いハムにレタスやチーズ、卵といった食材がライ麦パンのようなパンに挟まれていた。これは絶対においしいやつである。

「……食べます」

サンドイッチの誘惑に屈した私は、クスクスと笑うお兄様を無視して、マリアンナが持たせてくれた自分の分のランチボックスを開けた。

中身はお兄様とほぼ一緒で、私の方にだけ果実をジャムにしたサンドイッチが入っていた。

これは最後に食べよう！　そう決めて、まずは厚切りハムサンドに手を伸ばした。

パンに塗られたピリッとする辛子入りのバターの風味の後に、まろやかなチーズと燻製《くんせい》の香りがする。厚切りハムとレタスのしゃきしゃきの食感がいいアクセントとなっている。それらの具材をふんわりモチモチのパンが包み込んでいて……。流石《さすが》は公爵家の料理人さんだ。素晴らしい！

おいしすぎて思わずバタバタと足を動かしたくなる。

この世界の料理は意外にもおいしい物が多い。日本のように食材や調味料が豊富なのだろう。

異世界転生系の小説だと、ご飯がおいしくないのが定石で、主人公が奮起しておいしいご飯を作り上げる……といった物が多かったから、何もしなくてもおいしいご飯が食べられている私は贅沢《ぜいたく》な幸せ者だ。断罪される悪役令嬢なのを除けば……だが。

一人暮らしをしていた和泉は、それなりに料理はできたが、それは便利な調味料が存在していたからこそ、だ。マヨネーズなら作ったことがあるが、醤油《しょうゆ》とか味噌《みそ》といった調味料を一から作るのは難しい。もしご飯のまずい世界に転生していたら、何もできずに黙ってそれを食べ続けただろう。

だから現状で不満はないのだが……我が儘《まま》をいえば、お米が欲しい。

和泉は飲めなかったけど、お米があれば日本酒だって作れる。

チート持ちの私なら、自らが飲みやすい味の純米酒が作れるかもしれない。

目を閉じ、うっとりとまだ見ぬお酒に思いを馳《は》せていると……。

「随分と楽しそうに食べてるね」

……はっ‼　そういえばお兄様が一緒だった。

「ねえ、何を考えていたの？」

お兄様は片手で頬杖《ほおづえ》をつき、隣に座る私をジッと見ていた。

「ぐっ……、けほっ。……おいしいサンドイッチだな、と思いながら……食べてました」

サンドイッチが変な所に入って苦しい。

……何を考えていたか？　絶対に言えません。

「大丈夫？　コレ飲んで」

お兄様は私の背中をトントンと叩《たた》きながら、コップを差し出してくれた。

「……っ、ありがとうございます！」

それをありがたく受け取って、口を付ける。

コクン。

ふわっと口の中に広がるアイスティーの香り。甘過ぎず、苦くもない。私好みの味だ。

喉《のど》の詰まりも解消されてホッと溜息《ためいき》を吐《つ》いた私の口元に、何故かお兄様の持っていたサンドイッチを押し付けられた。

「シャル。はい」

私のサンドイッチがまだ残っているのに、だ。

首を傾げながらも一口分だけ囓《かじ》って咀嚼する。

胡椒《こしょう》の利いたポテトサラダのような具が挟まっていた。中に混じっているポレという玉葱《たまねぎ》に似た野菜が良い食感と風味を出している。

私が咀嚼を終えるまで意味深な笑みを浮かべていたお兄様は、残りのサンドイッチを自ら一口で頰張《ほおば》りながら、爆弾発言を投げ付けてきた。

「ねえ、シャルロッテ。【ニホンシュ】って何？」

ぶっ……！

今度は、アイスティーを吹き出しそうになる。

な……ななっ！　なんでそれを⁉

持っていたハンカチで口元を押さえる。

「口に出てたよ？」

口に……出ていた……だと？

「お、お兄様‼　それは……」

「『流石は公爵家の料理人さんだ。素晴らしい！』っていうところから『ジュンマイシュが作れるかもしれない』っていうところまで」

うん……。まさかの全部だった。

無意識だったとはいえ、お兄様の前で独り言を呟《つぶや》き続けていたとか……痛い。痛すぎる……。

死んだ魚のような目で宙を仰ぐ。

「ショーユ、ミソ、マヨネーズ……。こんな言葉聞いたことがないんだけど。それに……イズミって誰《だれ》？　シャルにそんな名前の知り合いなんかいないでしょ？　友達だっていないのに」

矢継ぎ早の質問に口あんぐりの私。

……ってお兄様。『友達いない』とかサラリと酷《ひど》いこと言ったよね⁉

確かにいないけどさ！　仕方ないじゃないか！

社交界デビューはまだだし、近くに同年代の女の子とかいなかったし！　私のせいじゃないんだからね⁉

「それに、さっきの魔術は何？」

ああ……。やっぱりあのチートな魔術まで見られていたのか……。

「シャルは魔力を持っているけど、その膨大すぎる魔力量のせいで、ほんの一部しか使えないように封印されていたはずなんだけど？」

……封印？　そんなの聞いてないよ？　まあ、それならばシャルロッテの魔術がショボかったのは分かるな。って……封印破っちゃった？

「それで？　シャルの中にいる君は……誰？」

私を見つめるお兄様の口元は笑っているのに、その目が全く笑っていない。

無意識に逃げ出そうと腰を浮かせかけたところを、お兄様にその腰を抱えるように掴まれる。

「逃げても無駄。そもそも逃がさないし？」

……蛇に睨《にら》まれた蛙《かえる》。まさにその状態である。

更にお兄様は私の背をテーブルに押し付け、両腕の中に私を閉じ込める。俗にいう壁ドン状態だ。

いや、この場合はテーブル……ドン？

一時期、壁ドンに憧《あこが》れた時があった。

でも……現実の壁ドンって怖かったんだね‼

相手にもよるのかもしれないけど……私には脅迫としか思えない。

「……私はシャルロッテですよ？　『私の中に』の意味が分かりません」

怖い。心臓が口から飛び出してしまいそうだ。

思わず握り締めた両手は、うっすらと汗ばんでいる。

「僕を誤魔化《ごまか》せると思ってるの？」

余裕気な笑みを浮かべているお兄様は、私の頬をそっと撫《な》でながら瞳《ひとみ》の中を覗《のぞ》き込んでくる。

「昨日《きのう》、倒れた後からシャルの雰囲気が変わったのには気付いてた。ねえ？　シャルはいつからポレが食べられるようになったのかな？」

は？　……ポレ？

って……あぁぁぁぁぁぁあ‼

シャルロッテは玉葱《ポレ》が大嫌いだったんだ‼

どんなに腕の良い料理人が調理しても何故かポレをかぎ分ける。それ程までに大嫌いなのだ。

……それなのに、さっきのシャルロッテはどうだった⁉

お兄様に無理矢理に食べさせられたサンドイッチの中にポレが混じっていたじゃないか……。

うわっ……やられた。試されてたんだ。

今頃《いまごろ》、さっきのお兄様の意味深な視線の理由に気付いた。

たかがポレ、されどポレ……。

因みに、和泉は玉葱が好きだった。特に、甘い新玉葱を水に少しさらして、梅味のドレッシングをかけ、鰹節《かつおぶし》をまぶしたサラダをよく好んで食べていた。

カレーは勿論《もちろん》のこと、炒《いた》め物にも煮物にも揚げ物にも使える万能な玉葱は重宝させて頂いた。

そんな和泉とシャルロッテが混じり合った為《ため》に、シャルロッテも食べられるように……というか、好きになったのだと思う……多分。多分ね？

それにしてもまさか玉葱《ポレ》でバレるとか……。あ、韻をふんじゃった。テヘッ。

再び死んだ魚のような目で宙を仰ぐ。

「あのね、僕は別に君を害そうとしているわけではないよ?」

お兄様はそう言いながら私の頭をゆっくり撫でた。

……本当に?

お兄様へ縋《すが》るような視線を向ける。

「君は『赤い星の贈り人』だからね。僕はただ君という人を知りたいだけなんだ」


【赤い星】とは。

他世界の記憶を持つ【贈り人】の瞳に宿るもの。この世界に多大な影響をもたらし、聖女と並ぶ稀有《けう》な存在である。異世界から本人の身体《からだ》のまま呼び寄せられる『召喚者』とは異なる。召喚者は肉体も精神も変わらないことが前提。

一方、【贈り人】は、魂や精神のみが異世界から呼び寄せられ、この世界の住人と混じる。召喚者とは逆で、他世界で肉体や精神を失ってしまった死者に限定される。

この贈り人を呼び寄せるのは女神だと言われている為に、『女神の愛し子《いとご》』とも言われる。

瞳の中にある赤い星は《鑑定》という魔術眼を持つ一部の人にしか見えない。


幼い頃《ころ》から鑑定を使えたお兄様が、生まれたばかりのシャルロッテの瞳に赤い星を見つけた。

シャルロッテ自身は鑑定持ちではないようで、お母様譲りのアメジスト色の瞳の中にそんな物が混じっていたなんて今まで知らなかった。誰も教えてくれなかったし。

お兄様が言うには、私が倒れた後から赤い星の縁が金色に光って見え始めたらしい。

この説明だけ聞くと自分がとんでもない存在に思えてくる。しかし、女神の愛し子と言うのならチートな能力があるのも頷《うなず》ける。

「君が特別な存在だっていうのは昔から知っていたんだ。でも、昨日までの君はそんな素振りもなかったから……忘れてしまっていたけどね」

お兄様は苦笑いを浮かべた。

『特別な存在』

この言葉が胸に突き刺さったのと同時に、一気に感情が膨れ上がった。

「じ、じゃあ！　………今、は？」

私は、ガシッとお兄様のシャツの胸元を両手で掴《つか》んだ。両手が小刻みに震える。

お兄様を見上げている瞳がみるみる内に潤んでくる。

「倒れる前まで……ここで十二年間普通に生活していたシャルロッテだった！　でも……目覚めた後に……思い出してしまった……！　今の私は……!?」

「……シャル？」

溢《あふ》れ落ちる涙と声にならない悲鳴。陸に打ち上げられた魚が呼吸をできずに喘《あえ》ぐように、私はパクパクと口を動かしていた。色々と伝えたいことがあるのに言葉が上手《うま》くまとまらない。

エールを口にして倒れた後に【天羽和泉《あもういずみ》】としての前世の記憶が戻ったこと。

その和泉が、どう生きてきて、どうして死んだか……。

この世界が和泉の好きだったゲームの世界に酷似していること。

それによれば、約一年後にこの邸の裏山にある未発掘のダンジョンから、スタンピードが発生して大量の魔物が溢れ出て来ること。

シャルロッテと執事のマイケル、そして学院にいたルーカス以外の両親を含めた邸の全員が死んでしまうこと。

その後のシャルロッテとルーカスの人生と……ゲームの結末。

覚えている限り、思い付くままに吐き出し続けた。


全《すべ》てを話し終えた私は、気付けばお兄様の腕の中で泣きじゃくっていた。

背中に回された手が、幼子をあやすようにトントンと一定のリズムを刻んでいる。

「そっか……。急に和泉さんの記憶が戻って、混乱したよね。不安だったね……。そこに早く気付いてあげられなくてごめん」

和泉の記憶を合わせれば半分以上も年下のお兄様にあやされながら涙を流す。

乙女ゲームの世界に存在していたシャルロッテと、そのプレイヤーだった和泉。

この世界はゲームではなく、醒《さ》めることのない現実世界で……。

まだ記憶が戻って間もない自分には、和泉とシャルロッテの二人を受け入れることができていなかった。『ポジティブに』と自らを奮い立たせたのは、不安で心が折れないようにする為だ。泣いたりしたら、立ち直れなくなりそうで怖かったのだ。

「でも、君は多分勘違いをしているよ。それは僕のせいでもあるんだろうけど……」

お兄様はそう穏やかな声で話し始めた。

「さっきも言ったけど、僕は君を害するつもりはないよ。話を聞いた今もそれは変わっていない」

お兄様の肩口に顔を埋《うず》めたまま、黙ってコクンと頷く。

「君は和泉さんの記憶が戻ったことで、自分は果たしてどちらの自分なのかと混乱しているだけなんだよ。これは時間が解決してくれる問題だと思う。少しずつ自分の中で折り合いをつけて解決できること。だけど僕や両親にとって、ここにいる君こそが何よりも大切な家族なんだ。ありのままの君が僕の大切な妹だ。僕は君の味方だよ。君は一人じゃない。お願いだからそれは忘れないで」

「……お兄様！」

記憶を取り戻した私は、お兄様に……家族に拒絶されるかと思うと不安で仕方がなかった。私はもう以前の何も知らないシャルロッテには戻れないから……。

だけどお兄様は私を否定したりしなかった。今の私が妹だと言ってくれた。

私はお兄様の肩口に顔を擦《こす》り付け、何度も大きく頷きながら更に泣いた。


「それにしてもスタンピードか……。だから急に裏山の散歩に行くとか言い出したのか」

少し呆《あき》れたようなお兄様の視線が突き刺さる。

「……今の内なら何とかできるんじゃないかなー？　と思いまして……」

「前向きな姿勢は評価するけど、無謀じゃない？　もし一人で猿飢《えんき》に出会ってたらどうしたの？」

「あっ……！」

お兄様は苦笑いを浮かべながら、シュンと肩を落とした私の頭を撫でる。

「父様と話し合ったけど、あそこは近日中に調査することになったよ。本来はいないはずの場所に魔物がいたからね。スタンピードを抜きにしても放置することはできない」

「……ギルドに頼むのですか？」

「うん。ギルドに依頼して、僕と父様達で調査《それ》を受ける予定だよ。ダンジョンがあるなら攻略して解体してしまうに限る」

「……危なくないのですか？」

「慣れてるから大丈夫。シャルに心配はかけないよ。僕はこれでも強いんだからね？」

お兄様は私を安心させるかのように、グッと握りこぶしを作って見せる。

「あ……！　それなら私も参加したいです！」

俯《うつむ》けていた顔を上げ、挙手をする。

私も何か手伝いたいのだ。待っているだけなんて性に合わない。

「それはダメ」

真面目《まじめ》な顔に戻ったお兄様が首を横に振る。

「でも！」

「厳しいことを言うけど、実戦経験のない魔力持ちほど足手まといになる者はいないんだ。見たことのない魔物達を目の前にして、冷静な対応が取れるの？　恐怖で魔術が暴走したらどうするの？

未知の場所で敵よりも厄介な味方はいらない」

……お兄様の言うことは尤《もっと》もだと思う。

ダンジョンという閉ざされた空間で、パニックになった私が魔術を乱発し続けたらどうなる？

敵、味方を関係なく巻き込んで……。

想像しただけで身体が震えた。無意識に両手で自らの身体を抱き締める。

私は足手まといになりたいわけじゃない……。未来を変える為《ため》の手伝いがしたいのだ。

「それでも何かしたいと言うなら……。三日後。僕の試験に合格したら、同行させてもらえるように父様に掛け合ってあげるけど？」

お兄様は挑発的な眼差《まなざ》しで私にそう告げた。

「……試験ですか？」

何をすればいいのだろう？　何に合格したら認めてくれるの？

「今から僕がすることを見ていて」

お兄様は右手を自身の左手の上に翳《かざ》しながら、ボソッと何かを呟《つぶや》いた。

その瞬間。左の手の平がスパッと小さく裂けた。

「お兄様⁉」

手の平から滴り落ちる赤い血。

「大丈夫だから、落ち着いて」

そう言うお兄様は冷静なままだ。

お兄様のしたいことが分からず、オロオロしながら見ているしかない。

また何かを小さく呟いたと思ったら……。

一瞬の内に淡い光がお兄様の手の平を包み込み、光が消えた後には先程まであった傷がキレイに消えていた。まるで何事もなかったかのように。

「これが、回復魔術。これを三日でマスターして。これができないなら連れてはいけない」

お兄様は私に向かって傷の治った左手を翳《かざ》して見せる。

そういうことかと、私は納得した。

回復魔術が使えればいいのなら……と、何も考えずに右手を翳《かざ》し……。

「シャル⁉」

驚いたお兄様が止めるのも構わずに、お兄様がしたように自らの左手を傷付けた。

「……っ！」

ドクドクと流れ出る赤色の血。傷口が熱く脈打っている。

思ったよりも深く傷付けてしまったようだ。

「どうして自分の手を傷付けたりするの⁉」

……あれ？　駄目だった？

「すぐに治すから動かないで！」

顔面を蒼白《そうはく》にしながら慌てているお兄様は、私の左手を掴んで固定させようとする。

そんな珍しいお兄様が可笑《おか》しくて、思わず流れる血も痛みも忘れてクスクスと笑ってしまった。

「笑ってる場合じゃない！　女の子なんだから傷なんか作っちゃ駄目だよ‼」

「大丈夫。治せばいいのですよね？」

慌てているお兄様を見ていたら冷静になれた。

傷を眺めた後に、お兄様に掴まれたままの左手の上に自らの右手を翳した。

血を止めて、傷を塞《ふさ》ぐ。そして仕上げに傷を消す。

そんなイメージを練り上げてから、回復する・復活するという意味の言葉を思い浮かべる。

「……リカバー」

呟いたと同時に、辺りが眩《まぶ》しいほどの光に包まれた。

目を開けていられないほどの光が落ち着くと……左手にあった傷はすっかりさっぱり消え失《う》せていた。寧ろ、傷付ける前よりも肌が艶々《つやつや》してる気がする。

おー……やった！　回復もできた‼

喜びを共有しようと、満面の笑みを浮かべながらお兄様に視線を合わせると……

「……シャルロッテ？　ちょっと大事な話をしようか？」

笑顔のお兄様の後ろにくっきりと般若《はんにゃ》の形相が見える。

……怖い。ガクブルである。

私は思わず、椅子の上で正座をした。

背筋ピーンの姿勢のいいヤツですよ。ええ。勿論《もちろん》。

「……もう二度と自分を傷付けたりしないって約束して」

深い溜息《ためいき》を吐《つ》いたお兄様は、痛みを堪えたような顔で私の左手を取り、何度も何度も傷が残っていないかを確認し続けている。

『治ったからいいじゃないですか』そう口に出そうとすると……

「何かバカなことを言うつもりだよね？」

笑顔のまま高圧的な視線を向けてくるお兄様。再びその背後に般若が見えた。

「すみません……もうしません‼」

お兄様からの圧力に屈した私は素直に頭を下げた。心配をかけたのは事実なのだから。

そんな私の態度に何か思うところがあったのか……

深い深い溜息を吐いたお兄様は、私に向かって次々と指示を出し始めた。

「シャル。氷出して」

「……はい。アイス！」

ゴロン。（サッカーボール大の氷が現れた‼）

「次は炎」

「はい。ファイヤー！」

ゴオォー！（軽く二メートルを超える火柱が現れた‼）

「次は風」

「ウインド！」

ビュウ――‼（邸を一瞬で覆いそうな巨大竜巻が現れた‼）

「……土」

「アース！」

ボコボコボコッ！（庭園の脇《わき》に象が落ちそうなくらいの巨大な穴が出現した‼）

指示されるままに術を繰り出す度に、お兄様の瞳《ひとみ》が虚ろになってきた。

「なんて……規格外な」

はい。私もそう思います。威力が規格外《チート》なのです。

「魔術の封印が解けたり、赤い星の縁が光り出したのは、記憶を思い出したことがきっかけかな」

「記憶が戻ると、勝手に光り出すものではないのですか？」

「少なくとも僕が知る限りでそんな記述はない。シャルは随分と女神に愛されているようだね」

赤い星の贈り人は女神の担当か……。

ふと、お兄様の着ているシャツの胸元に視線が留まる。シャツはぐしゃぐしゃによれており、所々に血が飛び散っていた。明らかに私のせいである。

私は謝罪の意味も込めてお兄様のシャツをキレイにしてあげることにした。

「クリーン」

唱えると同時に光がお兄様を包み込み、あっという間に新品のようにノリがパリッと効いたシャツになった。

お兄様は私をジロリと一瞥《いちべつ》すると、また深い深い溜息を吐いた。

チートですみません……。

「お兄様、これでも……ダメですか？」

試験はやり直し？　それとも失格？

唇を噛《か》んで上目遣いにお伺いを立てる。

「……仕方ない。父様には言っといてあげる。場合によっては君のことを全部話すからね？　それは了承して欲しい」

お兄様は凄《すご》く嫌そうな顔をした後に諦《あきら》めたような顔で私に告げた。

「……分かりました。よろしくお願いします」

お父様に知られるのは怖いが……それで連れて行ってもらえるなら構わない。

「でも！　父様が良いって言っても、前衛なんかにはさせないからね？　あくまでも補佐！　本当は参加なんかさせたくないんだから」

「でも……」

チートさんのおかげで攻撃の魔術でも何でも使えるのに……。

「シャ、ル、ル、ロッテ……？」

急にお兄様の声のトーンが低くなった。

まずい!!　咄嗟《とっさ》に身構えるも……遅かった。

「お……にいひゃ……ま」

「僕は君を心配しているんだけど、分かってる？」

むにーっと、私の両頬はお兄様の手によって左右に限界まで伸ばされている。

痛い！　痛い！　お兄様、これは地味に痛いです!!

こういう時は早めに謝るに限る！

「ご……めんらひゃ……い！」

両手を胸の前で合わせて、お兄様を見つめながらコテンと首を傾《かし》げた。

「はあ……この先、苦労させられそうだな」

お兄様は苦笑いを浮かべているが、どこか楽しんでいるようにも思えた。

頬《ほ》っぺたをむにむにと伸ばされ続けた私が解放されたのは、それから五分後のことだった。

「シャルの頬は柔らかくて気持ち良いね。癖になりそうだ」

楽しそうにクスクスと笑うお兄様。

咄嗟に頬っぺたを押さえて後退りした私は悪くない。

「シャル」

さっきまでの笑いを含んだ声ではなく、真面目《まじめ》な声が私を呼んだ。

「この世界では十六歳からじゃないとお酒が飲めないよね？」

「はい」

真摯《しんし》な眼差《まなざ》しを向けてくるお兄様に私はコクンと頷《うなず》き返す。

知っています。それが今、もの凄――く待ち遠しいです。

……って、もしかして遠回しに釘《くぎ》を刺されてる？　『十六歳まで飲むなよ』っていう……。

「違うよ。まあ、それは守って欲しいけど」

やっぱり⁉

「一年後……」

次に続いたお兄様の言葉で、私はハッと真顔になった。

それはスタンピードが起こる予定の年。私は十三歳。お兄様は十六歳になっている。

「スタンピードは絶対に起こさせない」

それは私も同じ考えだ。何が何でも絶対に阻止するべきこと。誰一人として失いたくない。

その為《ため》に自分ができることなら何でもする。

「僕達は『協力者』であり、『共犯者』だ」

……そうか。私はお兄様という心強く頼もしい味方を手に入れたんだと、今頃《いまごろ》やっと理解した。

お兄様は『一人で悩んだり苦しまなくていい』そう言いたいのだろう。肩の荷を分けて、と。

「無事にスタンピードを乗り越えて……二人でコッソリ祝杯をあげよう？」

「お兄様‼」

「父様達には内緒だよ？」

悪戯《いたずら》っ子のように笑うお兄様に、私はギュッと抱き付いた。

みんなと笑いながら幸せに過ごせるように私は頑張り続ける。お兄様と一緒に。

だから、一年後のその時の為に『特別なお酒』を用意しよう。

私はお兄様の腕の中でそう決めた。

第三章　クリストファー登場

……なのに。

どうしてこうなった⁉　私は心の中で大声で叫んだ。

私の目の前には、この国の王太子であり、従兄《いとこ》でもある【クリストファー・ヘヴン】がいる。

現在、一番会いたくない攻略対象者が現れたのだ。

声に出さなかった私……偉い。咄嗟に令嬢スマイルを作った私は本当に偉かった。

どうしてこんなことになったのか……ちょっと遡《さかのぼ》ってみよう。


泣きながらお兄様にカミングアウトしたあの日から、約一ヶ月が経《た》った。

お兄様は約束通りにお父様に掛け合ってくれ、私はダンジョン調査チームの一員として参加を認めてもらえたのである。

ただ、参加を承諾してくれた時のお父様の顔が、酷《ひど》く引きつっていた理由が今でも謎だ。

……お兄様。何を言ったの？

ま、まあ。参加できるようになったのだから……深くは考えまい。その方が身の為な気がする。

そして、調査はやはりギルドを通して行うこととなり、お父様とお兄様を中心としたパーティーである【リア】が引き受けた。なんとメンバーの中には、老齢の執事のマイケルが含まれていた。

ゲームの中のマイケルはそんなに強くなかった……ような？　片眼を失い瀕死《ひんし》の重傷だったのだ。

……いや待て。お父様の秘術の発動とか諸々《もろもろ》のタイミングはあったけど、凶暴化した魔物三体を同時に相手にして結果的に生き残ったのだから、普通に強いよね？　歳《とし》を考えても充分だよね⁉

……マジか。

意外な人物が強かったという事実に動揺してしまったが……強いに越したことはない！

グッジョブ！　マイケル‼　頼りにするよ‼

それにしても【リア】って……それお母様の愛称だよね？

パーティー名に妻の愛称とは……相変わらずラブラブですね！


さあ！　兎《と》にも角《かく》にもダンジョンを調査＆攻略開始です‼

……と、言ってみたものの、私が調査に参加する為にはやらなくてはならないことがあった。

まずはギルドへの登録だ。手続き自体は簡単に済んだのだが、調査に参加するには最低でも三つランクを上げる必要があった。いくらチート持ちでも成果を示さなくては認められないのだ。

その為、お父様達【リア】が先行して調査を開始し、私とお兄様が後から合流することになった。

簡単な植物採取の依頼から始まり、冒険者としての基礎知識に関する座学。魔術の実戦実技の講習、下級魔物討伐依頼等々を黙々とこなし続けた。


先行して調査を行っていた【リア】は、調査開始から一週間後のその日。

アヴィ家の裏山の一角にダンジョンへの入口を発見した。

ダンジョンの入口はウサギの巣穴のような小さな物で、意識して調査をしていなければ気付けなかったらしい。その入口を慎重に広げながら進んでいる内に、地底へ繋《つな》がる階段が現れた。

一行がその階段を降りて行くと、地下一階層は【猿飢《えんき》】の巣だったそうだ。

猫くらいの大きさで、猿のような顔と筋ばった細い手足を持つ四足歩行の魔物。一個体は弱いが、たくさんの仲間を呼び寄せる厄介な魔物。裏山で遭遇したことがあるが、巣があったとは……。

この猿飢には、上位ランクであるお父様達でさえ殲滅《せんめつ》させるのには手を焼いたそうだ。次から次に湧《わ》いて来る猿飢と自分達の魔力の枯渇との勝負。勿論、勝ったのはお父様達だ。

そうして次に降りた地下二階層は、烏《からす》のような真っ黒な鳥である【雨黒《うこく》】の巣だった。

雨黒は雨のように自らの羽を降らせる魔物だ。羽の先は鋭利に尖《とが》っていて、敵を容赦なく突き刺す。

猿飢よりも数が断然少なかった為に、余裕で殲滅することができたらしい。

……お父様達凄い。

ギルドの魔物講習で習ったが、雨黒は猿飢よりもランクが上だ。ダンジョンは、階層が進むにつれて魔物のランクが上がっていく。つまり、進めば進むほど必然的に攻略の難易度が上がる。

アヴィ家の裏山にできたダンジョンは、お父様達の見立てによれば『恐らく地下十階層ほどの小さなダンジョン』ということだった。

地下十階層……。つまりは、残り八階層分を攻略すればスタンピードが防げるはず、だ！

二週間。地道に頑張ったおかげでランクが上がり、無事に調査に合流できることになった。

希望と期待を胸に迎えた調査初日。

私は一人、絶望の淵《ふち》に立たされることになった……。

「……と、いうことで騎士団の研修としてクリストファー殿下にも、このダンジョンの調査に参加して頂くことになった」

みんなの前でお父様が、クリストファー殿下参加の理由を説明する。

何が『と、いうことで』だ‼　私は心の中で行き場のない憤りを持て余していた。

因《ちな》みに、私が『クリストファー殿下』と呼ぶのは安易に関わりたくないという心の距離による。

シャルロッテを断罪した時よりも若干幼い顔つき……ストレートの金色の髪は襟足より少し長いくらいで、まだ一つに纏《まと》めるほどの長さではない。

騎士団の研修とのことだったが、クリストファー殿下は十三歳から騎士団に入隊していたはずだ。

新しいダンジョンが見つかったということは、その付近で魔物が出現し、一般国民へ被害が出る可能性がある。また、攻略を終えたダンジョンは観光用としての利益も備えている。

それらを考慮すれば、未来の国王であるクリストファー王太子殿下が『騎士団の研修』という名目で視察に来てもおかしくはない。ましてや、現国王の弟の治める領地でもあるのだ。

「今日からみんなと一緒に調査をさせて頂くことになったクリストファー・ヘヴンだ。王太子という立場ではあるが、今回は騎士団側からの研修としての参加ということで、対等な扱いを希望したいと思う」

クリストファー殿下は丁寧な挨拶《あいさつ》をした後に、ペコリと頭を下げた。

王族が簡単に頭を下げて大丈夫なのだろうか？　でも対等……って言ってたし？

首を傾《かし》げていると、クリストファー殿下のサファイアブルーの瞳《ひとみ》と視線がぶつかった。

げっ……!!

瞳を逸《そ》らしたが……既に遅かった。何故《なぜ》か私の方に近付いて来るクリストファー殿下。

「君は……シャルロッテ嬢か？」

一番会いたくなかった相手とはいえ、王族相手に嫌な顔なんてできない。断罪されてしまう。

返事をきちんとしなくてはいけないのだ。断罪怖い……。断罪止《や》めて！

シャルロッテは曲がりなりにも公爵令嬢なのだから。

「お久し振りです。クリストファー殿下」

調査用の簡素なワンピースの裾《すそ》を持ち上げ、淑女の礼をする。

クリストファー殿下は頷きだけでそれに応《こた》えた後。

「……大きくなったな」

私の頭のてっぺんから爪先まで眺めながら、しみじみと呟《つぶや》いた。

あんたは親戚《しんせき》の伯父さんか!!

という突っ込みは……措《お》いといて。

「はい。もうすぐ十三歳ですから。殿下とお会いするのは五年振りでしょうか？」

頬に手を添えて、ニコリと微笑《ほほえ》む。

「もう……」

「……はい？」

「『クリスお兄様』とは呼んでもらえないのだろうか？」

捨てられた子犬のような潤んだ瞳が私を見つめている。

「…………え？」

……確か、五年前はルーカスお兄様と一緒に遊んでくれたクリストファー殿下のことを『クリスお兄様』と、そう呼んでいた気がする……。

だけど普通に考えて、五年振りの従兄の……しかも王太子をお兄様呼びはできないでしょ？しかも、上下関係で大変な思いをしてきた和泉《日本人》としての記憶がある今なら尚更《なおさら》……。

そして何よりも、クリストファー殿下と交流を深めるつもりはない。

しかし、了承するのも、断るのも不敬罪になる。ああ、王族って本当に面倒くさい。

どうしたものかと途方に暮れていると……。

「クリストファー殿下。妹が……シャルロッテが困っていますので、ご容赦下さい」

後ろにいたお兄様が、クリストファー殿下と私の間に割って入って来た。

お兄様！　私の救世主が来た‼

「ルーカス！　これからよろしく頼む」

クリストファー殿下はお兄様に向かって手を差し出し、お兄様はその手を握った。

「殿下。アヴィの領地の為《ため》にご足労頂きまして誠にありがとうございます」

「堅苦しい話し方は止めてくれ。私とルーカスの仲だろう？」

クリストファー殿下は苦笑いを浮かべた。

「殿下は私の主君になるお方ですから」

お兄様はツンと澄ましたように言ってから、ニコリと微笑んだ。

「なんてね。元気そうでよかったよ。クリス」

おお……!? 男同士の友情だ。昔から仲良しだもんね。

私が会う機会がなかっただけで、お兄様達は会っていたのだろうし。

よし！ お兄様が作ってくれたこの隙に抜け出そう！

笑顔を貼り付けたまま、気配を消して動こうとした……その時。

「それで、やはりシャルロッテ嬢はもう私のことをお兄様とは呼んでくれないのか？」

クリストファー殿下の瞳は、お兄様の陰から逃げ出そうとしている私の姿をしっかり捉《とら》えていた。

……脱出失敗だ。

私は心の中で、深い深い溜息《ためいき》を吐《つ》いた。

「クリストファー殿下。大変申し訳ございませんが、もう何も知らない幼子ではないのです。どうぞ……お許し下さいませ」

私はそう言って、深く頭を下げた。

だから諦《あきら》めて。これ以上は関わらないで。私は関わりたくない。

「……私がいいと言ってもか？」

ギクッ。

頭を下げているから表情までは分からないけど……悲しそうな声なのは分かる。

はぁ…………。

これでは、私が意地悪しているみたいじゃないか……。

クリストファー殿下は悪い人ではないのだ。それはこの短時間で理解した。

素直で正義感が強い、優しい王子様なのだ。

性格的に好感は持てるが、それ以上もそれ以下もない。

何度も言うが、これ以上の関わりを持ちたくないのだ。考えたくもない。

私の立場は公爵令嬢であり、放棄はしたものの現王弟の娘。

お父様は、私を王族に嫁がせたいとは思っていないが、公爵家の娘という立場的な問題から、幼い頃《ころ》から私に王妃としての教育を受けさせている。

そして、意外にも優秀なシャルロッテは、王太子妃候補として極めて高い位置にいるのだ。

そんな私が、王太子と仲が良いと思われでもしたら……私やクリストファー殿下が望まなくとも婚約者にされる可能性が充分にあるのだ。

……そんなのは絶対に勘弁して欲しい。

クリストファー殿下に会いたくなかった理由は他にもある。

ゲーム補正みたいなのが入って、五年振りに出会ったクリストファー殿下に恋愛感情を持ったりしたらどうしよう……という不安があったからだ。

でも、それは現時点では大丈夫みたいだ。キレイなこの顔を見ていても何の感情も湧《わ》かない。

……よかった。本当によかった。

しかし、今回は大丈夫でも出会ったことで、これから補正が入らないとも限らない。

だからこそ、クリストファー殿下とは出会いたくもなかったし、今後の交流も続けたくない。

それなのに……。

「シャル。クリスの為に少し折れてくれないかな？」

やんわりと、しかし頑《かたく》なに拒絶をする私に対して、何故かお兄様が殿下のフォローをし始めた。

裏切り者ー‼　なんでそっちのフォローをするかな⁉

……王太子だからですか？　そうですか。

実の妹よりも権力《クリストファー》を選びましたね？　未来永劫《みらいえいごう》恨みますよ？

ジト目を向ける私をお兄様は涼しい微笑みを浮かべながら見ている。余裕気だな⁉

今更、謝ったって許さないんだから！　もう絶交です‼

頬を膨らませながら、プイッと顔を背けようとした私の耳元でお兄様が不意に囁《ささや》いた。

「リカルド・アーカー」

……⁉　リカルド様⁉　リカルド様が何⁉

「シャルが僕のお願いを聞いてくれるなら、彼を紹介するよ？」

瞳を細めて微笑むお兄様。

リカルド様に紹介ですと……⁉

それがお願いの条件なら、聞かないわけにはいかない。

『はい！　喜んで‼』即答しかけて気付いた。

……あれ？　私、お兄様にリカルド様の話した？

首を傾《かし》げながらしばし考えるが全く心当たりがない。

適当にしてはピンポイント過ぎるし、もしそうなら恐怖しかない……。

「あの日、泣きながら話してくれたけど覚えてないの？」

マジですか……。

色々吐き出したと思ったけど、好きな人のことまでばらしちゃってたのか……。

私のバカ。恥ずかしいな……。

「どうする？　僕はどちらでも構わないけど？」

悪魔《おにいさま》が囁く。

……って！　そんなの決まってるじゃないか‼

「約束を破ったりしたら、お兄様とは二度とお話ししませんからね⁉」

私は悪魔《おにいさま》の手の平の上で転がる選択肢を選んだ。

そのままの勢いに乗り、寂しそうな顔のクリストファー殿下へ向き合った。

「シャルロッテ嬢……？」

「お兄様とはお呼びできませんが……『クリス様』とお呼びしてもよろしいでしょうか？」

私がそう言うと、クリストファー殿下の顔がパッと輝いた。

「様もいらな……」

「では、クリス様。これからの調査、何卒《なにとぞ》よろしくお願い致します」

クリストファー殿下の……クリス様の言葉を無理矢理遮ってから手を差し出した。

お兄様達みたいに握手をして和解（？）するのだ‼　待ってて下さい。リカルド様‼

言葉を遮られたクリス様は一瞬キョトンとした後、すぐに私の手を取り……手の甲にキスを落とした。

ちが——うー‼

「クリス様⁉」

顔を真《ま》っ赤《か》に染めた私を見たクリス様が、クスクスと悪戯《いたずら》っ子のように笑った。

「……悪い。つい」

つい⁉　その顔は絶対に悪いと思っていないですよね⁉　言葉を遮った仕返しですか⁉

私は悪魔と契約を結んだ代償に、早くも大事な物を失ってしまった……。

楽しそうなお兄様《おにいさま》とクリス様。頬を膨らませている私。

そんなこんなで、お父様達【リア】のメンバーを先頭に、ダンジョン調査が開始された。


地下三階層は猿飢《えんき》の進化系の【猿紅の巣《えんこう》】で、地下四階層は雨黒《うこく》の進化系【雨血の巣《うけつ》】だった。

【猿紅】は、三メートルくらいの大きな二足歩行の大猿のような出《い》で立《た》ちだった。

猿飢のように仲間を呼び寄せるのは勿論《もちろん》のこと。元々赤い顔が更に真っ赤に染まると、超音波系の咆哮《ほうこう》を上げた。これが鼓膜を直撃し、敵の行動を不能にさせるという厄介な攻撃だった。

【雨血】は、二メートル弱の鳳凰《ほうおう》に似た姿形をした巨大鳥に進化していた。

血のように真っ赤な炎を纏《まと》った身体《からだ》。雨黒の攻撃である尖端《せんたん》の鋭い羽を雨のように降らせる攻撃には炎と毒がプラスされており、少しかすっただけでも地獄の業火の如《ごと》く苦痛を味わわされる。

この世界の魔物は進化すると『あか』の文字が入るのだろうか？

そんな素朴な疑問を持ちつつ、私達一行は進化した魔物もサクサク倒しながら進んで行く。

……あれ？　猿飢に手を焼いたと聞いたのに……猿紅は余裕なの？

お兄様へ疑問を投げ掛けてみれば、原因は猿飢が落とす魔石のせいだったということが分かった。

お父様達は、ダンジョン調査の合間にこなせそうな依頼を全《すべ》て引き受けて潜っているらしい。

その中に猿飢の落とす魔石の回収もあり、『この機会に集められるだけ集めよう』と、猿飢の数を増やせるだけ増やしてから討伐した為《ため》に、予想以上に時間がかかってしまったそうだ。

つまり、欲張ったから辛《つら》くなった……と。

うん。それは自業自得だわ！

今回はもう魔石を集める必要がないから効率のいい無双モードなのだ、と。

お父様達が一方的に殲滅《せんめつ》していくのを、私はただ後ろに控えて見ているだけだった。

因みに、各階層の魔物を殲滅し尽くすと、同じ魔物は出現しなくなる。


通常、魔素の濃いダンジョンの中に普通の草花は咲かない。

食虫植物として有名なハエトリソウやネペンテス。あれに似た植物が二メートルくらいに超巨大化した状態で生えていた。これらは立派な人喰《ひとく》い植物型の魔物である。

個体別に名称はなく、【キラープラント】と一括してそう呼ばれている。

近付いてきた獲物をパクっと呑《の》み込み、体内にある消化液でじっくりと溶かして吸収する。

種を銃弾のように使用した激しい攻撃も仕掛けてくる。

更に、キラープラントは即死以外の攻撃を受けると分裂する。そして自らの命を守る為に、根元が動ける脚へと進化し、逃げたり追い掛けたりして来るようになる。

キラープラントのイメージは、有名ゲームに出てくるパックン○ラワーを想像してもらえたら分かりやすいかもしれない。まさにアレに脚が生えているような魔物なのだ。

私はジト目でキラープラントを眺めていた。

私達が地下五階層に降りて来た時、キラープラントは五体ほどしかいなかった。

それが今ではどうだ……。

この五階層を覆い尽くすほどにまで増えてしまっている。

……密林《ジャングル》か‼

さっさと焼き払ってしまえばいいのに、お父様達は私でも分かるくらいに無駄な攻撃を繰り返している。キラープラントを増やして、大量に魔石を回収したいという欲がダダ漏れである。

因みに、私とお兄様とクリス様は、先頭から少し離れた所で、私の張った結界の中に控えている。

クリス様は余計なのだが、二人は私の護衛なのだそうだ。

こうしている間にも……キラープラントは着々と増え続けている。

「お兄様。これ以上、キラープラントを増やすのは得策ではないかと。超高温の炎の魔術で焼き払ってしまった方がいいと思いますが……どうでしょう？」

私の両隣に立つお兄様とクリス様に提案すると、何故か二人から完璧な笑顔を返された。

あれ？　……引かれてる？

「シャルロッテ嬢は過激になったな……」

「うん。お転婆でしょ」

「……元気なのはいいことだと思う」

「見ていて面白いから、僕の目の届く範囲でならいいんだけどね」

こら‼　私が目の前にいるのにヒソヒソするな‼

悪口か⁉　悪口だな⁉

「……お兄様。クリス様？」

あなた達には言われたくありませんよ？

微笑みを浮かべたままえげつない魔術をバンバン使うお兄様と、魔術で強化させた剣でズバズバと魔物を切り裂くキラキラな王子様。そんなあなた達二人には。

「まあ、確かにここら辺が引き際だろうね。父様達も分かってるだろうけど……怪しいな。ちょっと行って来るから、シャル達はここを動かないで？」

お兄様は結界を抜け、キラープラントの群れを捌《さば》きながら先頭集団の方へ走って行った。

「ちょっ……！　お、お兄様⁉」

お兄様が行ってしまったらクリス様と二人きりになるじゃないか‼

正しくはキラープラント達が周りにうようよといるので、二人きりではないのだが……。

……何か話さないと駄目だろうか？　話すことなんて特に何もないのに。

「………………」

沈黙が気まずいのは私だけ？

何となく焦り出した頃《ころ》。クリス様の方から私に話し掛けてきた。

「シャルロッテ嬢は……公爵令嬢なのに、これからもダンジョンの調査を続けるのか？」

『淑女なのだから、邸で大人しくしているのが普通だ』だなんてつまらない台詞《セリフ》を続けるつもり？

「……いけませんか？」

瞳を細め、静かに戦闘態勢に入る。

私がダンジョン調査に参加しているのを、快く思わない人達がいるのはお兄様に聞いたので既に知っている。それは主に私を王太子妃にしたいと考えている派閥の貴族達である。

「いや、悪くはない。理由が知りたいと思ったのだが……気を悪くしたのなら、すまない。私が知っているシャルロッテ嬢は……その、怖がりだったからな」

……あれ？　止めないの？　クリス様には絶対に止められると思っていた。

ゲームの中のクリス様は、女性や子供は男が守るべき存在であることを公言していた。

だから、傷付きながらも戦わざるを得ない状況の彼方に対して、己の不甲斐《ふがい》なさを悔やむシーンがあったのだが……。

毒気を抜かれるとは、こういうことかもしれない。戦闘態勢が簡単に剥《は》がれてしまった。

「……幼子とは怖がりなものだと思います」

本当は今だって怖がりだ。

「私が調査チームに入ったのは、叶《かな》えたい望みがあるからです。それが何かは……クリス様でもお教えできませんが……」

もう漠然とした不安にただ怯《おび》えるだけの子供には戻れない。戻りたいとも思わない。

今は大切な人達を亡くすことが何よりも一番怖い……。

回避できる術《すべ》があるのなら、怖がっているだけでなく立ち向かうべきだ。

「それは……魔物に襲われる危険を冒しても成し遂げたいことなのか？」

「はい。何がなんでも成し遂げたい。そんな望みです」

その為なら私の命だって懸けてもいいが……せっかく生まれ変わったのだから、命を無駄にしたくはない。

「私に手伝えることはないだろうか？」

……いいえ。結構です！　全力で拒否します‼

「い、いいえ。これは私が自力で頑張らないといけないことですから」

「そうか……」

シュンと肩を落とすクリス様。

……どうしよう。クリス様が、悲しそうな顔をしたゴールデンレトリーバーに見える。

ゲームの自信満々な王子とは違い、目の前のクリス様は純粋すぎてどう扱っていいか分からない。

ゴールデンレトリーバー化したクリス様を慰めるべき？　な、撫《な》でた方がいい？

あー！　もう‼　こんなはずじゃなかったのに‼

想定外のもどかしい状況に頭を掻《か》き毟《むし》りそうになる。

「お待たせー。やっぱり無駄にキラープラントを増やして魔石を稼ごうとしてたよ」

お兄様が走って戻ってきた。

「どうしたの？　二人共」

お兄様は首を傾《かし》げながら、私とクリス様を交互に見る。

「……何か、邪魔したかな？」

回れ右の体勢になるお兄様《おにいさま》の腕をガシッっと掴《つか》む。

絶対に逃がしませんよ⁉　私の救世主‼

「いや、大丈夫だ。私の質問に答えてもらっていただけだから」

クリス様の言葉に合わせて、ぶんぶんと首を縦に振る。

「質問？」

「シャルロッテ嬢が調査に参加したのは何故《なぜ》かと聞いていた」

「あー、なるほど。それでシャルロッテは理由を教えたの？」

お兄様の瞳《ひとみ》がスーッと細められていく。

何か……企《たくら》んでいる？

「いいえ。『叶えたい望みがある』と……それだけです」

私は警戒をしながら首を横に振って答えた。

「言ってしまえばいいのに」

「お兄様……!?」

私は思わず非難混じりの声を上げた。

簡単に言えることじゃない。普通の人なら決して信じてくれないことだとお兄様なら分かるはずなのに……。どうして……？

私はワンピースのスカート部分をギュッと握り締めながら顔を俯《うつむ》かせた。

「シャルは僕が心配だから参加したって」

お兄様はスカートを握る私の手に、自らの手をそっと重ねて来た。

「大好きなお兄様と離れたくないんだよね？　『ずっと一緒にいたい』って……僕のシャルはこんなに可愛《かわい》いんだよー！」

大袈裟《おおげさ》なくらいに声を張り、クリス様にドヤ顔を向けているお兄様。

これは多分……誤魔化《ごまか》してくれたんだよね？

私の視線に気付いたお兄様が、パチンとウインクして見せる。

……よくよく考えれば私に甘いお兄様が、私との秘密を簡単に他人に話すわけがないのだ。

私とお兄様は未来を変える為《ため》の共犯者なのだから。

「大好きお兄様‼」

私はわざと大袈裟にお兄様に飛び付いた。

お兄様は体勢を崩すことなく、私をしっかりと抱き止めてから、優しく頭を撫でてくれた。

「ルーカスばかりずるいぞ‼」

頬を膨らませたクリス様が、私達二人の間に無理矢理に割って入ろうとする。

「私だって！　シャルロッテ嬢のような可愛い妹が欲しかったんだ‼」

……妹？　なんでそうなる。

「ルーカスはいつも私に自慢してくるんだ！　『シャル《妹》は世界一可愛い』って‼」

つり目で目付きの悪い妹を『可愛い』って、何を言って……

「この前だって、『僕に抱き付いて泣くシャルが可愛いすぎて辛い』って手紙で自慢してくるし！」

はあぁあああ⁉

「お兄様⁉」

あ、あれを教えたの⁉　しかもクリス様に⁉

私は真《ま》っ赤《か》な顔でお兄様を睨《にら》み付けた。

ゲームの中のルーカスは、妹に激甘で溺愛《できあい》している設定ではあったけど、それは両親達を亡くしたせいだと思ってた。現実の記憶を辿《たど》っても、甘やかされてはいたと思うけど……こんな兄ではなかった気がする。もっとこう……冷静な感じ？　とにかく、こんな妹バカ《キャラ》ではなかったのだ。

……ただ、正直お兄様がどこまでの本心を見せてくれているのかは分からない。

常に演技や計算をしているようにも思えるからだ。

「ははっ。ばらされちゃった」

悪戯《いたずら》が見つかった時の子供のように舌をペロッと出すお兄様。

「僕の妹が可愛いのは事実だから仕方ないじゃない？」

平然と言い放つお兄様が、本当はただの妹バカだったらどうしよう……。

「シャルロッテ嬢‼　やっぱり、『お兄様』と呼んでくれないか⁉」

クリス様。そんなに妹が欲しいのですか……。

「この前、父上達に頼んだが……妹は無理だと言われてしまった」

シュンと肩を落とすクリス様は、再びゴールデンレトリーバーと化した。

耳がシュンと垂れ下がっているゴールデンレトリーバーだ！

「……って、頼んだのですか⁉」

しかもこの前って、最近じゃないか！

確かに王様と王妃様はまだまだ若いけど。

……話を聞いていると、どうやら私は恋愛対象ではないみたいだ。

言うなれば……『理想の妹』？

これは間違いなくお兄様の洗脳によるものだろう。私を美化しないで欲しいんだけどな……。

それに、私のお兄様はルーカスお兄様だけでいい。間に合っている。

そうハッキリ言ったら泣くかな？　だが……断る‼

「私のお兄様は一人だけです。クリス様をお兄様とお呼びすることはできません。ですが、ルーカスお兄様のように私を『シャル』と呼んでもいいですよ？」

これが私の最大限の譲歩だ。……諦《あきら》めともいう。

私もクリス様も互いに恋愛感情はないし、『妹のよう』と思われるだけなら安全な気がしたのだ。

どのみち、ダンジョン攻略が終わるまでは、嫌でも関わらなくてはいけない相手なのだ。それならば自分で折り合いをつけて穏便に済ませたいと思うじゃないか……。

「いいのか⁉　シャルロッテ嬢……シャル！」

……うん。今度は嬉《うれ》しそうにブンブンと尻尾《しっぽ》を振っているゴールデンレトリーバーが見える。

次回からは、可もなく不可もない。そんな妹的ポジションでひっそり、こっそりしておこう。

この時の私の選択を早々に後悔するはめになるとは、この時の私はまだ知らない……。


ふと上から視線を感じた私は、抱き付いたままだったお兄様を見上げた。

すると、アメジストブルーの瞳が優しく私を見つめていた。

………？

最近のお兄様は、こんな風に優しい瞳で私を見ていることが増えた気がする。

何だろう？　私は内心で首を捻《ひね》った。

「さて。落ち着いたみたいだから、そろそろこの状況をどうにかしようか？」

瞳を細めながら微笑《ほほえ》むお兄様。

……この状況？

って、そ・う・い・え・ばー‼

「お父様⁉」

置かれている状況を思い出した私が、結界の外に視線を向ければ……。

僅《わず》かに残っていたはずの五階層の隙間《すきま》は全《すべ》て埋め尽くされ、立派な密林《ジャングル》が完成していた。

私達のいる結界の形に沿ってキラープラントの群れがぎゅうぎゅうに張り付いている。

どうしてこうなった⁉

それは勿論《もちろん》、欲に駆られた大人達のせいである。

唐突に『テヘペロ』をしているお父様の顔が浮かんだ。

何だろう……凄《すご》くイライラする。

沸々どころか、グラグラとした怒りが沸き上がってくる。

プツンと頭の中で何かが弾《はじ》けた音がした瞬間……。

私はほぼ無意識に右手を掲げていた。

「……全てを焼き尽くせ。ファイヤーストーム‼」

ゴォ――――ッ。

私が呪文《じゅもん》を唱えたのと同時に、天井まで到達する程の高さの炎の柱が四方八方から出現した。

炎の柱はそれぞれが竜巻のような動きをし、キラープラントの群れを巻き込みながら、一方的に焼き尽くしていく。まるで、世界の終わりのような光景である。

お父様達も一緒に少し焦げたらいい！

キレている私は、お父様達には敢《あ》えて弱めな結界しか掛けなかった。

「……シャルを怒らせてはダメなのだな」

隣から呆然《ほうぜん》としたクリス様の声とクスクスと笑うお兄様の声が聞こえた気がしたが、今の私はそれどころではない。

全てのキラープラントを殲滅《せんめつ》させたのを確認してから炎の柱を消した。要した時間は三分弱。

そして今。五階層を更地に戻した私の目の前には、お父様を含めた数名の大人達が、髪や服を焦がした状態のままで正座している。

「皆さんが何をしたのか理解していますか？　無茶をすれば我々に被害が出るのですよ？」

十二歳の公爵令嬢に説教されるいい歳をした大人達。

……何故かその中にクリス様が混じり、一緒に正座をしているのだが……どうした？

「今後、魔石を集める時は程々に。必ず私達の了承を得てからにして下さい。分かりましたか？」

怒っている私の目は、いつもより更につり上がって迫力が倍増でもしているのか、大人達＋クリス様は何度も首を縦に振った。

「もし、約束を破ったら……大人の皆さんなら分かりますよね？」

ニッコリ笑った私は、右手を掲げて小さな炎の柱を出しながら、そのまま三十分説教を続けた。

その間ずっと、大人達＋クリス様は真っ青な顔で何度も首を縦に振り続けたのだった。

「これで一週間は保《も》つかな？」

お兄様はそう言って笑っている。

ここまでやったのに一週間しか保たないの……？

思わず天を仰ぎたくなった。女神様、助けて……！


その後はみんなで落ちている魔石を集めることにした。

キラープラントの魔石は、ペリドットという宝石に似た黄緑色のキラキラした綺麗《きれい》な石だった。

落ちている魔石は数にしたら数百個は下らないだろう。この数以上のキラープラント達がいたのだと思うと、沸々とした怒りがまた湧《わ》いてくる。

あー！　もう！　一つ、一つ魔石を拾うのが面倒くさい‼

野球のボールサイズの物から、チ○ルチョコサイズの魔石までが至る所に落ちている状況だ。

全てを手で拾っていたら回収だけでも半日はかかりそうだ……。

手で拾うことを放棄した私は、少し大きめな皮の袋を左手に持ちながら掃除機をイメージした。

「吸引」

そう呟《つぶや》くと、ダンジョン中に散らばっていた魔石が、あっという間に全て皮袋の中に吸い込まれて行った。

……私の周囲にあった魔石だけ拾うはずだったのに、だ。

そっと視線を上げると、みんなは生暖かい笑顔を浮かべて私を見ていた。

この日から私は『パンドラの箱』と、密《ひそ》かにそう呼ばれることになった。
何故《なぜ》だ⁉　私の中身には災いが詰まっているとでも言うのか⁉

こうしてやっと、本日のダンジョン調査は終了したの…………っ⁉


「殿下。お迎えに参りました」

ダンジョンの中から地上に戻ってくると、入口付近に騎士団の制服を纏《まと》った数名が、横並びに整列しているのが見えた。

その中の一人。クリス様に声を掛けた人物の顔をハッキリと目で捉《とら》えた私は、そのまま踵《きびす》を返してダンジョンの中に戻りたくなった。それは何故か……。

「すまないな。ハワード」

ルーカス、クリストファーに続き三人目の攻略対象者である【ハワード・オデット】がそこにいたからだ。

どうしてお前がここにいるんだー‼

思わず叫びそうになる口元を必死で押さえる。

もう……なんで次から次に出てくるかな。

クリス様もハワードも、お兄様が学院に入ってから私と関わりができるはずじゃなかったの？

眉間《みけん》を押さえながら、深い深い溜息《ためいき》を吐《つ》く。

溜息を吐くと、幸せが逃げるというのに……私はあと何回溜息を吐き続ければいいのだろうか。

クリス様の迎えに来たと言うハワード。王太子という立場を考えれば当たり前なのだが……。

それが何故にハワードが筆頭なのか……。他にも適任いるよね⁉

だってハワードだったら……

「お、ルーカス！　久し振りだなー‼」

やっぱりこうなるよね？

公爵家と侯爵家の嫡男同士だもん。やっぱり知り合いですよねぇ……。

冷や汗を流す私の前で握手を交わすお兄様とハワード。

……今すぐに空気になりたい。私は空気。私は空気。私は空気……

気配を消し掛けたところで……ハワードがお兄様越しにひょっこりと顔を覗《のぞ》かせてきた。

「あれ？　この女の子は、もしかしてルーカスの妹か？」

そうなりますよねぇ……。

「初めまして。私はシャルロッテ・アヴィと申します。兄がいつもお世話になっております」

借りてきた猫ならぬ、公爵令嬢スマイルを顔面に貼り付けながら淑女の礼をする。

嫌だけど、この状況で挨拶《あいさつ》しないわけにはいかないよねぇ……。

やっぱり、不自然でもダンジョンの中に戻れば良かった。それでやり過ごせていたなら……。

もの凄い量の『たら』『れば』という後悔が押し寄せてくる。

次こそは即断即決してやるんだからっ‼

「兄君からお噂《うわさ》は聞いております。私はハワード・オデットです。どうぞお見知りおきを」

ハワードは私の手を取り、手の甲に軽く口付けながら騎士の礼をする。

私はゾワッと鳥肌が立ちそうになるのを必死に堪《こら》えた。

……ゲームの中でのハワードは決して嫌いではなかった。

しかし、この世界で攻略対象者と接すると、どうしても私の断罪シーンが頭に浮かぶのだ。

「噂ですか？　お兄様は私の悪口でも仰《おっしゃ》ってたのかしら」

手を頬に当てながら首を軽く傾《かし》げ、できるだけ可憐《かれん》な少女を装う。

実は……ハワードは可愛《かわい》いだけの女子には興味がないのだ。

「いえいえ。兄君のお噂通り可愛《かわい》らしいお方でいらっしゃる」

すると案の定、型通りのお世辞と笑顔を返された。

「ふふっ。私のお兄様はお目が悪くていらっしゃるの」

私は両手で口元を押さえながら、ダメ押しとばかりにはにかんで見せた。

ふう……。これでハワードは私への興味を完全に無くしたことだろう。

今のところ、『筋肉ワンコ』の面影は見当たらない。ただの体育会系の爽《さわ》やかイケメンといった印象のハワード。『騎士』なだけでも人気なのに、将来の騎士団長候補のハワードならさぞかし人気も高いことだろう。しかも紳士としても騎士としても所作や物腰が百点満点ときたら……普通の令嬢ならば恋にも落ちるだろう。私は絶対に好きにはならないけどね！

予期せずにハワードに出会ってしまったが、この調子なら何事もなく終わりそうだ。

そう思ってたのに………。

「シャルは可愛いだろう⁉」

突然、脇《わき》から口を挟んで来たのはお兄様ではない。

「……クリス様？」

余計なことを言わないでー‼

「シャルは可愛らしいだけでなく、凄く強くて格好いいんだ‼」

ば、ば、馬鹿‼

ハワードの瞳《ひとみ》がギラリと怪しく光ったのを……私は見逃さなかった。

ゲームの中の『筋肉ワンコ』は、『強い』というキーワードに反応した。

この世界のハワードもソレに反応するらしい。

「……強い？　シャルロッテ嬢が？　ただの可愛らしい少女なのに……？」

ほらー‼　私に無関心だったハワードの瞳に興味という名の炎が灯《とも》ってしまったじゃないか！

「シャルの炎の魔術は凄《すさ》まじかったんだぞ‼」

「へぇー？」

クリス様は子供のようにはしゃぎながら、ダンジョン内での出来事を全《すべ》てハワードに話してしまう。

クリス様に心を許してしまった、さっきまでの自分が死ぬほど恨めしい……。

お願いだから、誰かこの馬鹿《クリス様》を止めて下さい‼

口を塞《ふさ》ぎたいのに、王族だからという理由で実行できない……このもどかしさ。

いっそのこと魔術で眠らせてしまおうか？

過激な思考が浮かび始めた時。今まで静観していたお兄様が、自然な感じで滑り込むように私の前に立った。

「クリス、もう戻らないと今日中に王都に戻れないんじゃないのかい？」

お兄様《おにいさま》は自らの背中で私をハワードの視線から遮ってくれたのだ。

救世主‼

「あ、ああ……。もうそんな時間か」

お兄様の言葉に大きく頷《うなず》いたクリス様は、手振りで騎士達に指示をし出した。

「今日は世話になった。また次もよろしく頼む」

帰路の準備が整ったクリス様は、微笑《ほほえ》みながら片手を軽く上げた後に、騎士達を伴ってようやく帰って行った。


……クリス様御一行のお見送りの際に、ハワードがずっとこちらを見ていたのには気付いていた。

意地でも視線は合わせなかったけど‼

あー……胃が痛い。それもこれもクリス様が余計なことを言ったからだ。

胃の辺りを押さえる私の頭をお兄様が労《いたわ》るように撫《な》でてくれる。

「お疲れ様」

……うん。凄く疲れた。

地下三階分を一日で攻略できたというのに、ハワードの登場でその喜びが台無しになった。

どうしてこうも問題が出てくるかな。

私は平穏に生活したいだけなのに……。

こんな時こそ、お酒を飲んでパーっと気分転換をしたいのだが……年齢の壁がそれを邪魔する。

飲めないものは仕方ない。せめておいしい物をたくさん食べて幸せな気分になろう。
こうして今度こそ、長い、長い一日がようやく終わりを告げたのだった。

第四章　幸せクッキングとお兄様の約束

あれから二日。

ダンジョン調査はお休み中です。

待ち焦がれていた初ダンジョンは、まさかのクリス様とハワードという二人の攻略対象者が同じ日に現れるというなかなかに濃くハードな一日だった。

これからもダンジョン調査で、一緒になるのが確定しているクリス様はまだいい。

……問題はハワードだ。あれは近い内に突撃して来そうな勢いだった。

嫌だなぁ……。どうにか逃げられないかな……。

アヴィ家自慢の庭園の隅で、私は深い深い溜息を吐《つ》いた。

ああ……また一つ幸せが逃げた気がする。

このままじゃ色々と爆発してしまいそうだ。

そうならない為《ため》にも、あれを作っちゃうしかないでしょう！

幸せは自分で作るのだ‼

ということで、私が向かったのは庭園の隅に植えてある大好きな食用花のコーナーである。

今日は、そこに咲く《ラベル》を使って、とある物を作るのだ。

ラベルとはマスカットのような味のする食用花で、ラベンダーに似た形の花で小さめな花弁《はなびら》は一枚だけでも充分に甘味を感じることができる。

今日はある程度の量が欲しいので、花の密集している先端部分を二十個ほど摘み取った。

必要な量の花を摘んだ私は、そのまま近くにあるテーブルセットへ移動した。

テーブルの上には、透明な水の入ったピッチャーが一つと、蓋《ふた》の閉められるタイプの空瓶が一つ、グラスを数個用意してある。


摘みたてのラベルの花弁だけを千切り、五百ml容量の空瓶の中へ入れたら準備はＯＫだ。

ベンチシート状の椅子に腰を下ろし、テーブルの上にある瓶の中のラベルを眺める。

さあ、ここからはチートさんの出番です。

君ならできる‼　君に全てが掛かっているんだ‼

成功しますように……と、ありったけの願いを込めて右手を瓶に翳《かざ》す。

まずはラベルの花弁を凍らせる。それを粉砕して圧縮し、ラベルの甘い部分だけを搾り出すイメージを膨らませるのだ。

「…………抽出」

ゆっくりと呟くと同時に、フワッと柔らかい光に包み込まれた。その光は数十秒ほどで消え……光が消えた後には、五百mlの瓶の中いっぱいに薄紫色の液体ができていた。

できたての薄紫色の液体を、一口分だけグラスに注いで飲み干す。

「……うん！　ラベルの新鮮な甘い味がしておいしい」

爽やかなマスカット風味の甘さが濃縮されたラベルのシロップの完成だ。

今日はこれを使って、子供でも飲めるラベルのジュース（ノンアルコール）を作る。

お酒に似た飲み物を作って、少しでも気分を上げるのだ！

私には、エールとクランクラン酒以外の新しいお酒を世の中に広めるという野望があるのだ。

その為にもどんどん実験しないとね！　勿論《もちろん》、お兄様との約束のお酒作りも兼ねている。

このまま氷と水で割って飲むのもいいけど、ノンアルコールに『炭酸』は欠かせない。

やっぱりシュワシュワしてないとね！

……とはいえ、私は炭酸水の作り方を知らない。炭酸ガスが混じった水であるという知識だけ。

まあ、要はシュワシュワでビリビリする身体《からだ》に害のない水ができればいいのだ。

ピッチャーの中に入っている大量の水。これを加工します！

それに手を翳しながらイメージしたのは、すごーく弱い雷だ。その雷がピッチャーの中の水をかき混ぜながら、シュワシュワでビリビリな水になるようなイメージを膨らませる。

シュワシュワ……ビリビリ……シュワシュワ……。

チートさん、チートさん。今度もお願いしますよ？

「……サンダー」

凄《すご》く小さく呟《つぶや》く。

すると、辺りがピカッと一瞬だけ光り、ピッチャーの中に小さな小さな稲妻が落ちた。

稲妻が落ちた後のピッチャーの水は、ブクブクと沸騰した状態になっている。

……失敗？　成功？　どっち？

ドキドキしながら見ていると、ピッチャーの中の水がだんだんと落ち着き始め、最終的には水の中に気泡が見える程度に収まった。

それを恐る恐るグラスに注ぎ……思い切って口にしてみる。

…………んっ⁉　これは、炭・酸・水だ‼

果たしてコレを炭酸水と呼んでいいのか分からないが、私にはそうとしか思えない。

よし！　コレはシャルロッテ式『タンサン水』と命名しよう‼

ニヤリと微笑《ほほえ》んだ私は、いそいそとグラスの中にラベルのシロップとタンサン水を注ぎ入れた。

あ！　絶対に氷も欲しいよね！　冷たくしなくちゃ‼

ルンルン気分で氷の魔術を使って、作り出した氷もグラスに入れた。

これをストローでかき混ぜたら……。

「ラベルジュース（ノンアルコール）の完成ー‼」

早速、ストローでジュースを吸い上げる。

「……おいしい‼」

行儀が悪いのも忘れて、悶絶《もんぜつ》しながら足をバタバタさせてしまう。

これはアルコールが入っていないだけのマスカット味の酎《ちゅう》ハイの味だ‼

久し振りのお酒の味に、緩む頬を抑えきれない。

私は頬杖《ほおづえ》をつきながら、ストローでグラスの中の氷をカラカラと混ぜ、その味を堪能していた。

カサッ。

聞こえて来た葉音の方へ視線を向けると、そこには微笑みを浮かべるお兄様の姿があった。

「随分と嬉《うれ》しそうだね。何を飲んでいるの？」

相変わらず神出鬼没な人だ……。

「ラベルでジュースを作ったのですが、お兄様も飲んでみますか？」

私の隣に座るのだろうと場所を詰める為に立ち上がった私は、ここで漸《ようや》くお兄様の後ろに誰かが立っていることに気が付いた。

……えっ…………？

あまりの衝撃に、心臓が止まってしまうかと思った。

瞳を見開き、呆然《ぼうぜん》と立ち竦《すく》む私。

そんな私に向かって微笑みながら手を差し出してきたのは……

「こんにちは。初めまして、僕はリカルド・アーカーです」

私が焦がれてやまない彼《か》の人だった。


【リカルド・アーカー】

シルバーグレーの髪に、透き通るようなブルーグレーの瞳。

穏やかで、優しい狼《おおかみ》系獣人の少年。

これは夢だろうか……。思わず、ごしごしと目を擦《こす》る。

……………まだ見える。随分とリアルな夢だな……。

フニっと自分の頬を掴《つか》みかけて……ふと、我に返る。

頬《ほ》っぺたを掴んでいる変顔を、リカルド様には絶対に見せたくない‼

夢でも幻でもいい！　夢ならどうか覚めないで……‼

「初めまして……。ルーカスの妹のシャルロッテ・アヴィです」

差し出された手に、自分の手を重ねた。

初めて触れたリカルド様の手は、指先と親指の付け根が少し硬くなっていた。剣ダコだろうか。

触れることのできないゲームとは違う。生身の温かさに胸がジーンとして涙が出そうになる。

「よろしくね」

リカルド様は私の手の甲にキスを落とし、首を横に傾《かし》げながら微笑んだ。

ブルーグレーの透き通ったキレイな瞳が私を見つめている……。

リカルド様は私を殺す気ですか⁉　よし！　絶対に今日は手を洗わない！

はあぁ……。やっぱり、私はリカルド様が大好きだ。

ゲーム画面での見慣れた姿より若干幼さが残っているが、この少年っぽさがまた愛《いと》おしい。

リカルド様は、耳と尻尾《しっぽ》だけが残っている獣化姿だ。

ハスキー犬のようなシルバーグレーのモフモフ……。

ああ……あの耳に触りたい。尻尾にも触りたい。

もう、私の理性は限界だ。悶《もだ》えそうになるのを必死に堪《こら》える。

「あ、あの……『リカルド様』と、お呼びしてもよろしいでしょうか？」

おずおずと上目遣いで尋ねる。

心の中では勝手に呼んでいるけどね⁉

「どうぞ。シャルロッテ嬢」

微笑むリカルド様。

いいの⁉　これはやっぱり夢なんじゃないだろうか？

だったら………‼

「リカルド様……」

「はい」

「私と結婚して下さい‼」

「……えっ⁉」

リカルド様に駆け寄りグイグイと迫る私と、笑顔を貼り付けたままで固まるリカルド様。

「……シャル。ちょっと落ち着こうか？」

お兄様が、私とリカルド様の間に割って入ってくる。

あっ……。リカルド様に夢中になりすぎてお兄様の存在を今まで忘れていた。

「ごめん。妹が失礼した」

私を押さえながら、リカルド様に頭を下げるお兄様。

「いや、驚いただけだから大丈夫だよ」

リカルド様は困ったように笑いながら首を横に振った。

もしかして、引かれた？　……ドン引きですか？

しょんぼりと肩を落とす私の頭を、お兄様が撫《な》でる。

「驚いただけ？　嫌じゃなかった？」

「全然。妹さん……シャルロッテ嬢は、獣人が嫌いじゃないんだなって……驚いた」

引かれてなかった‼

バッと顔を上げると、リカルド様は笑顔で私を見ていた。

「リカルド様、大好きです‼」

真剣な顔で想《おも》いを込めて伝える。

するとリカルド様は私からパッと視線を外し、片手で顔を覆った。

隠しきれていない顔が真《ま》っ赤《か》に染まっているのが見える。

「可愛《かわい》らしいリカルド様も大好きです‼」

ジーっとリカルド様を見つめていると……

「シャ、シャ、シャルロッテ？　ちょっと黙ろうか」

寒気がするくらいに甘ったるい声が、すぐ側から降ってきた。

ひぃっ⁉

ギギギギギッと音がしそうなほどに固まった首をお兄様に向けると、そこには超が付くくらいににこやかな笑みを浮かべたお兄様がいた。

……目……目が全く笑っていない。

お兄様は、固まったまま動かなくなった私の耳元に顔を寄せて囁《ささや》く。

「僕は約束通り会わせてあげただけで……結婚とか、突然の告白とか……許していないからね？」

ゾクリと全身に寒気が走る。

ぜ、絶対零度の眼差《まなざ》し……。突然の氷の貴公子の降臨である。

……怒っていらっしゃる？　私は何度も大きく頷《うなず》いた。

これはまずいと本能が叫んでいる。……絶対に逆らっちゃダメだ。

これ以上お兄様をご機嫌斜めにしたら、せっかく会えたリカルド様を帰しかねない。

空気を読んだ従順な私の態度に満足したのか、お兄様は絶対零度の眼差しを解除した。

「取り敢《あ》えず、いつまでも立ってないで座ろうか」

いつものように微笑《ほほえ》むお兄様だが、これもある意味怖い……。

「リカルドは向かい側にどうぞ」

まだほんのりと赤い顔をしているリカルド様を、向かい側に座らせたお兄様。

自分は当然とばかりに私の隣に座った。

色々やらかした私はちょっと気まずかったので、隣にお兄様がいてくれてよかったと思った。

「これでラベルのジュース……を作ったの？」

お兄様は、テーブルの上に並ぶピッチャーやら瓶やらを不思議そうにジーっと眺めている。

「はい。自信作ですよ」

私は胸を張りながら、ドヤ顔でそう答えた。

「へえー。自信作か」

お兄様が値踏みするような眼差しを向けてきたが、本当に自信作なので気にせずに人数分のグラスを用意することにする。

グラスの中に魔術で作った氷を入れると、リカルド様の瞳《ひとみ》が丸くなった。

「シャルロッテ嬢は、魔術が使えるんだね」

感心したように言うリカルド様に、私は素直に答える。

「はい。最近、使えるようになりました」

「それは凄い……！　僕にも教えて欲しいくらいだよ」

微笑むリカルド様。……天使だ。私の天使がここにいる‼

叫びたい。リカルド様の大好きなところを全《すべ》て叫んでしまいたい‼

『はい！　喜んで！』そう勢いに任せて返事をしようとしたら、お兄様に横目でチラッと見られた。

……すみません。調子に乗りました。

私は空気になろう。私は空気、空気……。

私達のやり取りを見ていたリカルド様がクスッと笑う。

うっ……。やっぱり格好いい。

でも、今の私は空気だから……目の前の作業に集中するのだ。

リカルド様においしいって言ってもらうんだ！

空気になった私は、グラス三つ分の氷を作り続ける。

そんな私の横と正面では先程の話題が続いていた。

「やっぱり獣人は魔術が使えないの？」

そう尋ねるのはお兄様。

「うん。少なくとも僕には使えない」

モフモフのお耳をしょんぼりさせるリカルド様。

……撫でたい。

「私でよろしければ……今度お教えしましょうか？」

「……いいの？」

沈んでいたリカルド様の顔がパァーっと明るくなる。

うっ……。こちらを窺《うかが》うお兄様の視線が痛い。

すみません……。空気がでしゃばりました。

だけど、もっと会いたいし。役に立ちたい……。

「……いいですよね？　お兄様」

上目遣いに、お兄様にお伺いを立てる。

私とリカルド様が同時にお兄様を見つめ続けること……数分後。

「……もう。どっちのお願いか分からないけど……仕方ないな。好きにしたらいいよ」

お兄様は諦《あきら》めたように大きな溜息《ためいき》を吐いた。

やったー‼

笑いながらリカルド様を見ると、さっと視線を逸《そ》らされてしまった。

どうして……？　目を逸らされたショックで胸がズキンと痛む。

痛む胸を誤魔化《ごまか》しながら、氷の入ったグラスにラベルのシロップとピッチャーの中のタンサン水を順番に注ぎ入れる。最後にマドラーで中を少しだけ混ぜて……。

「できました。冷たい内にどうぞ」

完成したラベルのジュースを二人の前に置いた。

お兄様とリカルド様は、薄紫色のキレイな色のジュースの入ったグラスをまじまじと見つめた後、恐る恐るという風に口元にグラスを近付けて……傾かせた。

「これは……⁉」

お兄様はカッと瞳を見開いた。リカルド様は、お耳と尻尾をピンっと立てている。

「おいしい‼　シャル、これいいね！」

「うん！　口の中がビリビリして初めは驚いたけどおいしい！」

二人から『おいしい』を頂きました‼

やったね！

二人とも気に入ってくれたようで、ゴクゴクと全て飲み干してくれた。

「シャルロッテ嬢。これは何なの？」

リカルド様が指差しているのは薄紫色の液体の入った瓶だ。

「これはラベルの花弁《はなびら》を濃縮させた液体……シロップですね」

「ラベルの花弁？　こんな風に液体化できるんだね？」

「はい。試してみたらできました」

ニコッと微笑んだら、リカルド様も釣られるようにして微笑み返してくれた。

……良かった。誤魔化した胸の痛みが和らいだ気がした。

「こんなにビリビリするのはどうして？」

タンサン水のことだろう。

「お兄様達は、こういう刺激のある飲み物を飲んだことはないのですか？」

「僕はないよ。リカルドは？」

「うーん。エールに似ている気はするけど……こんなに刺激はないから違うかな」

おや？　リカルド様はエールを飲んだことがあるようだ。

私も飲んだが、この世界のエールは発酵した程度の超微炭酸だった。

やっぱりこの世界に『炭酸』は存在しないのかな？

「これは、どんな風に作ったの？」

今度はお兄様からの質問だ。

私はシャルロッテ式『タンサン水』の作り方を簡潔に説明した。

すると、正面と横の二人が固まったまま動かなくなった。

……どんな説明をしたかって？

『お水にドーンと小さい雷を落としました』

そう説明しましたが、何か？

「……うん。まあ、シャルロッテだからね」

「そ、そうなんだ。そうやって作るんだ」

あれ？　動き出した二人の反応が微妙ですよ？

お兄様は苦笑いしてるし、リカルド様は困ったように笑っている。

あ、あれ？　もしかして……お馬鹿な子認定された？

それも、お兄様だけじゃなくて、リカルド様にまで……？

「もう、お兄様達には飲ませてあげません！」

私は頬を膨らませ、プイッとそっぽを向いた。

ふーんだ。

いじけた私は、気を引こうとするお兄様達から視線を逸らし続ける。

それから暫《しばら》くすると、後ろの方でお兄様達がコソコソと話す声が聞こえてきた。

耳を澄ませてみるが、残念ながら話している内容までは聞こえない。

声がした方をチラッと覗《のぞ》き見《み》ると、私の隣にいたはずのお兄様がいつの間にか私の正面に座っていた。

え？　どうしてお兄様がそこにいるの？　リカルド様は一体どこへ？

予想外のことに呆《ほう》けた私は、無意識にお兄様が座っていた場所を見て……更に頭の中が真っ白になった。……また心臓が止まるかと思った。

なんと、リカルド様が私の隣に座っていたのだ。

いじけて膨れていたのも忘れ、思わずリカルド様に見入ってしまう。

ああ……。近くで見ても格好いい。

もうこんなに近くにいられる機会はないかもしれない。それなら……‼

我に返った私は開き直って、思う存分にリカルド様を見つめることに決めた。

隣に座っているリカルド様は、私から見てもとても挙動不審だった。

私の視線には気付かずに、俯《うつむ》いて何かを呟《つぶや》いている。時折、思い切ったように顔を上げて口を開きかけて……また俯く、といった行動を繰り返している。

お兄様の方をチラリと見れば、凄《すご》く人の悪い笑みを浮かべてリカルド様を見ていた。

何も聞かなくても、リカルド様の挙動不審の原因がお兄様にあることを悟った。

……何をさせるつもりなのか……。

リカルド様には申し訳ないのだが、この状態のお兄様を私が止めることはできない。

止めた後が怖いのだ……。罪悪感でいっぱいになっていると、遂にリカルド様が口を開いた。

「……シ、シャル？」

な、何ですと⁉

リカルド様が私のことを『シャル』という愛称で呼んでくれたのだ。

喜びに気持ちを昂揚《こうよう》させた私は、瞳を大きく見開きながらリカルド様を見た。

リカルド様は恥ずかしいのか、真っ赤な顔で瞳を伏せ、全身はプルプルと小刻みに震えていた。

今なら、リカルド様が可愛《かわい》すぎて悶《もだ》え死《じ》にできそうな気がする。生きるけど。

リカルド様の全《すべ》てをこの目に焼き付けてやる‼

……今までの流れを見ると、私の機嫌を直す為《ため》にリカルド様を生《い》け贄《にえ》にした感じだろうか？

お兄様グッジョブ‼

その思惑通りに機嫌を直してしまった私だが、リカルド様が大好きなのだから仕方ない。

それにしても……。

目の前にいる素直で優しい彼が、これまで波瀾万丈《はらんばんじょう》な人生を送ってきたとは到底信じられない。

ゲームで脇役だったリカルド様の生い立ちは、作中ではほとんど語られてはいなかった。

この世界で知ったのだがリカルド様は、なんと公爵家の後継ぎだったのだ。

『家を継ぐ』という台詞《せりふ》はあったが、攻略対象者ではないリカルド様の立場は知る由もなかった。

リカルド様のお母様がアーカー公爵家の一人娘で、お父様が獣人で貧乏子爵家の長男。

結婚を反対された両親が、駆け落ちをした末に生んだのがリカルド様だ。正式にはリカルド様は、ハーフの獣人という扱いになる。ハーフではあるが完全獣化は可能らしい。

十歳の時に事故で両親を亡くし、祖父であるアーカー公爵に引き取られるまでの数年間をリカルド様は、自分に貴族の血が流れていることも知らずに市井で一人で生きていたそうだ。

両親の残してくれていた畑を耕し、狩りをしながらギリギリの状態で生き延びていた孫に、アーカー公爵は、頑固な自分が結果的にリカルド様の両親を奪ってしまったことや、迎えに来ることが遅くなったことを頭を下げて心から謝罪し、遠慮をするリカルド様を半《なか》ば強引に公爵家に招き入れ、跡取りとして大事に育ててきた。ハーフ獣人のリカルド様を毛嫌いすることもなく、今では立派な孫バカ《じじ》になっているそうだ。

幼い頃《ころ》に両親を亡くし、一時期は絶望の淵《ふち》に立たされたはずのリカルド様が、こんなにも優しくて穏やかに成長したのは、亡き両親やお祖父《じい》様達からの深い愛情。そして何よりも、リカルド様の精神的な強さや努力の賜物《たまもの》なのだろう。

私はそんな今のリカルド様を尊敬しているし、益々《ますます》、大好きになった。

色々勝手に調べたけど……私はストーカーじゃないよ⁉

「リカルド様。尻尾《しっぽ》に触ってもいいですか？」

唐突に何の脈絡もない状態で尋ねると、リカルド様は身体《からだ》をビクッと跳ねさせた。

「……な、なんで？」

「ダメですか？」

「尻尾は……ダメかな」

困った顔で、尻尾を押さえるリカルド様……可愛い。

「……そうですか」

残念。モフモフしたかった。

「み、耳ならいいよ？」

シュンと肩を落とした私を見て慌てたリカルド様は、そう言ってすぐに頭を差し出してくれた。

え⁉　耳ならいいの⁉

「ありがとうございます！　嫌だったらすぐに止《や》めますから言って下さいね？」

もう……。リカルド様が可愛過ぎて辛《つら》い。

衝動的に抱き付きたくなる気持ちを、全理性を総動員して堪える。

「……触りますよ？」

リカルド様がコクンと頷《うなず》くのを合図に、彼の耳にそっと触れた。

うわぁ……。

モフモフとした滑らかな肌触り。

リカルド様のお耳は、想像していたよりもずっと触り心地がよかった。

たまにピクピクと動く耳がまた可愛らしく、愛おしい。

どさくさに紛れて、そっと髪にも触れる。

サラサラのシルバーグレーの髪も絹のように滑らかだった。

サラサラ。モフモフ。サラサラ。モフモフ……。幸福のオンパレードやー‼

「……楽しい？」

満足気な私を不思議そうな目で見ているリカルド様。

「はい！　凄く嬉《うれ》しいです！」

「そっか……」

リカルド様は恥ずかしそうに少しだけ顔を赤く染めたが、嫌がるような素振りは全く見せずに好きなだけ髪の毛や耳を触らせてくれた。

幸せだぁ……。生まれ変わってよかった。

私はしばらくの間、生リカルド様を堪能したのだった。


「ありがとうございました。リカルド様も私に触ってみますか？」

ペコリと頭を下げた後、首を傾《かし》げながらお返しに提案すると……。

「シャル。女の子がそんな風に気安く触らせてはダメだよ」

リカルド様が返事をするより先に、お兄様のストップが入った。

そんなお兄様の言葉を肯定するように、リカルド様はブンブンと首を縦に振って同意をしている。

「……そうですか。頭を撫《な》でてもらうのはダメなのですね」

「頭？」

お兄様とリカルド様の声が重なった。私はそれに頷く。

「お兄様がしてくれるように、撫でて欲しかったなって。でも、ダメなら諦めます」

残念だけど仕方ない。

まあ、でもいつもお兄様が撫でてくれるから我慢しよう。

「あれ？　どうかしましたか？」

ポカンとしているお兄様とリカルド様。

「いや、何でもない」

「うん。何でもないよ」

顔を見合わせた二人は、苦笑いを浮かべながら大きく首を横に振った。

変なお兄様達だと私は首を傾げた。

微妙な空気が流れかけた時、お兄様がコホンと軽く咳払《せきばら》いをした。

「ラベルのジュースはおいしかったけど、他にも何か考えているの？」

話題が急に変わったが……特に問題ないのでそのまま話に乗っかる。

「はい。他にもシーラやスーリーを使って同じようにジュースを作ってみようと思ってます」

爽《さわ》やかな林檎《りんご》のような味のする白い花のシーラや苺《いちご》のような味のするスーリー。どちらもラベルのように甘くておいしい食用花だ。

「へぇー。シーラとスーリーか。僕も幼い頃によく食べたよ」

リカルド様も興味を持ってくれたようだ。

「最終的にはラベルやシーラ、スーリーを使ってお酒を作りたいのです」

私の言葉にお兄様は納得したように頷いた。

「ラベルジュースのこの味が、お酒だったら需要は充分にあるな。特にご婦人方には好まれそうだ」

私は自分好みのお酒をこの世界に広めたいと思う。そうすれば、いつでもどんな場所でもその時の気分に合ったお酒が楽しめるようになるじゃないか！

「新しいジュースとお酒か……」

リカルド様が顎《あご》に手を当て呟く。

「それがどうかしましたか？」

「アーカー領は、シーラが多く生えている土地なんだけど、シャルロッテ嬢の力が借りられたら、有効利用できそうだと思ったんだ」

あっ……。『シャル』から、呼び方が元に戻ってしまった。当たり前だけど残念だ。

「アーカー領は、シーラの砂糖漬けが有名だったよね？」

「うん。でも、売上げが下がってきていてね……。他に何か作れないか考えているところなんだ」

「なるほど。まあ、アヴィ領も同じようなものだよ」

後継ぎの二人は領地の経営に関してなど色々と悩みは尽きないだろう。領民の生活が安定し、尚《なお》且《か》つ潤いが出なければ領地経営は立ち行かない。商売と一緒だ。

「私で良かったらいつでも協力しますよ」

領地経営の大変さは私には分からない。しかし和泉《いずみ》の記憶のある私だからこそできるアドバイスがあるはずだ。……なーんて格好いい理由を付けたが、本音を言えば下心がある。リカルド様に、私は有益だと、私が欲しいと、必要だと……思ってもらいたいのだ。

「じゃあ、シャル。リカルドには、シーラを使ったジュースとお酒の製造方法と権利。僕には、ラベルとスーリーを使ったジュースとお酒の製造方法と権利をくれる？」

お兄様達からのお願いを私は快諾した。

私には新しい物を作り出せる力があっても、それを広める手段が分からない。だったら適任な二人に任せてしまった方がお互いの利益になる。だけど……。

「シーラとスーリーのジュースはまだ作っていません。試飲もしていないのに私を信用して大丈夫ですか？」

商品の味って一番大事だよね？

「あー、そこは心配してなかった」

そう言って微笑《ほほえ》んだお兄様の目がスッと細められる。

「きっとシャルは、お酒の為なら妥協しないだろうから」

流石《さすが》はお兄様だ。私を分かっていらっしゃる。

笑顔でプレッシャーをかけられたが、私はそれに挑むような視線で応《こた》えた。

そんなことを言われたら意地でも極上な物を作ってみせる。私は負けず嫌いなのだ。

「リカルド様はどうしますか？　シーラのジュースを飲んでから決めますか？　でしたら、すぐに用意しますよ」

「いや、僕も大丈夫。というか、次に会う時に飲ませて欲しいな」

ふんわりと優しく微笑むリカルド様。

次⁉　なんと！　リカルド様から、『次』の約束を頂きました‼

頭の中で盛大なファンファーレが鳴り響く。

私は心の中で何度もリカルド様の言葉を反芻《はんすう》しながら幸せを噛《か》み締《し》めた……。

「……ええと、魔術の使い方を教えてくれるんだよね？　もしかして……社交辞令だったのかな」

私がすぐに返事をしなかったせいか、リカルド様が困ったような顔をしている。

「すみません。次があるんだと思ったら嬉しくて……つい」

テヘッと、上目遣いにペロッと舌を出した。

するとリカルド様は何故《なぜ》か急に顔を真っ赤《まっか》にして固まってしまった。

……あれ？　リカルド様が固まった。もしや、テヘペロの効果⁉

リカルド様がピュアだ！　ピュア可愛《かわい》い！　こんな可愛いリカルド様が見られるなんて……‼

女神様、私を美少女に生まれ変わらせてくれてありがとうございます‼

「シャルって、あざといんだね」

お兄様は私とリカルド様を交互に見ながらクスクス笑っている。

「あざとい⁉　いえ！　私はリカルド様が大好きなだけです‼」

そう断言すると、リカルド様の顔が更に赤く染まった。

真っ赤な顔を両手で押さえながらテーブルに突っ伏すリカルド様。

「もう…………可愛すぎるだろ……」

リカルド様が何やらモゴモゴと呟いていたが、私には聞こえなかった。


……またやらかした？　でも、別世界の出会えるはずのなかった大好きな人が目の前にいるのだ。

ここで攻めなかったら女が廃る‼　……というより絶対に後悔する。

私以外の女の人と並ぶリカルド様なんて見たくない。だから……。

「……ねえ、シャル？」

「何ですか？」

お兄様に手招きされた私は、リカルド様から視線を外して椅子から立ち上がり、お兄様の横まで移動した。

「ここに座って？」

お兄様がニコリと笑いながら指差すのは……お兄様の膝《ひざ》の上だ。

「……え？」

……リカルド様の前で座れと？

「嫌なの？」

笑顔のままで瞳《ひとみ》だけが細められる。お兄様……その顔は怖いですって。

記憶が戻る前のシャルロッテならまだしも、今の私にはアラサーの和泉の記憶もあるのだ。

お姫様抱っこの時もだけど、十五歳の少年に触れるとか……犯罪でしかないし‼

え？　リカルド様？　リカルド様は別です‼　……って違う。

「お兄様……」

一応、ウルウルと瞳を潤ませながら抵抗してみたが……視線だけで却下されてしまった。

あー、もう‼　どうして微妙な乙女心が分からないのかな⁉

だから重いんだって！　いや、シャルロッテは軽いかもしれないけど……気持ちの問題なの‼

私がこんなにも心の中で葛藤《かっとう》を繰り返しているというのに、お兄様は涼しい顔をしている……。

「重いのに……」

反抗するのを諦《あきら》めた私は、頬を膨らませながらお兄様の膝の上に横向きで座った。

「シャルは重くないよ」

落ちないようにと腰に回されたお兄様の腕が、一瞬だけギュッと私を強く引き寄せた。

「お兄様。どうかしましたか？」

問い掛けるが、お兄様は私の方も見ず、答えてもくれない。

そんな様子のおかしいお兄様は、いつの間にかこちらを見ていたリカルド様から視線を離さない。

「羨《うらや》ましい？」

意地悪そうな笑みをリカルド様に向けているお兄様と、何も言わずに笑っているリカルド様。

何だこの状況は……。二人の間に流れる微妙な空気に息がつまりそうになる。

どうしてお兄様はリカルド様を挑発するようなことを言っているのだろう？

好意があるのは私だけなのだから、そんなことをされてもリカルド様が困るだけじゃないか。

どうやってリカルド様を助けようか考えていると……

「シャルロッテ嬢。一週間後の予定は？」

リカルド様が笑顔を浮かべたまま椅子から立ち上がった。

「明日から、間に休みを挟みながら何度かダンジョンの調査に入りますが、来週ならば特に用事はないと思います」

「そっか。じゃあ、また来週に来るから。よろしくね？」

リカルド様はそう言うと、私の頭を優しく撫でてくれた。

……はうっ⁉

真っ赤になった私を満足そうにしばらく眺めた後。

「ルーカスもまた」

リカルド様はふっと笑みを溢《こぼ》し、手を振りながら去って行った。

リカルド様に撫でられた‼　しかも！　また一週間後に来てくれるって約束してくれた‼

私はハイテンションな気分のままお兄様にギュッと抱き付いた。

「お兄様！　リカルド様に会わせてくれて本当にありがとうございます‼」

「……うん。シャルが喜んでくれてよかった」

お兄様は私の頭を優しく何度も撫でてくれた。

お兄様に抱き付いていた私には、この時のお兄様がどんな表情《かお》をしていたか見えていなかった。

魔王様《おにいさま》が降臨したこの瞬間を……。

第五章　災厄のハワード

どうもー。シャルロッテ・アヴィです！

アヴィの『ヴィ』の発音は、唇を少し噛んでから言うのが正式です。

さあ、みなさんで……

ア『ヴィ』。

言えましたか？

え？　難しくて言えなかった？

では、今度は少しゆっくり言ってみましょう！

ア……『ヴ……ィ』。

「シャル？」

「……何してるの？　シャル」

何って……。現実逃避ですが何か？　お兄様。

「少し考えごとをしていました」

昨日《きのう》のリカルド様との幸せな時間から一転。

「これからダンジョン調査に入るのに大丈夫ですか？」

『お・前・の・せ・い・だ・よ‼』と、私は声を大にして叫びたい……。

何故《なぜ》にお前が私の隣にいるのだ！　ハワード！

「本日はクリス殿下が公務に参加されますので、代わりに私が参加させて頂きます」

みんなの前でそう挨拶《あいさつ》をしたハワード。

……いやいやいやいや‼　こっちはいいからお前もクリス様と一緒に公務に行けよー‼

決して表には出せない暴言を心の中で叫び続ける。

心の中で思っているだけならセーフだよね⁉

というか、心の中だけでも自由にできないなら公爵令嬢なんてやっていられない。

和泉《いずみ》の記憶を取り戻してからというもの、私の中にあった柵《しがらみ》から解放された気分なのだ。

少し、開放的になりすぎている気もするが……善し悪《あ》しの判断は、基本的に一緒にいるお兄様に任せている。余程でない限りは、自由にさせてくれているお兄様に感謝だ。

「シャルロッテ嬢、本日はよろしくお願いします」

ギラギラと瞳の中に闘争心を燃やすハワードに、心の底からウンザリする。

ハワードさえいなければ平和なのに……。

「こちらこそよろしくお願い致します。ハワード様、もし、よろしければ……お兄様にお話しするように普通にお話しして頂けないでしょうか？」

ハワードの丁寧な言葉は、どうにも気持ちが悪いのだ。

「そう？　その方が助かるけど」

ニッと笑い返してくるハワード。

切り替え早いな！　キリッとした騎士の仮面が一瞬で外れた。

そうやって、普通に笑っているだけならいいのに……。

ゲームの中の『筋肉ワンコ』こと、ハワードは単純なお馬鹿さんキャラだった。元気で愛想がよく、いざという時には身体《からだ》を張って守ってくれる。『ＴＨＥ・体育会系』。

上下関係に厳しい騎士の中で、騎士団長の息子という立場に甘えることなく、自分を磨く為《ため》に努力を怠らない。いつもお馬鹿なキャラのハワードが真面目《まじめ》な顔をして奮闘するという、ギャップは萌《も》え要素が大きかった。ハワードの人気はそこだ。

和泉はそんなハワードが嫌いじゃなかった。

でも……シャルロッテとしては嫌いだ。

ハワードは泣き叫ぶ悪役令嬢のシャルロッテを処刑台の上に無理矢理連れて行った内の一人だ。

私が実際にそうされたわけではないが……、無意識に拒否反応が出る。

警察官を見ると、何もしてないのに避けたくなるような感覚に似ている気がする。

「シャルロッテ嬢。何体魔物を倒せるか、競争しようぜ！」

おい！　そこの『筋肉ワンコ』ちょっと待て‼

「……ハワード様。ここには調査で来ているのですよ？」

「ああ。調査しながら討伐するんだろ！」

「それに、私は前衛ではなく、後方支援ですからね？」

「後方でだって、戦えるだろ！」

「私は……基本的に戦闘には不参加ですよ？」

「大丈夫。俺が守るよ‼」

『俺が守るよ』じゃない‼

……もう嫌だ。この馬鹿、なんでこんなにしつこいの⁉

騎士の仮面外させなければよかった。

「お兄様ー‼」

私はお兄様に泣きつき、ついでにその背中に隠れた。

「ハワード落ち着いて」

「ルーカスも競争しようぜ！」

苦笑いを浮かべたお兄様が、ハワードに話し掛けるが、興奮したままで全く話を聞く様子もない。

だ・か・ら！　話を聞けー‼

私の怒りが最高潮に達した瞬間……ゾワッとした寒気が私の全身を突き抜けた。

「……ハワード。いい加減にしないとカイル団長に言うよ？」

抑揚のない低い声は冷気を帯びていた。

寒気の原因はお兄様によるものだったのだ。

「シャルロッテが後方支援なのは父様と僕の意向だ。それを無視して危険な目に遭わせる気なら流石《さすが》に僕も黙ってないけど……？」

魔王様《おにいさま》がご降臨あそばされた‼　魔王様《おにいさま》素敵‼　格好いい‼

「……分かった。俺が悪かった！　だからそんなに怒るなよ！」

魔王様《おにいさま》の降臨でハワードが早々に白旗を上げた。

「僕じゃなくて、シャルロッテに謝って？」

「分かったから、その顔すんの止《や》めてくれよ！」

……その顔ってどんな顔？　背後からお兄様を見上げると、いつもの優しい笑みとぶつかった。

「もう大丈夫だよ」

「はい！　お兄様大好きです‼」

あんなにしつこいハワードを制してしまえるなんて、流石は私の魔王様《おにいさま》だ。

何故か一瞬だけ驚いた顔をしたお兄様だが、すぐに蕩《とろ》けるような甘い笑みに変わった。

イケメン砲の発射に免疫のない私は真《ま》っ赤《か》になってしまう。……イケメンはずるい。

「……おい。そこのバカ兄妹《きょうだい》」

バカ兄妹とは何だ‼　筋肉ワンコのくせに‼

呆《あき》れたような顔をしているハワードを無意識に睨《にら》み付けてしまう。おっと……マズイマズイ。

「兄妹でイチャイチャすんなよ。てか……悪かった！　周りが見えなくなるのは俺の悪い癖だ」

意外にもハワードはすんなりと頭を下げてきた。

そんな風に素直に謝られたら……何も言い返せないじゃないか。

「……謝罪は受け入れました。お父様達の準備も整ったようなので、調査に入りましょう？　今日は地下六階層からなので、油断せずにお互い気を付けましょうね」

私は溜息《ためいき》を吐《つ》いた後、ハワードに手を差し出した。

これが私の最大限の譲歩だ。

驚いたような顔で私の手を見つめていたハワードの瞳が何故かウルウルと潤み始めた。

「シャルロッテ嬢……」

……あれ？　なんか変なスイッチ押した……？

ガシッと私の手を自らの両手で握り締めてくるハワード。

「お、俺の……妹になってくれ‼」

涙を流しながらそう叫んだ。

なんでそうなったー‼


「なー。俺のことも『お兄様』って呼んでくれないか？」

無視。

「『お兄ちゃま』でもいいぞ？」

無視。

「おーい。無視すると、お兄様泣いちゃうぞー」

無視。

「ツンデレなシャルロッテ嬢も可愛《かわい》いな」

無視。

ダンジョン内を進む私達。

私の後ろ……最後尾を歩くハワードがうるさい。

さっきまで泣いていたくせに、ケロッとしているのが……また腹立つ。

因《ちな》みに、泣きながら掴《つか》まれた手は、無言でベシッと叩《たた》いて払い落とした。

誰《だれ》がお前を『お兄様』なんて呼ぶか！

クリス様といい、ハワードといい……意味が分からない。空前の妹ブームの到来？

こんなに目付きの悪い私をどうして妹にしたいだなんて思うのだろう？

私の前を歩くお兄様は、ヒクヒクと身体《からだ》を小刻みに揺らしている。ツボにはまったようです。

これからが調査だというのに、私は既に疲れてしまっていた。

前回の調査を終えた地下五階層に、魔術を流して使う瞬間移動装置を設置しておいた為《ため》に、私達は一気に地下五階層まで移動することができるのだ。

攻略した階には魔物が出なくなるので、最低限の警戒をするだけでいい。

地下五階層から階段を利用して目的の地下六階層まで移動した。

さて、ここにはどんな魔物がいるのか。お兄様の背後から興味本位で顔を出して……後悔した。

チラッと見た先には、シャルロッテと和泉が一番大嫌いな……蜘蛛《くも》のような魔物がいたからだ。


地下六階層中の四方八方に蜘蛛の巣《す》が張り巡らされており、それぞれの巣の真ん中には確認できるだけでも数十匹の蜘蛛がいた。しかもそれぞれが一メートルはあるだろう大物である。

……帰りたい。小さな蜘蛛だって無理なのに、こんなの絶対に我慢できない……。

「シャルにはやっぱりきついよね」

無意識にお兄様のシャツの裾《すそ》をキュッと握り締めていた。

お兄様は労《いたわ》るような眼差《まなざ》しで私の顔を覗《のぞ》き込んでいる。

多分、酷《ひど》い顔色になっていると思う。さっきから血の気が引く感覚が止まらない。

「シャルロッテ嬢は【喰喪《くも》】が嫌いなのか」

ハワードによると、この大きな蜘蛛のような魔物は【喰喪《くも》】と言うらしい。

黒い産毛のある大きな身体には幾つもの真っ赤な目が付いている。

粘着質な糸を使って罠《わな》を作り、罠に引っ掛かったものは敵味方関係なく捕食する。

罠だけでなく、その糸を出して攻撃もする。糸を幾重にも絡め、決して獲物を逃がさない。

しかもこの魔物は、獲物を仕留める瞬間に笑うそうだ。

何それ……怖い。気持ち悪い。

蜘蛛だろうが、喰喪だろうが……私はどちらも同じで、どちらも大嫌いだ。

「喰喪の糸はなかなか切れにくいし、貴重なアイテムなんだよなー。ギルドの採取依頼にも常に上がってるくらいだし」

……なんだって⁉

前衛のお父様達の方を見れば、みんなが凄《すご》く嬉《うれ》しそうな顔で喰喪を見ていた。

「お兄様……どうしましょう？　お父様達はまた絶対にやらかします……」

さっさと、炎の魔術で跡形もなく焼き尽くすはずだったのだ（勝手に）。

前と同じように喰喪を増やされでもしたら……私は確実に暴走する。

「ハワード様。喰喪は増えたり……仲間を呼びますか？」

「仲間は呼ばないな。だけど巣を作る喰喪はほとんどが雌だから、腹の中から……」

「それ以上は結構です！」

あの大きさの喰喪から、子供がうじゃうじゃ…………!?

想像だけで暴走できる自信がある。

「ちょっと父様達の所へ行ってくる。シャルは任せたよ。ハワード」

「お兄様……!?」

お兄様は私の手をそっと自らのシャツの裾から外すと、安心させるように笑顔を浮かべてから、お父様達の方へ駆けて行った。

お兄様の温《ぬく》もりがなくなった私は、一気に心細さでいっぱいになる。

「手、握るか？」

……要らないと、私は力なく首を横に振る。

「俺、そんなに嫌われることしたかな……」

しょんぼりと肩を落として小さく呟《つぶや》くハワード。
①ギラギラした目で威嚇しながら、『戦おう』としつこく言われ続けた。
②何故か『お兄様』と呼んで欲しいとしつこく言われ続けた。
……嫌われるには充分だよね!?

ただ、私の態度にも問題があるのは分かってる。

だけど本当に攻略対象者には関わりたくないのだ。何がきっかけで、悪い方に転がるか分からないから……。

『ポジティブ、ポジティブ……』

心の中で無敵の呪文《じゅもん》を唱えてみるが……効かない。

喰喪という弱点を前にして折れかけている心には意味がないらしい。

そこへ、お兄様が戻ってきた。

「シャル。喰喪の糸は骨折した時とか、医療用としても使える貴重な物だから、採取したいってお父様達からお願いされたよ」

「医療用……？」

この糸を使うの⁉　喰喪の糸だよ⁉

「それと、糸は火に弱いらしいから、前回みたいな魔術は控えて欲しいって」

マジですか……。今すぐ燃やしてしまいたいくらいなのに。

……ということは、武器で攻撃するしかないの？

そんな方法では体液が…………！

駄目だ。これは考えるだけで吐きそうになる……。

「父様が、『喰喪は自分達だけで倒すから、シャルロッテは目を瞑《つぶ》っていて』って言ってたよ」

私は言う通りに目を瞑り、お兄様のシャツの裾をまたギュッと握った。


「作戦開始！」

お父様の号令で、【喰喪】の討伐が始まった。

私は、自分達の周りに《完全結界》を張った。これで身の安全は確保された。

作戦開始から、あちこちで喰喪の絶命の叫びが響く。そこに笑い声が混じってないことに一先《ひとま》ず安堵《あんど》する。どうやら討伐は順調みたいだ。

「どうしてハワード様は討伐の方に参加しないのですか？」

私の隣にいるハワードに話し掛ける。

暗に『私の側《そば》にいるな』と言っているのだ。

「ああ。ここで君を守るよ」

「……そうですか」

「俺は本当に嫌われてるんだな」

あからさまに声のトーンを落とした私のせいで、ハワードが苦笑いをしたのが気配で分かった。

「ハワード、しつこいからね」

しみじみとしたお兄様の声。

「しつこくしてる自覚はあるけど、止まんないんだよなぁ……」

「騎士団長目指すなら直さないとダメじゃない？」

「俺、馬鹿だから夢中になったらこう……真《ま》っ直《す》ぐに突っ走ることしかできないんだよ」

哀《かな》しそうな……寂しそうな言い方をしたハワード。

そんなハワードが気になった私は、そっと薄目を開けて彼の方をチラッと見ると、しょんぼりしているような筋肉ワンコが目に映った。

私の視線に気付いたハワードがこちらを見る瞬間に咄嗟《とっさ》に目元を手で覆う。

「シャルロッテ嬢は、なつかない猫みたいだな」

「シャルは可愛《かわい》いからねぇ」

ハハッと笑うハワードと、しみじみといった風に頷《うなず》くお兄様。

……会話が噛《か》み合っていませんよ？

「ルーカスが羨《うらや》ましいよ」

「ん？　シャルはあげないよ？　誰にもね」

今、『誰にも』ってところ、然《さ》り気《げ》なく強調しなかった……？

「マジかー……。ルーカスは怖いなー」

「シャルがいいって言うなら『お兄様』呼びは許すけど？」

「呼びません!!」

私はキッパリ告げた。

「即答だな……」

苦笑いを浮かべるハワード。

「さて……と、喰喪の討伐は終わったらしいよ」

お兄様がフワッと私の頭に手を乗せ、ポンポンと優しく叩いた。

……今日は早かったな。流石《さすが》、ベテラン冒険者達。

「後は糸の回収か。シャルロッテは先に進んで待ってるといいよ」

先に……？　喰喪の死骸《しがい》と体液だらけであろう……ココを通れと……？

「じゃあ、ハワード。よろしく」

「はいよー」

……ハワード？

「きゃっ……!?」

突然の浮遊感に覆っていた目元の手を退《ど》けると、目の前にはハワードの顔があった。

……どういう状況なのだろう？

私が現状を理解するまで数十秒ほどかかった。

「お、降ろして下さい‼」

今度はハワードにお姫様抱っこをされていたのだ。

……お兄様が『よろしく』と言った意味を理解した。

お兄様といい、ハワードといい……この世界はお姫様抱っこが普通なの？

ハワードの腕の中でジタバタと暴れる。

「暴れると落ちるけど、いいのか？」

荷物のように担がれるのは嫌だけど、楽しそうに笑うハワードの顔が近過ぎて落ち着かない。

こうして運ばれるのは不本意だが、自分の足で歩くなんて絶対に無理だ。

もし……今、ハワードに落とされたら……。

鍛えているハワードが、簡単に私を落としたりしないことは分かっているが、その有り得ない光景を想像しただけで無意識に身体《からだ》が震えた。

喰喪の死骸がいっぱい……。

顔を俯《うつむ》かせながら震える手で、縋《すが》るようにハワードの胸元をギュッと掴んだ。

「ちょ……⁉　絶対に落としたりしないから大丈夫だって‼」

私が泣いていると勘違いしたのか、慌てたような声を出すハワード。

その声に俯いていた顔を上げると、キョロキョロと挙動不審に揺れる茶色の瞳《ひとみ》を見付けた。慌て

ている人を見ていると冷静になれるもので、だんだん可笑《おか》しくなってきた。

そして、思わず吹き出してしまった。

口元を押さえて笑う私に驚いたような顔をしたハワードだが、すぐにいつもの笑顔に戻った。

「笑うなよ！　泣いてるんじゃないかって焦ったんだからな⁉」

「ごめんなさい……つい」

「まったく……」

わざとらしい溜息《ためいき》を吐きながらも、私を見る瞳は優しく細められていた。

「さっさと通り過ぎるぞ。目は閉じてた方がいいんじゃないか？」

「よろしくお願いします」

ハワードの言葉に素直に従うことにした私は、大きく頷いてから瞳を閉じた。

「おう。任せておけ」

そう言って歩き始めたハワードは……お兄様よりもっと筋肉質で、胸板は厚くガッシリしていて安心感があった。緊張しているのか、少しだけ速い鼓動が聞こえてくる。

その鼓動を聞いている内に、ガチガチに固まっていた私の心が解《ほど》けていく気がした。

……私はどうして今まで意地を張っていたのだろうか。

ゲームの中のハワードにこだわり過ぎて、ここにいる現実の彼を見ようとしていなかった。

目の前のハワードはこんなにも頼りになるし、面白くて優しい人なのに……。

散々嫌な態度を取ってきた私をこうして助けてくれた。この人なら私を断罪したりしないだろう。

……だから、まずは素直に『今までごめんなさい』と謝罪して、心の底からの『ありがとう』をハワードに伝えよう。たまになら『お兄様』って呼んであげてもいい。

……これが所謂《いわゆる》、【吊《つ》り橋《ばし》効果】だったと気付くまで後少し。


現在、私達一行は地下七階層に降りて来ている。

「僕がいない間に随分と仲良くなったんだね？」

そう言うお兄様がジーッと見ているのは私の手元だ。

ハワードとしっかり手を繋《つな》いでいる私達の手元でもある。

「シャルロッテ嬢が、俺のことをたまになら『お兄様』って呼んでもいいって言ってくれたんだ‼」

顔を紅潮させ、子供のようなハイテンションで喜ぶハワード。

不思議だ。あんなに感じていたハワードに対する嫌悪感を今は全く感じないなんて。

寧《むし》ろ、徐々に好感度が上がっているくらいだ。

「ふーん？　シャルは本当にそう言ったの？」

「はい。ハワード様には感謝をしてますから、そう呼ぶだけで喜んでもらえるなら何よりです」

笑顔で答える私に、瞳を細めた意味深な眼差《まなざ》しを向けてくるお兄様。

お兄様は私の答えに納得がいかなかったようだ。私にはお兄様の真意が分からなかったが、次のお兄様の言葉を聞いた私は絶句することになる……。

「じゃあ、『シャルがハワードと仲良く手を繋いでいたよ』って、リカルドに言ってもいい？」

微笑《ほほえ》むお兄様が指差すのは、繋がれたままの私とハワードの手。

……リカルド様に言う？

「私達は別に……」

『やましい関係ではない』そう言いかけて……気付く。

家族でも恋人でも婚約者でもない私達が手を繋いでいる行為は異常である、と。

ましてや私の気持ちはリカルド様にあるのだから……！

ベシッと、ハワードの手を振り払う。

「お、お兄様！　リカルド様には……‼」

一気に慌て出した私を見たお兄様は、やっといつものように微笑んでくれる。

「良かった。変な魔術にでも掛けられたのかと思ったよ」

「お兄様！　リカルド様には絶対に言わないで下さい‼」

「分かってる。心配しなくていいよ」

神様《おにいさま》ー‼　大好き‼

私はお兄様に祈りを捧《ささ》げ始めた。ハワードは振りほどかれた手を呆然《ぼうぜん》と見つめていた。

「え？　シャルロッテ嬢は急にどうしたんだ？」

「夢から覚めたってことかな。儚《はかな》い夢だったね。ハワード」

「は？　夢？　何だそれ！」

瞳を細めたお兄様はニヤリと口元を歪《ゆが》ませながら、ハワードの肩をポンポンと軽く叩《たた》いた。

私は本当にどうしていたのだろう……。

お兄様がいなかったら色々と間違えたままだった気がする。

どうして……と自問している内に、とあることを思い出した。

恐怖や不安を一緒に体験した人に恋愛感情を持ちやすくなる心理効果。

【吊り橋効果】と言われるものである。

……危なかった。騙《だま》されるところだった。私は思わずお兄様に抱き付いた。

ハワードに恋愛感情は持たなかったが、それに近いところまで許してしまったのは事実だ。

吊り橋効果恐るべし……。

「目を覚まさせてくれてありがとうございます！　お兄様‼」

「ハワードに接近を許すシャルロッテなんて普通じゃないからね」

目の端に、シュンと肩を落としているハワードが映る。

吊り橋効果がまだ継続されているのか……嫌悪感や拒否感は前ほど感じない。

私に振り回されたハワードには多少同情もするが、必要以上に近付かないという私のスタンスを変えるつもりはない。避けられる危険は回避！

「さて。シャルロッテも元に戻ったし、そろそろ現実にも戻ろうか？」

「……はい」

私達の周りは超強力な結界で守られています。

大事なことなので、もう一回言います。

私達の周りは超強力な結界に守られています。

それは何故《なぜ》か。

私達の結界を取り囲むようにして踊る食虫植物のような【キラープラント（改）】がいるからだ。

「お父様ー⁉」

私は大声で怒鳴った。

この、地下五階層再びみたいな光景はなんだ‼

何故に（改）なのか。突っ込みどころしかないが、まあそれは措《お》いておく……。

【キラープラント（改）】は【キラープラント】が進化したものだ。

キラープラントは、パクッと獲物を飲み込んで、自身の消化液で溶かすわ、種マシンガンを撃ってくるわ、下手《へた》に攻撃すれば分裂して動き出すわ……な魔物だった。

進化し、（改）が付いて何が変わるかといえば、個々に動いていたキラープラント達に幼児並みの知性が芽生え、集団行動をするようになるところだろうか。更に《混乱》や《幻覚》という攻撃が追加される為《ため》に倒すのがなかなか厄介になる。

目の前ではキラープラント（改）達が、マイムマイム的なものを踊り始めるというシュールな光景が繰り広げられている。

ここまでキラープラント（改）が増えに増えたのは、またしてもお父様達の仕業である。

前回のお仕置きがかなり効いたのか、今回は事前に『魔石を集めたい』との申請があった。

私とお兄様はそれを了承した。了承したよ？　だけど、それは『ほどほどに』が条件だった。

あの時の密林《ジャングル》と同じ状態のこれは、ほどほどのレベルを軽く超えている。

お父様達は反省したんじゃなかったの⁉　一週間も保《も》たないじゃないか‼

……また焦がされたいのかなぁ？　それともレアで焼き上げちゃう？

いっそのこと、隕石落下《いんせき》とか自然現象を理由に完全犯罪《証拠隠滅》しちゃう？

沸々とした怒りが、私を自然と笑顔にさせる。

「シャル。顔が怖いよ」

「ルーカスだ……！　ルーカスが二人いる‼」

って、誰《だれ》が魔王《ルーカス》だ‼　目つきが悪いのは生まれつきです！

「お兄様。そろそろ我慢の限界なのですが……」

学習しない大人達に酷《ひど》くイライラする。

「うん。そうだろうね」

「殺《や》っちゃっていいですか？」

「殺っちゃダメ。死なない程度にしてね」

にこやかに注意をするお兄様のその目は笑ってはいない。お兄様もお怒りのようだ。

「……シャルロッテ嬢が攻撃するのか？」

ハワードの目が嬉《うれ》しそうにキラキラと輝きだした。

「はい。やむを得ませんからね」

微笑む私の視線の先には、『だるまさんが転んだ』を始めたキラープラント（改）達がいる。

『切った！』と、バラバラに逃げ出すキラープラント（改）達。

うっ……。ちょっとだけ可愛《かわい》いと思ってしまったじゃないか。

だけど、ここは心を鬼にして殲滅《せんめつ》します！　可愛く思えても危険な魔物には変わりない。

さて、今回はどうしよう？　植物系の魔物だし、前回と同じ炎かな？

……でも、それじゃあ、お父様達のお仕置きにならないよね。

うん。同じじゃつまらないし、しっかりと反省させないとね‼

私は口元に手を当てながらニヤリと笑った。


超強力結界の中にお兄様とハワードを置いて自分だけその中から出た私は、念の為に自分の周りにも同じ結界を張った。これで安心だ。私に攻撃は効かない。

チート万歳。ありがとうチート様々。

一人離れて歩き始めた私を取り囲むように、ワラワラとキラープラント（改）が群がって来た。

「退《ど》いてくれる？」

キラープラント（改）達に向けて令嬢スマイルをすると、何故か後退《あとずさ》りしながらザワザワとその身体《からだ》を震わせ始めた。

……あれー？

キラープラント（改）の群れの間をモーゼの十戒の名シーンの如《ごと》く抜けた私は、一度も攻撃用の魔術を使うことなく、お父様達のいる前衛に辿《たど》り着いた。

お父様達はそれなりの結界や防御を使用しながら戦っていたようで、ケガ等はないようだ。

良かった。小さな切り傷があったりしたら……死んでしまうかもしれないからね？

「……お父様？」

背後から呼び掛けると、リアの面々と一緒に目に見えて怯《おび》えだしたのが分かった。

今まで私が近付いていたことに誰も気付いていなかったようだ。

「ど、どうした？　シ、シャルロッテは、後方で休んでて……いいんだよ？」

『パンドラが……！』『は、箱が開いてしまう‼』

慌てるお父様達。

やかましいわ。パンドラの箱って言うな。

「約束を破りましたね？」

怯えを含んだ眼差《まなざ》しで私を見てたお父様達の顔から徐々に血の気が引き、蒼白《そうはく》になってしまった。

「い、いや！　これは……そ、そう！　もう終わりにするところだったんだ‼」

「言い訳は聞きたくありません。身を以《もっ》て反省して下さいね？」

ニコリと微笑《ほほえ》んだ私は天に向かって右手を翳《かざ》した。

お父様が何か言いたそうだが無視する。ここには話し合いをしに来たのではない。

アワアワと慌てだした大人達を冷めた目で眺めながら、発動したい魔術のイメージを膨らませる。

目の前が見えないほどの吹雪《ふぶき》と何もかもが凍ってしまう死の世界。極寒の北極をイメージする。

「シャルロッテ！　お、落ち着くんだ‼　ル、ルーカス助け……⁉」

残念。もう遅い。それにお兄様の助けなんて入らないよ？

「ブリザード」

ビュ――――ッ！　ヒョォ――――‼

私が呟《つぶや》いたと同時に、地下七階層は真っ白な氷の世界へと変貌《へんぼう》した。

荒れ狂う猛吹雪に、ワラワラと動き回っていたキラープラント（改）達は次々に凍り付いていく。

体内のほとんどが水分である植物の魔物は寒さに弱かった。

キラープラント（改）の氷像があちこちにでき上がっていく。

「さ、寒いっ‼　シ、シャル……シャルロッテ‼」

「シ、シャルロッテお嬢様……‼」

ブルブル、ガタガタと雪まみれで震えているお父様達は、一つに固まってお互いの体温で暖を取ってはいるが、氷像になるのも時間の問題だろう。

「頭は冷えましたか？」

コクコクと大きく首を縦に振り続ける大人達の髪や睫毛《まつげ》、鼻水は凍っている。……汚いな。

ふうーっと大きな溜息《ためいき》を吐いた私は、翳していた右手を下げて魔術を解除した。

寒さから解放されて、安心している大人達を横目に、私は次の魔術のイメージを膨らませる。

次は風だ。ビューっと下から吹き上げるような強い、強い、強い風……。

「エアロ！」

そう呟いたと同時に、地面付近から強い風が吹き上がる。

その強風は、キラープラント（改）の氷像を軽々と持ち上げ、地下七階層にある全《すべ》ての氷像を天井ギリギリの高さまで持ち上げた。数十メートルくらいの高さまで持ち上がったところで、風の魔術の発動を止める。正確には魔術を強制的に切ったのだ。

風の支えがなくなった氷像は、重力に耐え切れずに一気に落下していく。

ガシャン！　グシャッ‼

落下の衝撃により、潰《つぶ》れて粉々に砕けるキラープラント（改）の氷像。

お父様達は呆然とこの光景を見つめていた。

これで私のしたいことを理解して頂けただろうか？

「こうなりたくなかったら、いい加減に学習してくれませんか？」

私はわざとらしく首を横に傾《かし》げて微笑んでみる。笑顔の脅迫だ。

「すみませんでしたー！！！！」

すると、顔を強張《こわば》らせた大人達が一斉に土下座をし出した。

土下座をしたって、きちんと反省していないなら意味はない。

「次はありませんよ？」

「はい‼」

学習しない大人達のせいで、一日に二階層分しか進まなかったじゃないか……。

深い溜息を吐《つ》いた私は、次の魔術を発動する為《ため》にまた右手を翳した。

大人達がビクッと怯えたのが見えたが、相手にはしない。無視だ。

早くここをキレイにして帰ろう。

「ファイヤー」

氷の粒とキラープラント改の欠片《かけら》を一瞬にして蒸発させて消し去る。

後にはまた大量の黄緑色の魔石が残ったが、それを拾うのはお父様達に任せよう。

クルリと踵《きびす》を返してお父様達に背中を向けると、お兄様とハワードが私に近付いてきた。

「お疲れ様。今日も見事だったね」

「はい。……でも、凄《すご》く疲れました」

…主に精神的に。

「シャルロッテ嬢の強さって……規格外なんだな」

合流した後のハワードはさっきまでとは違い、恐縮したようにガッチガチになっていた。

こそっと耳打ちしてくれたお兄様によると、私の行動を見たハワードは唖然《あぜん》、呆然の繰り返しで、『マジか』『マジで』『マジッスか』この三言しか話さなかったらしい。三段活用か！

「手合わせしましょうか？」

「否、無理無理無理無理……！」

冗談で提案してみると、身振り手振り付きで全力で拒否されてしまった。

あれ？　これならもう私に、必要以上に関わってこないということじゃないだろうか。

「あんなにしつこいくらいに、私の強さを気にしていたのにいいのですか？」

「ごめん！　あれは忘れて‼」

嫌み混じりに返せば、土下座をしそうな勢いで頭を下げられた。

ふふふっ。やったね！　ハワード回避‼

「ハワードお兄様？」

今までの仕返しにハワードを存分に弄《いじ》ってやる。

「お兄様⁉　そ、そんな恐れ多い……！」

くくくっ。慌ててる、慌ててる……。

「ハワード様が呼んで欲しいと言ったじゃないですか」

調子に乗った私はダメ押しとばかりに、哀しそうな顔をしてみせる。

すると……。

「シャルロッテ様‼　申し訳ありませんでした！」

……シャルロッテ様？

突然変わった敬称に困惑する私の前で、ハワードがガバッと両手を床について土下座をしている。

「今までのことは全て謝ります！　だから……どうか！　俺を……弟子にして下さい‼」

はい⁉　弟子って何⁉

「いえ！　そういうのは間に合ってます‼」

「そんなことを言わずに！　お願いします‼」

膝《ひざ》立ちで私の足下にすがり付いてくるハワード。

「いーやーでーすーーー‼」

「お願いします！　師匠ー‼」

ハワードを振り払って逃げ出したが、後ろから全力疾走の『筋肉ワンコ』が追い掛けてくる。

「付いて来るなーーー‼」

地下七階層のダンジョン内を縦横無尽に逃げ回る私と、追うハワード。

せっせと魔石集めをしている大人達。

「調子に乗るからだよ？　シャル」

お兄様は一人涼しい顔で楽しそうにクスクスと笑っていた。

「師匠ー‼」

私の体力はそろそろ限界だ。

追い付かれる――――！

「嫌――――！」

どうしてこうなった‼

私はこの日、自分の迂闊《うかつ》さを心の底から反省することになった。

やっぱりハワードなんか大嫌いだ――――‼

……こうして二回目のダンジョン調査は終了したのだった。

第六章　天才少年現る？

ダンジョン調査の翌日。

私とお兄様の二人は馬車に揺られていた。目的地はアヴィ領内にある街の中。

『一人でも大丈夫です』と言ったのに、お兄様は付いて来ると言って譲らなかった。

お兄様は心配性だなぁ。

向かい側に座って読書をしているお兄様をチラリと盗み見る。

本を読む美少年……。むむっ。これだけでも絵になる。

そんなお兄様の読んでいる本のタイトルは………『猫の飼い方』？

お兄様は猫を飼うつもりなのだろうか？　私は首を傾《かし》げた。

……もし、飼うなら子猫がいいなぁ。

真っ黒な子猫の首元に鈴の付いた赤いリボンを結ぶのだ。

あー、でも犬も捨てがたい。豆柴《まめしば》とかもいいな……。

ふと、和泉《いずみ》の住んでいたアパートの大家さんが飼っていた豆柴の『吉宗《よしむね》』を思い出した。

目の上に麿眉《まろまゆ》のような白い模様がある、人懐っこく可愛《かわい》い豆柴だった。

仕事が休みの日にはアパート前の空き地でよく遊んだなぁ……。

お気に入りのフリスビーをいつまでも追い掛けて………

『追い掛けて……』と言えば、昨日《きのう》は散々な一日だった。

追い掛けてくるハワードから逃げ回っていた私は、体力が尽きるまでダンジョン内を走らされた。

しつこく諦《あきら》めないハワードに、私は心底ウンザリした。

終わらない押し問答の末。最終的に私はお兄様に泣きついた。

お兄様はやれやれと言いながらも、ハワードを窘《たしな》めてくれた。

お兄様のお陰で渋々ながらも引いたハワードだが……あれは絶対に諦めていないはずだ。

魔王様《おにいさま》が怖いからあくまでも一旦《いったん》、引いただけだ。

次のダンジョン調査日にまた突進してきそうな気がする。今度はクリス様も参加する予定だしね。

面倒くさいから、いっそのこと返り討ちにしちゃう？　その衝撃で記憶飛んだりしないかな？

あっ！　これはなかなかにいい案かもしれない‼

よーし！　次は風の魔術で吹き飛ばしちゃおう！

試してみる価値はあるよね‼

「シャル。それは、犯罪だよ？」

……犯罪？　バレないようにやれば大丈夫！

目指せ！　完全犯罪‼

「処刑台送りにされたいの？」

処刑台は嫌ー‼　……って、あれ？

お兄様がクスクス笑っていた。さっきまで見ていた本は閉じられて膝の上に載っている。

「もしかして……私、口に出してました？」

「うん。全部ね」

マジですか⁉　お兄様が一緒なのに大きな独り言とか……恥ずかしすぎる。

「完全犯罪するならアリバイを完璧《かんぺき》にして、痕跡《こんせき》を残さないように計画しないとバレるよ？」

楽しそうに笑うお兄様。それは要するに……バレなきゃいいってことだよね！

「お兄様……手伝ってくれますか？」

恐る恐る尋ねると、お兄様は瞳《ひとみ》を細めながら頷《うなず》いた。

「いいよー」

魔王様《おにいさま》が味方になってくれたら百人力だ！　これでハワードが消せる‼

……ってあれ？　記憶を消すだけのつもりが、ハワードの抹殺になっちゃった？

ま、まあ、いいか！　多分同じことだよね！

「でも、リカルドにバレたらどうするの？」

「リカルド様に……ですか？」

「うん。ハワードもリカルドの友達だよ？」

何だって……⁉　ハワードの分際で、リカルド様と友達だと⁉

くっ……。駄目だ。それじゃあ消せない。

友達を失って悲しむリカルド様の姿が目に浮かぶ。

おのれ！　ハワード‼

……って、なんの茶番劇だ‼

「お兄様。なんでもかんでもリカルド様を引き合いに出さないで下さい」

「はは。バレたか」

ペロッと舌を出すお兄様。

「まあ、ハワードはそんなに害はないはずだから放っておきなよ」

「実害があったら……殺《や》ってもいいですか？」

「んー。その時は仕方ないかな」

殺《や》る気満々の私を見て苦笑いを浮かべるお兄様。

よし！　言質《げんち》は取った‼

そんな物騒な話をしている内に馬車が止まった。どうやら目的の場所に着いたようだ。

「着いたのですか？」

お兄様が小窓を開けて外を確認していると、外から声を掛けられた。

「うん。そうみたい」

「ルーカス様、シャルロッテ様。着きましたよ」

ニコニコと愛想のいい御者の青年が、馬車の扉を開けてくれた。

先に馬車から降りたお兄様が私の手を取り、馬車から降りるのを手伝ってくれる。

「では、後でお迎えに参ります。存分に楽しんできて下さいね」

御者の青年はそう言い残すと、馬車は私達を残して去って行った。

本日はお忍びなので、私もお兄様も簡素な格好をしている。私の目立つ縦ロールはおさげにして抑え込んである。馬車がいなくなってしまえば、あっという間にちょっとだけ見なりの良い子供として街の中に溶け込んでしまえるのだ。

「シャルはどこに行きたい？」

「屋台を見て歩きたいです‼」

『街の人達がどんな物を食べて、どんな物を飲んでいるのかを知りたい』

これが本日の目的だ。もしかしたら、私が知らなかったマイナーな地酒的な物を発見できるかもしれないのだ‼　私はワクワクとした気分で、差し出されたお兄様の手を握った。

「お兄様！　次はこっちに行きたいです！」

お兄様の手を引いて次々と屋台を渡り歩く。

肉の串《くし》焼《や》きやクレープ生地のような物に野菜や肉が挟んである物、イカ焼きみたいな物に、かき氷みたいな物……と色々な食べ物があった。どれもおいしそうである。

この世界の食べ物は、食材の名前や形が違うものの、日本人好みの味付けの物が多かった。しかも調味料の種類が豊富な為《ため》に、味が偏っていないのが嬉《うれ》しい。しかもおいしいのだ！

あぁ……イカ焼きをつまみにお酒が飲みたい。

イカ焼きなら冷たいビールだよね⁉　でも、ハイボールも捨てがたい……。

「シャル。その顔……」

はっ⁉　まさか涎《よだれ》垂れてた⁉

慌てて口元を拭《ぬぐ》うが、涎は垂れていなかった。

……流石《さすが》に公爵令嬢が涎はアウトだよね。ていうか公爵令嬢じゃなくても女子としてアウトだ。

隣ではお兄様が楽しそうにクスクスと笑い続けている。

もしかして、騙《だま》された？

拗《す》ねた私がプーッと頬を膨らませると、お兄様は悪びれもせずに人差し指で私の頬を押した。

「そろそろ何か食べよう。何がいいのかな？」

た、食べ物でなんか釣られないんだからね⁉

「あっちに、おいしそうな腸詰めが見えるよ。隣の屋台には骨付き肉もあるね」

ゴクリ……。つ、釣られないんだから‼

「シャルが食べないなら、僕だけ食べちゃおうかなー」

「お、お兄様、待って‼　私は串焼きが食べたいです‼」

まんまとお兄様の策略にはめられた私は、クスクス笑うお兄様の腕を強引に引っ張って屋台の方へ向かった。

すると……。

「わっ……！」

突然、横からドンッという衝撃を受けた。

よろけて倒れそうになる私をお兄様が咄嗟《とっさ》に抱え込むようにして支えてくれる。

「大丈夫？」

「……大丈夫です。ありがとうございます」

お兄様に支えられながら体勢を戻した私は、誰かにぶつかってしまったことに気付いた。

地面に座り込んでいるのは私と同じ年頃の子供だろうか。

マントのフードを目深に被《かぶ》っていて、表情を窺《うかが》うことはできない。

「君、大丈夫？」

お兄様がその子に手を差し伸べると、フードを被った子供は弾《はじ》かれたように顔を上げた。

まるでお兄様がそうするとは思わなかったと、驚いているかのように見えた。

……そして、お兄様はどうか分からないが、私が立っていた位置からはその子の……フードに隠されていた顔がハッキリと見えてしまった。

透けるような白い肌に……赤い瞳……！

思わず瞳を見開いた瞬間に、その子と目が合った。お互いに見つめ合うこと数秒。

「だ、大丈夫です！」

先に目を逸《そ》らしたのはその子だ。慌てたようにフードを目深に被り直し、差し出された手を振り払って走り去ってしまった。私はその子の背中が見えなくなるまでずっと呆然《ぼうぜん》と見続けていた。

私の記憶より少し幼いが……あの子は【ミラ・ボランジェール】。私がこの世界で出会った四人目の攻略対象者だ。

ゲームの中のミラは、シャルロッテと同い年で伯爵家の次男だった。

肩まで伸びた白銀色の髪を一つに纏《まと》めて耳の下に流し、赤みがかった大きな瞳と、中性的な容姿が彼の特徴だった。アルビノのミラは、肌が透けるように白く、日焼けもしない体質だった。

女の子のような白い肌がコンプレックスだったミラは、彼方《ヒロイン》に出会うまではどんなに暑い日でも長袖《ながそで》しか着なかった。

学院でクラスメートとして出会うミラと彼方《ヒロイン》は、お互いに飾らないままの等身大の自分でいられる存在として親交を深め、更に冒険中に起こる危機的な状態を共有していく内に心を許し合うのだ。

ミラルートに入らない限り、二人は必ず親友になる。それだけ仲が良かった。

そんなミラが何故《なぜ》アヴィ領《こ》にいるのか……？

シナリオ通りならば、私《シャルロッテ》と出会うのは学院に入ってからだ。その答えを聞こうにも、ミラは去ってしまったし、今から追い掛けてまで関わりたくはない。

ミラもまた……私を断罪する側の一人なのだから………。

どうして次から次に勝手に出てくるのかな。私は彼らに関わるつもりはないのに……。

「シャル、本当に大丈夫？」

一気にテンションが下がった私を心配してくれたのか、お兄様が私の顔を覗《のぞ》き込んでくる。

「少し……驚いただけなので大丈夫です！」

私はニコリと笑って誤魔化《ごまか》した。

不自然な私に気付いたはずなのに、お兄様は何も言わず黙って優しく頭を撫《な》でてくれた。

その優しさが心に染みる。

攻略対象者に出会う度に思い出すのは……処刑台に立たされ、恐怖で泣き叫ぶ自分の姿だ。

実際に体験したわけでもないのに、何故《なぜ》か足が竦《すく》んで震えが止まらなくなる。

首を絞められたように苦しくなるのだ……。

俯《うつむ》いて唇を噛《か》み締《し》めた私を不意に抱き締めてくれた人がいた。……お兄様だ。

詳しい説明なんて何もしていないのに、震える私の両手を握り、慈愛に満ちた眼差《まなざ》しを向けてくれた。私が忘れそうになる度に『一人じゃないよ』と、言葉や行動で何度も言い聞かせてくれる。

和泉としての記憶を取り戻して以来、私の中でお兄様という存在はなくてはならないものになっ

ていた。もし、お兄様に裏切られるようなことがあったら、私の心は砕けてしまうかもしれない。

……大丈夫。大丈夫。私は絶対に道を踏み外さない。

だから……大丈夫……。断罪なんてされない。

何度も何度も自分に言い聞かせるように心の中で呟《つぶや》いた。


「お兄様‼　屋台の食べ物を端から端まで全部食べたいです‼」

無理矢理に思考を切り替えることにした。お兄様との楽しい時間を無駄にはしたくはない。

私は大丈夫。一人じゃない。

「えー？　太っても知らないよ？」

ニヤリと意地悪そうに笑うお兄様。

「太る時はお兄様も一緒だから大丈夫です‼」

「何が大丈夫なの？　残念だけど、僕は太らない体質だよ？」

なん……だって⁉

兄妹《きょうだい》なのにそれは不公平じゃない⁉

「まあ、シャルロッテは太ってコロコロしてても可愛《かわい》いと思うよ？」

「無責任なことを‼」

「あはは。ほらほら。串焼き食べに行くんでしょ？　行くよー」

プーッと膨らんだ私の頬をプニッと潰《つぶ》して、今度はお兄様が私を引っ張って行く。

……ありがとう。お兄様。あなたのお陰で私は笑えます。

この世界で初めての屋台は、本当においしい物ばかりだった。

たまたま屋台で見付けたクランクランのジュースは甘酸っぱくておいしかった！

次は是非、お酒の方を飲みたい！

そんなこんなで……屋台を堪能した私のドレスのお腹《なか》回りが少し、だけきつくなったのは……余談である。

せ、成長期だもん‼

＊＊＊

今日はダンジョンの調査日だったが、私とお兄様の二人はアヴィ家で急遽《きゅうきょ》お留守番だ。

因みに、私とお兄様以外のメンバーは調査中である。

参加できなかったことはとても残念だが、ハワードに会わずに済んだことは純粋に嬉しい。

何故、私とお兄様が留守番をすることになったのか？

それは、二日前に街で起こったあの出来事が原因だった。

あの日。私はフードを目深に被った【ミラ・ボランジェール】と街中で偶然ぶつかってしまった。

私はミラを知っていたけど……まさか、お忍びで変装していた私達の正体がミラにバレるとは思ってもみなかった。ミラ側の伯爵家から『公爵令嬢のシャルロッテ様に非礼をお詫《わ》びしたい』と正式な謝罪の申し入れがあった為《ため》に……今に至る。

それよりも何故ミラが私達に気付いたか……。それは紛れもなくお兄様のせいだと思う。

簡素な服では隠し切れなかったお兄様の美貌《びぼう》が悪いのだ‼

と、冗談半分、本気半分でそう思ったことは措いといて……。

まあ、実際お兄様は有名人なのだ。現王の弟の息子だし、王族の次の地位である公爵家の嫡男だし。顔良し、性格は……好みによる。テヘッ。と、優良物件のお兄様は令嬢方からの支持も熱い。

貴族であれば、お兄様のことを知らない人の方が珍しいのだ。

あれー？　やっぱり、バレたのはお兄様のせいじゃないか。変装の意味なかったな……。

ボランジェール家を代表してミラ本人が謝罪に来るというのに、アヴィ家の現当主であり家長であるお父様は既にダンジョンに潜ってしまっている。

『当事者であるシャルロッテと、目撃者＋未来のアヴィ家当主であるルーカスがいれば問題ないだろう』というお父様の言い分による。つまりは、お兄様と私に全《すべ》て押し付けたのだ。

……娘よりダンジョンを選びましたね？

いいけどね。別に。お兄様が一緒だし。

それよりも、クリス様やハワード。それにあの大人達だけでダンジョン調査に行ったことが心配だ。腕はいいし、力があるのは確かだけど、引き際の見極めが甘いから、魔石集めに集中し過ぎて大変なことにならなければいいのだけれど……。

と、フラグを立ててみる。

ふふふっ。責任は自分達で取りなさいね？

でも、もしかしたらアヴィ家の当主自らが対応するよりも、子供達同士で穏便に済ませなさいというお父様の配慮の可能性もある。貴族社会は階級社会だから、爵位の高い者が動くと面倒なことになりかねないのだ。

あの時のことなんて、気付かないフリをすればよかったのに……。

寧《むし》ろ、全力でそうして欲しかった。

私はコテンと倒れ、隣に座っていたお兄様の膝《ひざ》の上に頭を乗せた。

ふふふー。お兄様の膝枕だ。

「……シャルロッテ様？」

即座に侍女のマリアンナの突っ込みが入った。

「ごめんなさい……」

ドレスのシワを伸ばしてから、行儀よく座り直す。

望まぬこととはいえ、正式な手続きをしたお客さんが来るのにシワシワのドレスでは失礼だ。

現在、私とお兄様は応接間にて、ミラの訪問を待っているところだ。

お兄様は、一人涼しい顔をして紅茶を飲んでいる。

はあー。憂鬱《ゆううつ》だ。

深い溜息《ためいき》を吐《つ》くと、お兄様が頭を撫でてくれた。

そんなお兄様に甘えて肩にコテンと頭を乗せる。

マリアンナからの突っ込みが入らないので、これは大丈夫のようだ。

『やっぱり訪問はキャンセルします！』……とかにならないかな。

わざわざ来なくたって手紙でいいじゃないか。私は別に怪我《けが》なんてしてないし……。

そうだよ！　そうしたら人見知りのミラがこんな所に来なくていいじゃないか！

人見知りなら、悪役顔の私には近付かないでおこうよー。その方がお互いの為だって！

って、……あれ？

どうして人見知りのミラが、謝罪の為とはいえ……私達の前に出てくるの？

ミラは自分の容姿を嫌っているから、フード付きのマントで自分を隠すことのできない公式な場所が嫌いだったはず。それは彼方《ヒロイン》と仲良くなってからもしばらく続いていた。

なのに、どうしてそんなに謝罪をしにアヴィ公爵家《こ　こ》に来たいの？

……そもそも、私達の出会いは偶然だったのだろうか？

仕組まれたりしていないって言える？

もし、あれが仕組まれていたのならば、ミラが自分の領地でもないあの場所にいた理由にはなる。

でも、そうまでしてアヴィ家に近付きたい理由とは？

私と目が合った後に逃げたのは、人見知りのせいではなくて疚《やま》しいことがあったから？

………まさかね。

だって、研究馬鹿で発明の天才のミラだよ⁉

人見知りの彼が夢中になるような何かが、アヴィ家にあるわけが………………………あったな。

私は思わず頭を抱えたくなった。

ここまでのミラの行動理由が、分かってしまったのだ。

アヴィ家にある……ミラが欲する物。

それは【魔石】だ。

ダンジョン内で集めた魔石は、ギルドとアヴィ家の二カ所で保管している。

魔道具を作る際に必要不可欠な魔石をミラが欲していたとすれば全てが一致するのだ。

天才なくせに……バカなのか。

今日のミラの来訪は、嫌な予感しかしない。

はぁ……会いたくない。本当に会いたくない。

何度目かの溜息を吐いたところで、ミラの来訪が告げられたのだった。


愛想笑いを浮かべる私と、いつも通りのお兄様が横並びにソファーに座り、緊張したように顔を強張《こわば》らせているミラが、向かい側のソファーに一人で座っている。

因《ちな》みに、さっきまで一緒にいたマリアンナは、適温の紅茶を配膳《はいぜん》した後に退出してもらった。

本日のミラは、チャコールグレーの無地の上下セットのスーツを上品に着こなしている。

肩まで伸びた白銀色の髪はゲームの時のように、一つに纏めて耳の下に流してある。

最も特徴的である、赤みがかった大きな瞳《ひとみ》は長い前髪で隠されていて見えない。

あのミラが目の前にいる。

まずは……と、ミラが私達に向かって頭を下げた。

「この度は大変申し訳ございませんでした。シャルロッテ様のお怪我の具合はいかがでしょうか？」

あの場ですぐにきちんとした謝罪もせずに……重ね重ね申し訳ございませんでした」

……ああ！　前髪が鬱陶《うっとう》しい‼　謝罪をしたいなら前髪を切ってから出直せー‼

私は心の中で八つ当たりをする。

「丁寧な謝罪をありがとう。妹はこの通り元気だから安心して欲しい」

お兄様はにこやかに答えるが、目は笑っていない。

ゾクッと背筋に寒気が走る。……怒ってる？

「それで？　心の籠《こも》っていない謝罪の後に、何を続けて言うつもり？」

瞳を細めたお兄様が、私が座っているのとは反対側の脇《わき》から紙の束を取り出した。

「君のことは調べさせてもらったよ」

バサッと紙の束をテーブルの上に置くと、ミラは驚いたようにビクリと肩を震わせた。

「伯爵家を追い出されかけているんだって？」

何だって……？

ていうか……お兄様、いつの間にそんなことを調べてたの？

「な……っ⁉」

前髪に隠れて見えないが、ミラの赤みがかった瞳が極限まで見開かれていることが想像できる。

「君に謀《はかりごと》は向いてないよ。こちらとしては、二度と妹に近付かないのであればどうでもいいけど。どうしようか？　シャル」

「待って下さい！　……どういうことですか？」

全く意味が分からない。なんで先に私に事情を説明しておいてくれなかったの⁉

ミラが家を追い出される？　将来有望な若き魔道具開発の天才の……ミラが？

何かが頭の片隅で引っ掛かったが、すぐには思い出せない。

すると、ソファーから立ち上がったミラが土下座をし出した。

「お願いします！　僕を……ミラを助けて下さい‼」

因みにミラは、自分のことを名前で呼ぶ。

「助けてと言われても、僕らには何の関係もないからね」

土下座に怯《ひる》むことなく、ゆったりと足を組みながら塩対応を続けるお兄様。

「自分でも図々《ずうずう》しいとは思っています！　確かに家を半壊させたけど……ミラには研究しか……それしか生きる価値がないんです‼　だから、だから……お願いです！　助けて下さい‼」

床に頭を付けながら懇願するミラ。

『家を半壊』……って、そうか。これは、ミラがギルド預かりになったきっかけの出来事だ。

伯爵家の次男のミラは複雑な立場にいる。跡取りとして有能な兄と、幼い頃《ころ》から剣で頭角を現していた弟。ミラ自身だって天才であるのに……容姿のせいで家族に疎まれていた。

兄や弟がいれば伯爵家は安泰と言われ、ミラの存在は無視され続けたのだ。

そんなミラは、たまたま興味を持った魔道具開発で自身の才能を開花させた。研究の楽しさを知ったミラは、どんどん研究にのめり込んでいき……十二歳の時に、魔道具の実験の失敗で邸を半壊させてしまったのだ。ミラは家族の命を危険に晒《さら》したという理由で勘当され、家を追い出される。

そうして、家を追い出されたミラは、生きていく為《ため》にギルドに向かう。前々から自分に関心を寄せていたギルドに、自分の後《うし》ろ楯《だて》となってくれるように交渉する為に、だ。

研究のデータの提出や、発明した魔道具の販売の権利をギルドが所有することを条件に、後ろ楯を得たミラはその後、才能を開花し続け様々な魔道具を開発していく。

研究にのめり込み過ぎて、食事さえ碌《ろく》に取ろうとしないミラを心配したギルドマスターが、一般教養を身に付けさせる為に、学院に放り込んだという流れだった。

ゲームではギルドに向かったはずのミラが、何故《なぜ》アヴィ家にきたのか……。

「どうして……アヴィ家に助けを求めたのですか？　ギルドの方が優遇してくれるのではないでしょうか？」

尋ねると、ミラは床に付けていた頭を上げた。前髪の隙間《すきま》から不安気に揺れる赤い瞳が見える。

「ここには……魔石がたくさんあるからです」

やっぱり魔石か……。

「自らダンジョン調査をする公爵家の方々にも興味を持ちました」

不安気に揺れていた赤い瞳が、次第にキラキラと輝き出す。

「そして……何よりも、シャルロッテ様。あなたの存在です‼」

「…………私ですか？」

「一目見た時から、ミラはシャルロッテ様の虜《とりこ》になりました‼」

一瞬で私に近付いたミラは、ガバッと私の両手を掬《すく》い上《あ》げると、自らの手でギュッと包み込んだ。

小柄なのに男の子の手なんだねぇ……と、私は虚空を見上げながら現実逃避を始めた。

だって、こんな告白みたいなセリフ……ミラには有り得ない。勘違いをしたらいけないのだ。

何故ならば…………

「シャルロッテ様の規格外の魔力量‼　是非！　僕のモルモット《実験協力者》になって下さい‼」

ほらね⁉　ルビは『実験協力者』だけど、『モルモット』って言っちゃってるからね⁉

これでも私は公爵令嬢だぞ⁉

『妹』、『師匠』、『モルモット《実験協力者》』……。

攻略対象者達よ、どうしてこうなった……（汗）。

残る一人の攻略対象者である【サイラス・ミューヘン】にはなんと呼ばれるのだろうか？

会うつもりは全くないが……嫌な予感しかしない。

これ以上変なキャラクターが増えませんように……。


「シャルロッテに近付かないでくれるかな」

「お兄様！」

「君にそう言われる覚えはないよ」

ミラから私を無理矢理引き剥《は》がしたお兄様は、私を背中で庇《かば》いながらミラとの攻防を繰り返していた。

「君にシャルロッテの何が分かるの？」

「僕はこの半月ほど、シャルロッテ様をずっと見ていました」

Ｗｈａｔ⁉　ストーカー発言キター――‼

しかも、半月前から見られていただと⁉

「シャルロッテ様が炎の魔術を使えば……高火力な炎の柱が上がり、氷系の魔術を使えば……一瞬にして全《すべ》てが凍る死の世界に……‼」

それって、ダンジョンの話だよね？　どうしてその場にいなかったミラが知っているの？

「昨日《きのう》は、歌いながら浮いていましたよね？」

ギクリ。私は顔を強張らせた。

「シャル……。君は一体何してるの？」

能面のような笑顔を貼り付けたお兄様が私を振り返る。

「あははー。えーと、それは……」

『もう少しで、リカルド様に会える！』と、天にも昇る気持ちになっていたら、いつの間にか浮いていたのだ。気付いた時は焦った。無意識に歌いながら呪文《じゅもん》を唱えていたらしいのだ。

「あははははー」

言い訳が浮かばず、ただただ笑って誤魔化《ごまか》すしかない。

「他にも……」

待てーい‼　ほ、他って……アレとか……アレとか⁉

「ミ、ミラ様？」

口封じしたいのに、目の前にはお兄様が立《た》ち塞《ふさ》がっていて手出しができない。

「後でゆっくり僕とお話しようね？」

瞳を細めたお兄様が、楽しそうに笑う。

ううっ……ミラのバカ。

「どんな高度な魔術を使っても、疲れた様子を見せないあなたに興味があります！　是非、僕のモルモット《実験協力者》になって下さい」

もう、ミラは黙ってて‼

これで天才って、神様おかしいよ！

お兄様は、ガックリと項垂《うなだ》れた私を横目に見ながらミラへ向き直った。

「シャルロッテの魔術に関しては、機密事項なんだよね。それも国家レベルの」

はい？　国家レベルの機密事項って……私は魔物か何かですか？

「だから、伯爵家の次男でしかない君が知っているのは非常にまずい。この意味は分かる？」

スーッと急激に私達の周りの温度が下がったように感じた。

顔を上げると、無表情のお兄様の向こうに青い顔をしたミラが見えた。

「口外したら消えてもらうことになるけど、どうする？」

脅迫した！　首を傾《かし》げながら言ってるけど、『殺す』って真顔で脅しているからね⁉

更に青褪《ざ》めたミラは、ギュッと唇を噛《か》み締《し》めた。

お兄様怖いよね……。うん。気持ちは分かるよ。

気を抜くと飲み込まれてしまいそうな空気だ。なのに……。

「ミラを助けてくれると約束して頂けるなら、死んでも口外しません！」

ミラは無表情のお兄様を見つめ返して、はっきりと告げたのだ。

ミラ偉い！　よく頑張った‼

心の中でミラを称賛しながら、黙って成り行きを見守る。

「ふーん。ここで交渉を持ちかける、か……」

お兄様は面白いものを見つけたという風に、瞳を細めながら口元を歪《ゆが》ませた。

「気に入った。だから、アヴィ公爵代理として君に先行投資してあげる」

「ルーカス様‼」

「但し、条件がある」

「はい！　何ですか⁉」

「シャルロッテの嫌がることを無理強いしないこと」

「……それだけですか？」

不思議そうに首を傾げるミラ。

「うん。シャルロッテを泣かせたら消すからね？」

脅迫再び……。魔王様《おにいさま》がご降臨あそばされた！

お兄様の迫力に圧《お》されたミラは、コクコクと壊れた玩具《おもちゃ》のように何度も大きく頷《うなず》いている。

「交渉成立だね。助けてあげる。シャルロッテもそれでいいよね？」

「はい！　私は魔王様《おにいさま》に従います‼」

どうせこの後にお話が待っているのだ。今の内に従順さをアピールしておいた方が得策だ。

「じゃあ、今日から邸に住んでもらうから」

「ありがとうございます！」

立ち上がって深々と頭を下げるミラと、心から楽しそうな笑みを浮かべるお兄様。

ミラはもうお兄様の玩具確定である。ミラ、頑張れ‼


お話の後にお兄様から聞いたのだが……ミラの立場は、私が思っていたよりもずっと深刻だった。

ボランジェール伯爵邸が半壊した日。実はミラは殺されてしまうところだったそうだ。

失敗するはずのない研究だったのに、邸を半壊させるほどの爆発が起きた。

ミラは不慮の事故に巻き込まれて死ぬはずだった。幸いなことに怪我《けが》一つ負わなかったらしいが。

邸を壊したから、追い出されると思っているミラは、この真実を知らないらしい。

……しかし、聡《さと》いミラのことだから全部理解しているだろうと私は思っている。


ボランジェール家が『アルビノ』を差別していると聞いたことはあったが……まさか実の息子を殺《あや》めようとするなんて……。

失敗した暗殺は成功するまで続けられる。ミラの危機に気付いた私のお父様をはじめとした国の中心の大人達は、ギルドと連携を図りながらミラを陰ながら護《まも》っていたそうだ。

ギルドでの保護を第一に考えていたが、ミラが私達兄妹を選んだ為《ため》に大人達は次の行動に移った。

【ボランジェール家】の断絶だ。お取り潰《つぶ》しとも言う。

ミラ以外の全員が爵位を剥奪《はくだつ》された上で、流刑の地へ送られることが既に決定しているそうだ。

【ミラ・ボランジェール】は只《ただ》の【ミラ】になる。本人が望むなら何処《どこ》かの家に養子に入ることが可能だ。アヴィ家もその候補である。

アルビノを穢《けが》れた血だと外見だけで勝手に決めつけて、簡単に排除しようとするような歪んだ家ならば滅んでしまえ。ミラに出会いたくなかった私だが、死んで欲しいなんて絶対に思わない。

ミラの命がそんな身勝手な奴《やつ》らによって奪われなかったことに心の底から安堵《あんど》した。

今後のダンジョンの調査次第にはなるが、アヴィ家の裏山にミラだけでなく他の開発者も受け入れる研究所兼、居住施設を立てる予定だそうだ。そこで魔道具開発やダンジョンの研究を進めるのだと。これはお兄様の発案らしい。

裏山の研究施設が完成するまでミラはアヴィ家に滞在し、完成したら施設に移動することが決まった。お父様から預かった魔石をミラに渡したら、瞳《ひとみ》を煌《きら》めかせて幸せそうに笑っていた。

ダンジョンはまだまだ調査が必要なもので、人々が分からないことがたくさんある。

ダンジョン研究が進めば、スタンピードのような悲劇が防げるかもしれないのだ。

歴史は変えられる。私はそれを信じて自分ができることをやり続けたいと思う。


ダンジョンといえば……お父様達は地下八階層に現れた魔物を討伐することができずに撤退したそうだ。早めに決断した為に、大きな傷を負った人はおらず、かすり傷程度で済んだらしい。

よかった……。フラグ立ててごめんなさい。

クリス様やお父様達が撤退せざるを得なかったのは【幻幽《げんゆう》】という、レイスのような実体を持たない魔物のせいだった。実体を持たない相手と戦うには、専用のアイテムや装備が必要なのだ。

お父様達は、リベンジの為の準備を整え始めたところだ。

準備に少し時間がかかるそうで、次にダンジョン調査に入るのは一週間後の予定となった。

喰喪《くも》に比べたら幽霊なんて全然平気だ！

私も聖水とか作って持って行こうかな？　それも一瞬で消える強力なヤツ！

そしたら、みんなの役にも立てるし！　そうだ！　そうしよう！

……と、私は知らない内に説教フラグを立てていたのであった。

さて、明日は待ちに待ったリカルド様の来訪日だ‼

私は自室に籠《こ》もって明日の為のドレスを選んでいた。

……瞳の色に合わせた薄紫のドレスがいいだろうか？　それともこの淡いブルーのドレス？

ドレスといっても豪奢《ごうしゃ》なものではなく、簡素なワンピースのようなものである。

リカルド様に魔術の使い方をレッスンするのだから、動きやすい方がいいだろう。

手取り足取り……そしてあわよくば！　またお耳を触らせてもらうのだ‼

ふふふふふっ……。明日を想像するとにやけが止まらない。

「……シャルロッテ様。お顔のせいで折角のドレスが台無しになっていますよ？」

突然、誰《だれ》もいないはずの室内から声が聞こえてきた。

あれ？　この部屋には私一人しか……？

ギギギ……と、音がしそうなくらいのぎこちなさで声がした方を振り返る。

すると、入口の扉のすぐ近くにミラが立っていた。

「ミラ……様⁉　……どうしてここに？」

いつの間に入って来たの⁉　全然気付かなかった。

「ええと……ノックをして普通に入りました」

いやいやいやいやいや！　返事がないのに入って来たらダメでしょ⁉

キョトンと首を傾《かし》げられてもさ！　……小動物みたいで可愛《かわい》いけど！

「……それで、何の用ですか？」

ここで注意をしても埒《らち》が明かない予感がした私は、さっさと追い出す為に話を進めた。

「これにシャルロッテ様の魔力を少し流して頂こうと思って」

ミラがそう言いながら差し出してきたのは、黄緑色にキラキラと光るキラープラントの魔石だった。これは先ほど渡した魔石である。

「……どうしてこれに私の魔力を？」

ミラの意図が分からずに私は首を傾げた。

「魔石にシャルロッテ様の規格外な魔力を流し込んだ状態で魔道具を作ったら、面白い物が作れると思うんです。なので、シャルロッテ様の魔力をミラに下さい」

まだ返事をしていないというのに、強引に私に魔石を握らせたミラは満足そうに笑っている。

有無を言わせないミラの態度は、ハワードを彷彿《ほうふつ》とさせる。それだけでも軽くイラッとした。

このタイプには主導権を渡してはいけない。私は既に学習済みである。だから……。

「ミラ様……ミラ。私達は同い年なのだから普通に話そう？　私のことは『シャルロッテ』でいいから」

私は微笑《ほほえ》みながら、魔石を握らされた手ではない方の手をミラに向かって差し出した。

急に言葉と態度を崩した私に驚いたのか、ミラは一瞬だけ身体《からだ》を強張らせたが、戸惑いながらもおずおずと片手を私に向かって差し出してきた。

「……う、うん。……分かった。シャルロッテ？」

ミラの手は細く華奢《きゃしゃ》だったが、私より少しだけ大きかった。小さくても男の子の手だ。

私はその手をギュッと力を込めて握った。

「つ・か・ま・え・た！」

急に人の悪い笑みを浮かべた私を見たミラは、驚きのあまりに瞳を見開いたまま固まっている。

「……え？」

……ふふふっ。主導権は頂いた‼

まだ呆然《ぼうぜん》としているミラを、ドレッサーの前まで無理矢理に引っ張って行き、鏡の前へ座らせた。

「ち、ちょっと……⁉」

我に返ったミラがジタバタと暴れ出したがもう遅い。絶対に逃がしません！

私は速やかに『縛る』イメージを練り上げる。

「バインド」

そう呟《つぶや》くと、私が手を放してもミラの手足はピクリとも動かなかった。動かせないのだ。

「シャルロッテ……どうして？」

悲しそうな声で尋ねるミラの身体はプルプルと小刻みに震えている。

よし、よし。きちんと術が効いたようだ。会話ができるように口元は動くようにしてある。

動けなくなったミラを満足気に眺めた私は、机の引き出しからある物を取り出した。

「あのね？　初めてミラを見た時から、ずーっとこうしたかったの………」

「ち、ちょっと、シャルロッテ⁉　待って！　話せば分かる‼」

怯《おび》えるミラはまるで子犬のようだ。

「大丈夫。痛くしないから騒がないで？　騒いだりしたら……手元が狂っちゃうかもしれないよ？」

「…………っ⁉」

恐怖のあまりに声も出せなくなってしまったミラ。

ふふっ。可愛い。私は光る刃物を翳《かざ》しながら恍惚《こうこつ》とした笑みを浮かべ……。

「お利口さんなミラの為《ため》に、ひと思いにやってあげる…………‼」

……シャキン。

パラリと落ちたのは、ミラの鬱陶《うっとう》しいほどに長い前髪である。

あー。スッキリした。

「う、わぁぁ！　ミラの前髪がぁぁぁぁ‼」

邸中にミラの絶叫が響き渡った。


シャキン。シャキン。

軽快なリズムでハサミを動かし、ミラの前髪を目に掛かる程度まで切り揃えていく。

ついでに……と、後ろ髪にも少しだけハサミを入れて長さを揃《そろ》えた。

ミラの鬱陶しい前髪がなくなった私は大満足である。

和泉は美容師でもないのに昔から髪を切るのが得意だった。弟の髪を切るのは専ら和泉の役目だった。流石《さすが》に弟に彼女ができてからは止《や》めたが……。器用さは今《シャルロッテ》でも変わらなかったようだ。

え？　失敗していたらどうしたのかって？　男の子なんだから坊主にすればＯＫ‼

……なんてことは言わないよ⁉　そこはチートさんがどうにかしてくれたはずだから大丈夫！

グスッ……ズッ。

洟《はな》を啜《すす》る音のする方を見下ろすと……ミラは大きな赤い瞳から、ポロポロと大粒の涙を溢《こぼ》していた。手足を動かせない為に涙を拭《ぬぐ》うこともできずにいる。

……まぁ、泣くよね。

ずっとひたすら隠し続けてきた赤い瞳。この瞳のせいで家族に愛されなかった。ミラにとっても忌まわしいものだったであろう。それを自らの意思とは関係なく暴かれたら……こうなるよね。

「ごめんね？　あまりにも鬱陶しい前髪だったから切っちゃった」

テヘペロ。

悪びれた様子のない私をミラは涙目で睨《にら》み付けてくる。

「なんで……こんな酷《ひど》いことするの⁉　シャルロッテもミラが嫌いだからでしょう⁉」

「え？　私は別に嫌いじゃないよ」

関わりたくないだけで嫌いではない。話が通じなくてイラッとはするけど。

「じ、じゃあ、どうして……こんなことを⁉」

「さっきも言ったけど鬱陶しかったから。後は、きちんと目を見て話したいから……かな？」

腕を組みながら、うん、うん、と頷く。

「ミラの目……気持ち悪いと思わないの？」

「うん。全然。赤い宝石みたいでキレイだよね。ウサギさんみたいで可愛いし」

私は首を傾げながらニコリと笑った。

「何……ソレ。言ってる意味分からないんだけど？」

意味が通じない？　……ああ、この世界に『ウサギ』はいないのか！

「え、えーと……ウサギっていうのは絵本で見たんだけど、小さくてモフモフしてて……可愛《かわい》いの！」

「全然分かんない。ミラはモフモフしてないし……」

泣き出しそうに口元を歪《ゆが》ませたミラは、唇を噛《か》み締《し》めながら俯《うつむ》いた。

小刻みに揺れる肩……。どうやら私はまたミラを泣かせてしまったらしい。

『ミラは何も悪いことなんてしてないんだから、そのままでいいんだよ！』

『私はミラの味方だよ！』

ドラマの台詞《せりふ》で聞いたことのある励ましの言葉が、次々と頭の中に浮かんでは……消えていく。

私はその言葉を口にすることはなかった。できなかったのだ。

公爵令嬢として大切に守られてきた十二歳のシャルロッテと、両親や姉弟の愛を受けて二十七歳まで生きた和泉。ミラと同じ境遇で生きてきたわけでもない私には、ミラの気持ちを心から理解してあげることなんてできない。同情ならいくらでもできるが……彼方《ヒロイン》からならまだしも、私からの上辺だけの言葉なんてミラは欲しくもないだろう。

ミラが本当に欲しいのは、自分の全《すべ》てを受け入れてくれる人なのだと思う。

私はミラに対して恋愛感情はないし、これからもそれが芽生えることはない。

だから、ミラの感情の奥深くに踏み込んではいけない。責任なんて取れないのだから。

『何もしてくれない』『冷たい』と、そう思われて嫌われたって構わない。

そもそも関わるつもりもなかった相手なのだ。

これ以上は酷いことしないから、処刑台行きだけは……許してね？

「……ていうか、そろそろ解放してくれない？」

赤い瞳で睨み付けてくるミラの顔は、さっきよりもスッキリとしているように見えた。

「あー、ごめん。忘れてた」

「は？　シャルロッテって性格悪いよね⁉」

「えー？　そんなこと言うなら解放してあげなーい」

「それは勘弁してよ！」

「どうしようかなー？　私、性格悪いからなぁ」

私はニヤリと笑いながらミラの頬を左右に引っ張った。

「随分と楽しそうだね？」

「お兄様！」

いつの間にか部屋の入口の扉にもたれ掛かるようにしてお兄様が立っていた。

「お兄様、見て下さい‼　ミラの前髪を切ったんです！」

お兄様がチラリとミラへ視線を向けると、ミラはその視線から逃れるように目を逸《そ》らした。

「ふーん。随分と上手に切れたんだね」

私達に近付いてきたお兄様は、ミラの髪に触れながら感心したように言った。

「宝石みたいなキレイな瞳《ひとみ》が見やすくなったね」

まさかお兄様からそんなことを言われると思ってなかったのか、ミラは逸らした視線を戻してお兄様の顔をまじまじと見つめている。

「お兄様もやっぱりそう思いますよね⁉」

私はわざとはしゃぎながら、お兄様の腕に絡み付く。

「うん。そうだね」

お兄様は、瞳を細めながら私の頭を撫《な》でた。

『私達は怖くないよ』作戦である！　……バレたかな？　まあ、お兄様ならいいんだけどね。

「ねー、いい加減に解放して欲しいんだけど？　それに……兄妹でイチャイチャするなよ」

「羨《うらや》ましいの？　だったら、まぜてあげるー‼」

私はミラを椅子ごと抱き締めた。

「ちょ……ちょっと‼」

真《ま》っ赤《か》になって慌てるミラに構わず、ギュッと力を込めて抱き締めると……

「僕もまざろーっと」

更にお兄様が、私とミラをまとめて抱き締めてくる。

「暑い！　キツイ！　邪魔‼　放せー‼」

「えー？　ミラはノリ悪いなー。空気読んでよ。それに、捕縛はもうとっくに解けているんだから、嫌なら逃げればいいじゃない？」

私は笑いながら首を傾《かし》げた。

そう。実はもうとっくに解放してあるのだ。逃げないということは嫌じゃないということで……。

「う、うるさい！　うるさい‼」

真っ赤になったミラが立ち上がろうとするが、私とお兄様が邪魔でなかなか立ち上がれない。

「もう。素直じゃないんだからー」

かなり荒療治なことをしたが、今日をきっかけに変わってくれたら……と思う。

もっと自分に自信を持って。負けないで。口には出さずに心の中でエールを贈った。

「ミラ、私の妹になろうよー」

「ミラは男だし！」

「えー？　じゃあ、弟でもいいよ！　ねえ、いいでしょう？　お兄様」

「シャルロッテがいいなら僕は構わないよ」

「止めろよ！　バカ兄！」

「あーっ！　お兄様のことだけ『兄』って呼んだ！　私のことも『お姉様』って呼んでよー！」

「誰《だれ》が呼ぶか！　バカ！」

私達は暫《しばら》くの間、バカみたいに騒ぎながら言い合いを続けた。

「なんなの……こいつら………！」

ミラが涙目で白旗を上げるまで存分にいじり倒してやった！　マウントは大事です！

明日着るドレスを選ぶのを忘れ、眠る前に気付いた私が寝不足になったことは余談である。

……因果応報？

＊＊＊

さあ、今日は待ちに待ったリカルド様の訪問の日だ！

ミラをいじり過ぎたせいで色んなアクシデントが発生したが、リカルド様に会えると思うだけで全てのことが一瞬で帳消しになってしまうから不思議である。

寝不足とはいえ、大好きな人に会えるのだから身嗜《みだしな》みに手は抜きませんよ？

現在は午前八時頃。リカルド様が到着するのは十時くらいだそうだ。

前日に、リカルド様からのお手紙をアーカー家の従者さんが届けてくれたのだ。

『明日の十時頃に訪問させて頂きます。シャルロッテ嬢、あなたにお会いできることを楽しみにしています。リカルド・アーカー』

……だって‼　この手紙は一生の宝物だ。

便箋《びんせん》の端には、シーラの白い花が描かれていた。

初めて見るちょっとクセのある丁寧なリカルド様の直筆文字。

封筒からはリカルド様の匂《にお》いがした。シーラのように爽《さわ》やかな優しい香りだ……。

誰か‼　私にジッ〇ロックを下さい‼　この匂いを永遠に閉じ込めて、家宝にするのだ‼

私のチートさんで作れないかな？　それともミラに相談しちゃう？

色褪《いろあ》せず、今のまま保存ができるような宝箱があれば、他の物も入れられるし……。

よし、後でミラの部屋に突撃しよう‼

ふふふ。

「シャルロッテ様、嬉《うれ》しいのは分かりますが……お顔が残念なことになっていますよ？」

あれ？　同じようなセリフをどこかで聞いた気がする。……私の顔はそんなに残念なのか。

鏡越しに見えるマリアンナは苦笑いを浮かべていた。

そうだ。私はこの部屋に一人だったわけではないのだ。

……どうしてこうも迂闊《うかつ》なのか……。穴があったらではなく、穴を掘って入りたい……。

さっきからずっと私の用意を手伝ってくれていたのだ。存在を忘れてごめんなさい。

マリアンナの手にかかると、頑固な縦ロールがおとなしくなるから不思議だ。

薄紫色のリボンと一緒に蜂蜜《はちみつ》色の髪が編み込まれ、サイドに一つに纏《まと》めて流される。

相変わらず手際が良いマリアンナに感心する。

「どうですか？」

「うん！　バッチリ！　ありがとう‼」

渡された手鏡で後ろ髪を確認した私は立ち上がり、ギュッとマリアンナに抱き付いた。

「あらあら。甘えん坊さんですね。髪が崩れてしまいますよ？」

クスクスとマリアンナが笑う。

「さあ。早く支度をしないと、アーカー様がいらしてしまいますよ？」

あ、そうだ！　それはいけない。

急いで用意してあったドレスに着替える。

散々迷ったのだが……薄紫色のドレスにした。華美過ぎないレースの付いた膝下《ひざした》の長さの動きやすいドレスだ。髪のリボンだけでなく靴もドレスの色に合わせてもらった。

「はい。これでおしまいです」

最後にマリアンナが、腰の部分で結ぶ大きめなリボンをキュッと縛ってくれた。

大きな鏡の前で一回転すると、フワッとドレスの裾《すそ》が翻《ひるがえ》った。

おお……いい感じだ。

これでリカルド様がいつ来ても大丈夫！

……って、忘れてたよ。全然大丈夫じゃなかった。

リカルド様が、次に来た時に飲みたいと言っていたシーラのジュースを用意していなかった。

「マリアンナ、ごめん。リカルド様がいらしたら、庭園の方に案内してもらえる？」

邸の中よりいつものあの場所の方が自由が利いていいだろう。そこで用意をして待っていよう。

「かしこまりました」

マリアンナはニコッと笑って、部屋を出て行った。

「さて、用意して行きますか」

瓶やグラス等々の必要な物をカゴに入れて庭園へ向かった。


「んー。いつ来てもここは最高だー！」

いつものお気に入りの庭園の隅っこ。

私は荷物をテーブルの上に置いてから大きな深呼吸をした。

今日は寝不足で自分の身嗜みが精一杯だったから、マリアンナにクッキーを用意してもらったが、次は自分で作ったお菓子をリカルド様に用意したいなー。シャルロッテになってからは作ったことがないが、和泉はお菓子作りが得意だった。

さあ、リカルド様が来る前にシーラのシロップを作ってしまおう。

シーラの花の咲いている花壇に行き、白い花を二十本程摘む。シーラは林檎《りんご》に似た味のする花で、爽やかな甘い匂いがする。

ついでに隣に咲いていたスーリーの花も摘んでおく。スーリーは苺《いちご》のような味のする花だ。花弁《はなびら》はピンク色をしていてとても可愛《かわい》い。

摘んだ花を持ってテーブルへ戻ってきた私は、用意した瓶の中にそれぞれの花の花弁部分だけを千切って入れていった。

まずはシーラから……と、シーラの入っている瓶に右手を翳《かざ》す。

シーラの花を氷で凍らせて……粉砕して圧縮……シーラの甘い部分だけを搾り出すイメージを練り上げる。

「……抽出」

ゆっくり呟《つぶや》くと同時に、いつものようにフワッと柔らかい光が辺りに広がる。

光が消えると、瓶の中には透明な液体が残った。

小さなグラスに少しだけそれを注いで、早速試飲をしてみることにした。グラスを傾けると、林檎のような爽やかな香りと凝縮された甘さが口の中に広がった。

よし！　シーラのシロップも問題なくおいしい！

次はスーリーだ。

シーラの時と同じくスーリーの花弁の入った瓶に右手を翳し、イメージを膨らませてから呪文《じゅもん》を呟くと、スーリーの瓶の中には薄いピンク色の液体ができた。スーリーのシロップは、甘酸っぱい苺のような味だった。これまたおいしい。

持っていたグラスをテーブルの上に戻した時、カサリという葉音が聞こえてきた。

そちらへ視線を向ければ……。

「こんにちは。シャルロッテ嬢」

愛《いと》しい待ち人のリカルド様がいた。

「リカルド様！　お待ちしておりました」

今すぐにリカルド様に駆け寄りたい気持ちを堪《こら》えて、挨拶《あいさつ》をしようとしたが……

「僕にかしこまらなくて大丈夫だよ」

笑顔のリカルド様は首を振ってそれを制止した。

リカルド様からすれば些細《ささい》なことで、深い意味なんてないのかもしれないが、かしこまった挨拶をしなくてもいい関係……ってリカルド様との距離が縮まったみたいで嬉しくなる。

「リカルド様お一人ですか？」

リカルド様の周りには、誰《だれ》の気配も感じられなかった。てっきりお兄様が一緒に付いて来るものだと思っていた。しかし、油断はできない。お兄様《敵》は神出鬼没なのだから……。

「うん。君が庭園で待っているって聞いてね。ここの場所は覚えていたから一人で来たんだ」

微笑《ほほえ》むリカルド様。

いやー……癒《いや》される。リカルド様からはマイナスイオンが出ているのではないだろうか？

「これは？」

テーブルのすぐ横まで近付いて来たリカルド様は、シーラとスーリーのシロップの入った瓶を興味津々な眼差《まなざ》しで見つめていた。

「透明な方がシーラで、薄いピンク色の方がスーリーです」

そう説明をしながら、リカルド様に私の正面の席を勧めた。

「へぇ……これが」

耳をピクピクと動かし、尻尾《しっぽ》をパタパタさせているリカルド様……尊い…………‼

可愛すぎて鼻血が出そうになるレベルである。

シャルロッテ、鼻血はダメ！　絶対！　私の中の理性を総動員させる。

「飲んでみてもいい？」

コテンと首を傾《かし》げるリカルド様。

くー‼　なんでこの人はこんなに可愛いかな⁉

落ち着け……落ち着くのだ！　シャルロッテ‼

心の中で『氷』の文字を何度も胸に刻み付ける。

「味の濃いシロップなので薄めますね。以前飲んで頂いたシュワシュワな飲み物と、お水で薄めた物と、どちらがいいですか？」

「シュワシュワな方が好きかな。あれは面白くておいしかった」

ニコッと笑うリカルド様。

「はい！　喜んで！　今すぐに作ります‼」

水の入ったピッチャーに手を翳しながら、シャルロッテ式『タンサン水』を作り出す。

一連の術の最中。リカルド様は、キラキラと輝く瞳《ひとみ》で私を見ていた。

「試飲が終わったら……早速、練習しましょうか」

「うん。よろしく」

大きく頷《うなず》くリカルド様。

グラスの中に氷を作り出し、シーラのシロップとタンサン水を注いで、手早くマドラーでグラスの中を混ぜた。

「どうぞ。シーラのジュースです」

「ありがとう。頂きます」

リカルド様は、差し出されたグラスを受け取ると、すぐに口を付けた。タンサン水には慣れてきたのか、一瞬だけ尻尾が驚いたような動きを見せたが、その後はブンブンと左右に揺れ出した。

「シーラのジュースおいしいね」

「はい。シーラの瑞々《みずみず》しい甘さがいいアクセントになりますね。スーリーのジュースもどうぞ」

作り立てのスーリーのジュースも差し出す。

「うん。これもおいしい」

「この甘さは癖になりそうですね」

スーリーで作ったジュースは、まるで本物の苺ジュースを飲んでいるかのようだった。

あの粒々も不思議なことに再現されているようだ。

ラベルもだが、シーラもスーリーもジュースとして全く申し分なかった。

これならおいしいお酒が作れそうだ。

「いかがでしたか？」

「うん。やっぱりいいね。是非ともアーカー領の特産にさせて欲しいよ」

……よかった。リカルド様の役に立てそうだ。

「では、魔術の練習は実益を兼ねたコレの作成にしましょう」

私はシーラのシロップの入った瓶を指差した。

「僕にこれが作れるかな……」

「大丈夫です！　私が成功させますから」

心配そうなリカルド様に向けて、私は小さくウインクした。

「……っ！」

……あれ？　リカルド様が真っ赤《まか》になった。もしかして……あざとかった？

テヘペロ。笑って誤魔化《ごまか》した。


取り敢《あ》えず、練習の為《ため》にシーラの花を十輪ほど用意してみた。

瓶を二つ用意し、それぞれの瓶の中に五輪分ずつのシーラの花弁を千切って入れる。

どうして同じ中身の瓶を二つ用意したのか。その理由は簡単だ。一つ目の瓶は私と一緒にシロップを作ってもらい、もう一つの瓶はリカルド様だけで作ってもらう。その為にだ。

さて……と。

「では、挑戦してみますか」

緊張しているリカルド様が少しでもリラックスできるように、私は努めて明るい笑顔を作った。

「リカルド様。まずは、瓶に右手を翳して下さい」

「こ、こうかな？」

私の指示通りに瓶の上に右手を翳したリカルド様。

「次はシーラの花弁を凍らせるイメージを膨らませてから『コールド』と呪文《じゅもん》を唱えて下さい」

「凍らせるイメージか……。やってみるよ」

リカルド様は大きく頷いてから瞳を閉じた。

イケメンって何をしていてもイケメンなんだよね。睫毛《まつげ》長いな……鼻も高いし……。

お耳に触りたいけど、今触ったら驚かせちゃうよね。

暫く見ていると、リカルド様の眉間《みけん》にシワが寄り始めた。

あ、マズイ。邪念が通じた……？

内心焦ったが、どうやらそうではなかったようだ。

「コールド」

リカルド様が呪文を唱えても、右手の先にあるシーラは凍らなかった。

「やっぱり駄目か……」

シュンと肩を落とすリカルド様。

お耳と尻尾がシュンと下がってる‼　こんなリカルド様も可愛《かわい》い……。

……って、いけない。私はリカルド様を悲しませたいわけではないのだ。

「リカルド様。もう一度お願いします」

「う、うん」

お願いすると、リカルド様はもう一度、瓶に手を翳しながら瞳を閉じてくれた。

私はリカルド様の正面から手を伸ばし、リカルド様の手に自分の手を重ねた。

私より大きいな……とか、スベスベだなぁ……とか、もっと触りたいな……とか考えてないよ⁉

邪念は捨ててるよ⁉　……半分は！

「……え⁉」

私が何も言わずに突然その手に触れたからか、リカルド様は瞳を見開きながら驚きの声を上げた。

「リカルド様。落ち着いて集中して下さい。これから私の魔力をリカルド様に流してみます」

『集中して下さい』だなんて、自分のことを棚に上げて大人ぶってみた。えへっ。

リカルド様は促されるままに瞳を閉じた。私はそれを見届けてから自らも瞳を閉じた。

リカルド様の中に、私の魔力が循環するイメージを膨らませる。

「シンクロ」

リカルド様に聞こえるか、聞こえないかくらいの小さな呟きを溢す。

そうして、私はリカルド様の中の魔力を探り始めた。

自分の魔力を流し込み、リカルド様の身体《からだ》の隅々まで循環させると……。

…………見つけた！

リカルド様の心臓の奥底に錠前付きの箱のような物を見つけた。

中からは強い魔力の源を感じる。

この鍵《かぎ》を開ければ魔術が使えるようになる。私の直感がそう告げている。

私はその鍵穴に意識を集中させた。壊すのではなく、『開ける』。

開け……開いて……！

力強く念じた瞬間……カチッと錠前が外れ、箱のフタが開いた。

箱の中から溢《あふ》れ出た膨大な魔力は、あっという間にリカルド様の身体中を巡った。

「コールド」

身体中を循環し始めた魔力を感じ取ったのか、リカルド様が呟くとシーラの花弁がみるみる内に凍った。

「リカルド様!!」

ハッと瞳を開けたリカルド様は、呆然《ぼうぜん》としながら瓶の中の凍ったシーラを見つめている。

「これは……？」

「リカルド様が成功させたのですよ！」

「……君ではなくて？」

「はい。私はリカルド様の中に魔術を流していたので、シーラを凍らすことはできませんでした」

「じゃあ……これは本当に僕が……？」

リカルド様は、呆然と自分の右手を見つめている。

今まで自分には無理だと諦《あきら》めていたことができたのだ。

「ありがとう……。シャルロッテ」

リカルド様は、今まで見たことがないフニャッとした柔らかい笑みを浮かべながら私を見た。

ズキュン!!　と、私の心臓は見事に撃ち抜かれた。

大好きな人のこんな顔……堕《お》ちないわけがない！

お願いしちゃう!?　今なら私の望みを叶《かな》えてくれるかもしれないよ!?

……でも、今は駄目。

最後まできちんと完成させなければ意味がない。

「リカルド様。次に進みましょう」

「うん」

「凍ったシーラを粉砕して、液体を搾り出すようなイメージをして下さい」

「分かった」

リカルド様は頷いて右手を翳《かざ》し、また瞳を閉じた。

リカルド様の右手から淡い光が出たかと思うと……シーラの花弁が粉々に崩れ、それがギュッと圧縮していく過程が見えた。

「抽出」

そう私と同じ呪文を呟《つぶや》けば、瓶の中は光に覆われていき……。

光が消えた後の瓶の中には、透明な液体が残されていた。

「できたのかな？」

リカルド様は瓶を持ち上げて、そのまま透明な液体を口元で傾けた。

ゴクリと喉《のど》が鳴った瞬間に見開かれた瞳。それが、術の成功を物語っていた。

「リカルド様！　忘れない内にもう一度試してみましょう‼」

私はニコリと笑って、もう一つの瓶を差し出した。

「おめでとうございます！　これが、シーラのシロップの作り方です。後はリカルド様のお好きなように加工して頂いて構いません」

リカルド様はもう一つの瓶の中に入っていたシーラの花弁を、一人でシロップにすることができたのだ。

私は約束通りにシーラのシロップの権利をリカルド様へ譲渡した。

「シーラのお酒ですが……まずはクランクラン酒にシーラのシロップを混ぜてみるのも面白そうですよ。シーラを使ったお酒はちょっと待っていて下さい」

さくらんぼみたいな味のクランクランと、林檎《りんご》のようなシーラなら味のケンカもしないだろう。物足りないならば、他の果汁を足してもいい。

シーラやラベルを使ってお酒を作るなら、私がきちんと納得した物でないと嫌なのだ。私自身がいつでも飲みたいと思えるそんなお酒じゃなければ許せない。

「うん。分かった」

私の意を汲《く》んでくれたのか、リカルド様は大きく頷いてくれた。

そして……急に立ち上がったリカルド様が、向かい側に座る私の方へと歩いてくる。

「…………え？」

私の横に立ったリカルド様は、地面に膝《ひざ》をつきながら私の手を取った。

予想外のリカルド様の行動に、私の頭の中は真っ白になった。

……え？　え？　ど、ど、どうしたの？

「この恩は一生忘れない」

そうして私の手を取ったリカルド様は、まるで騎士がお姫様に忠誠を示すかのようなキスを、私の手の甲へ落とした。

……駄目だ。あまりにも現実離れしすぎていて……今にも倒れてしまいそうだ。

私はそれをギュッと唇を噛《か》み締《し》めて耐える。落ち着け、私。

「……僕は君に何を返せるのかな……」

「リカルド様……」

私の手を握り、泣きそうな笑みを浮かべるリカルド様。

「では……これからも『シャルロッテ』と呼んでくれますか？」

「……え？　それだけでいいの？」

「はい。私は充分に嬉《うれ》しいです」

好きな人とまた一歩距離が縮んだみたいで嬉しくなる。

なーんて、言えないけどね！

「ありがとう」

はにかむリカルド様も可愛《かわい》すぎ‼

私をこんなに夢中にさせてどうするつもり⁉

「リカルド様。お召し物が汚れてしまいます。こちらへどうぞ」

にやけそうになる顔を堪えながら、コホンと一回咳払《せきばら》いをした私は、ポンポンと自分の隣の席を叩《たた》いた。そんな私の誘導に応《こた》えるように、リカルド様はゆっくりと立ち上がると、なんと！　私の隣に腰を下ろしてくれたのだ。

自分で呼んでおいてなんだが……恥ずかしい。

リカルド様の方を見れずにもじもじしていると、背中にフワフワと柔らかい感触を覚えた。擽《くすぐ》ったさに身動《みじろ》ぎをすると、瞳《ひとみ》を見開いているリカルド様と目が合った。

「ご、ごめん！」

真《ま》っ赤《か》な顔で、自分の尻尾《しっぽ》を抱えるリカルド様。

さっき感じたフワフワはリカルド様の尻尾だったのか……！　くーっ！　早く気付きたかった‼

尻尾の方からきてくれたのなら……と、ダメ元でお願いしてみる。

「今日は尻尾に触ってもいいですか？」

「……え？」

……やっぱり駄目か。

驚いて固まってしまったリカルド様と気まずくなりたくはない。

「ごめんなさい！　やっぱりなしで……‼」

「先の方だけなら……」

「……へ？」

聞き間違えていなければ、触ってもいいと言ってくれたよね？

チラッと上目遣いにリカルド様を見ると、リカルド様は真っ赤な顔で眉間にシワを寄せ……何とも言えない複雑そうな顔をしていた。

「……どうぞ」

「……お預り致します」

差し出された尻尾を細心の注意を払いながら受け取る。

おぉ……！　フワフワのモフモフだ………‼

初めて触れたリカルド様の尻尾は、前に触らせてもらったお耳と同じく、フワフワで滑らかだった。ビロードのような触り心地は、私をダメ人間にしてしまいそうなほどに魅力的だ！

こっそり匂《にお》いを嗅《か》いでみると、爽《さわ》やかなシーラに似た優しい香り……リカルド様の匂いがした。

断じて、獣臭くなんてないのだ！　リカルド様だったら獣臭くてもいいけど。

「耳を触っていた時もだけど、楽しそうだね？」

くすぐったいのか、苦笑いをしているリカルド様が首を傾《かし》げる。

「はい。幸せです……」

私は尻尾を優しく抱き締めながら、うっとりと瞳を閉じた。

あっ……！

抱き締めていたはずの尻尾が、スルッと腕の中から逃げ出した。

目を開けて慌てて手を伸ばすものの……なかなか捕まえることができない。

視線の先ではモフッとしたシルバーグレーの尻尾が左右に大きく揺れている。

『どうしたの？　触っていいんだよ？』そんな誘惑が聞こえる気がする。

秒で誘惑に負けた私は、そっと長い尻尾に手を伸ばした。指先が触れると、尻尾はパタリと一瞬だけ動きを止めたが、すぐに上下左右にと不規則な動きを始めてしまったので、なかなか追い付けない。そうして夢中になって尻尾を追い掛けていると、クスクスという楽しそうな笑い声が降ってきた。

視線を上げるとテーブルに片手で頬杖《ほおづえ》をついたリカルド様が、ブルーグレーの澄んだ優しい瞳で私を見つめていた。その優しい眼差《まなざ》しに、ドキッとして動けなくなる。

「触らなくていいの？」

首を傾げながら微笑《ほほえ》むリカルド様の色気が半端ないんですが……‼

私の反応を楽しむかのように、頬を擽る尻尾。

今だ！　と、両手を伸ばして捕まえると………

「あーあ。捕まっちゃった」

悪戯《いたずら》っ子のようにペロッと舌を出しながらリカルド様が笑った。

……捕まったのは私の方だ。

真っ赤に染まった顔を隠すようにモフモフの尻尾に顔を埋《うず》めた。

そんな私の頭をリカルド様は、何度も優しく撫《な》でてくれる。

しかし、残念ながら幸せな時間はそう長くは続かないのだ…………。


「二人並んでイチャイチャと……楽しそうだね？」

ゾワッと背筋が凍りそうなほどに弾んだ声が背後から聞こえてきた。

魔王様《おにいさま》ガ現レタ‼

「お兄様⁉　急に後ろに立つのは止めて下さい‼」

ビックリしすぎて心臓が口から出るかと思ったじゃないか。

そんな私とは対照的に……リカルド様はお兄様の存在に気付いていたようで、特に驚いた素振りはない。

「疾《やま》しいことしていたからじゃないの？」

瞳を細めながら首を傾げるお兄様。

いやいやいや！　足音も気配もなく近付いて来れるお兄様がおかしいんだよね⁉

「そんなことしていません！」

尻尾とモフモフ戯《たわむ》れながら、リカルド様に頭を撫でてもらっただけだもん！　健全だよね？

「ふーん？」

お兄様は私ではなくリカルド様を見る。

リカルド様はその視線から逃れるようにサッと瞳を逸《そ》らした。

……あれ？　もしかして、リカルド様的には疾しいことだったりするの……？

キョトンとしている私を見たお兄様は何かを察したらしい。

「なるほどね」

……何が『なるほど』なの？

「シャルロッテは、獣人のことをどこまで理解しているの？」

ゲームの中では獣人キャラの攻略対象者がいなかったから、この世界での常識は分からない。

シャルロッテとしても、獣人に会うのはリカルド様が初めてなのだ。

一般的に獣人といえば……モフモフと……唯一無二の番《つがい》がいることかな？

「やっぱり。よく分かってないみたいだね」

苦笑いを浮かべるお兄様。

リカルド様もお兄様と同じような顔をしている。

何が言いたいのか分からない。何か問題でもあったのかな？

「まあ、頑張れ？　応援はしないけど」

「あー……うん」

お兄様に肩をトンと叩かれたリカルド様は複雑そうな顔をした。

「それで今日は何をしてたの？　リカルドは魔術を使えた？」

私の隣に座っていたリカルド様を追い出したお兄様は、当然とばかりに空いたそこに座った。

チラッと見ると、『何か文句ある？』。そう眼差しで返された。

……文句はありません。

追い出されたリカルド様は、向かい側に座り直している。

さっきまであんなに近い所にいたリカルド様が遠い。もっと一緒にいたかったのに……。

って……いえ。なんでもありません……！

「私が作ったシーラとスーリーのジュースを試飲してから、リカルド様には実践を兼ねてシーラのシロップを魔術で作って頂きました」

「これ？」

お兄様が瓶に入っている液体を指差す。

「はい。透明な方がシーラで、薄いピンク色の方がスーリーです。これは私が作りました」

説明しながらお兄様に瓶を向ける。

「そして、この二つがリカルド様に作って頂いたシーラのシロップです」

「へー。見た目はシャルが作ったのと変わらないね」

「うん。シャルロッテのお陰だよ」

ピクリと眉《まゆ》を動かしたお兄様が、チラッと意味深な視線を寄越《よこ》す。

……はいはい。名前のことですよね？　後で説明しますよー。

「シャルのお陰って？」

「ああ、最初はやっぱり術が発動しなくて諦《あきら》めかけたんだけど……シャルロッテが僕の中に魔力を流してくれたみたいで、それから急に魔術が使えるようになったんだ！」

頬を紅潮させながら興奮気味に説明をするリカルド様。

勿論可愛《もちろんかわい》いよ？　可愛いけど……。

「説明して？　シャルロッテ」

お兄様からの圧が強い……。

「……ええと、魔術が発動しない原因を調べる為《ため》に、リカルド様の中に私の魔力を流して同調させました。その時にリカルド様の心臓の奥底に、魔力の源が閉じ込められている箱のような物を見つけまして……その箱の鍵《かぎ》を頑張って開けたら、リカルド様の中に魔力が循環し始めたのです」

「……自分の魔力を相手に流すとか、よく突拍子もないことを思い付いたね」

お兄様は呆《あき》れた顔をしたが、和泉の知るゲームやら小説やらの情報では魔術が使えない人に試す基本的なことだったと思う。しかしこの世界では、そんな方法は浸透していないらしい。

魔術を使えない人は努力をしても使えないというこの世界での認識のせいかもしれない。


【獣人は何故《なぜ》、魔術を使えないのか】

私は今回のリカルド様のことで、ある仮説を思い付いた。

『魔術を使う』＝『本能の退化』と獣人達の祖先は考えたのではないだろうか？　と。

魔術を使った生活は、獣人としての優れた本能や天性の資質を鈍らせる恐れがある。

獣人としての強い種の存続をさせる為に、魔力は全《すべ》てあの鍵付きの箱に閉じ込めるようなプログラムをなんらかの形で遺伝子に組み込んだのではないだろうか？　と。

決して魔術を使わせないようにする為に……。

しかしこれはあくまでも私の仮説なので真実は違うかもしれない。

他の多くの獣人達や、魔術を使用できない人を見てみないことには結論は出せないだろう。

リカルド様の中にあった鍵を開けてしまったことで、今後どんな影響が出るかは正直なところ何も分からない。ただ……魔術が使えるようになって喜ぶリカルド様に水を差したくないし、そもそも魔術が使えるようになっただけで、獣人の力が衰えるとは私は思わない。寧ろ、プラスになるとポジティブに考えられるのは、和泉の記憶のお陰かもしれない。

勿論、何かあった時は全力でフォローしますよ！　その為に鍵を壊さずに開けたのだから。


「それで、シーラとスーリーのジュースの味はどうだった？　おいしかった？」

リカルド様が作った方はお持ち帰りしてもらう予定なので、私が作ったシロップを使ってお兄様のジュースを手早く作る。

領の特産にするのなら、現領主のアーカー公爵にも試飲してもらわないと話にならないだろう。

急いで用意した二種類のジュース。お兄様が先に飲んだのは薄ピンク色のスーリーのジュースだった。お兄様もタンサン水がお好みのようなのでそれで割ってある。

「うん。おいしい」

ふむふむ。お兄様の反応もなかなかだ。

「次はシーラです」

リカルド様にも作り立てのシーラのジュースを渡した。

「ありがとう」

ニコリと笑い掛けてくれるリカルド様に釣られるように私も笑う。

「いえ。どう致しまして」

ふふふ。リカルド様、素敵だ！

横目でこちらを見ているお兄様のことは気にしなーい！　気にしたら負けだ。

「へえー。シーラもおいしいね」

またしてもお兄様の反応は上々だった。

それに気を良くした私は、次なる商品のプレゼンを始めた。

「これでシャーベットも作れると思います」

「『シャーベット？』」

不思議そうな声音が重なる。

……あれ？　『シャーベット』では通じないのか。

「ええと……。このシロップを凍らせて作るのですが……。あっ！　ソルベ！　ソルベです‼」

シロップを平らな容器に入れて凍らせてかき混ぜる。かき混ぜたらまた凍らせる。この工程を何度か繰り返せば、シャーベットの完成だ。

メレンゲを加えたりすると、もっと滑らかなシャーベットになるのだが……今はそこまで詳しく話さなくてもいいだろう。

作り方を説明するとお兄様達が納得したように頷《うなず》いた。

「ソルベかー」

「ソルベはおいしいよね」

因みにソルベはお酒で作ってもおいしいのだ。

和泉は夏場に梅酒のシャーベットを作って食べていた。

涼も取れるし、アルコールも一緒に摂取できるしと……一石二鳥だった。

「ソルベといえば……、アイスクリームなんかもいいですねー」

この世界のデザートは焼き菓子が一般的で、冷たいお菓子といえば、ソルベやかき氷のような氷菓しかない。氷菓が充実していないのは、冷凍庫が高級品だからだ。

どこの世界でも、新しい商品や食べ物は市井から広まる。市井に冷凍庫が普及しなければ新しい氷菓の流通は難しいかもしれない。

この世界は私《和泉》が食べたり、飲んだりしたいと思う物が存在していないことが多々ある。

調味料や食材はたくさんあるのに……だ。

女神様。これは『食べたかったら作れ』という意味なのでしょうか？

まあ、私のチートさんなら作れると思うけどね……。

「……アイスクリーム？」

聞き慣れない言葉に、キョトンと瞳《ひとみ》を丸くする二人。

「卵やミルクを使用した氷菓です」

「食べてみたい！」

お兄様がいち早く反応した。

「今は手元に材料がないので作れませんが……」

「取ってくる！　何が欲しい⁉」

幼い子供のように瞳をキラキラとさせているお兄様は珍しい。

「ええと……、他にも必要な物があります」

材料だけではなく器材も欲しい。青空クッキングには限界があるのだ。

「僕も……食べてみたいかな？」

ご機嫌を窺うような上目遣いの瞳。尻尾《しっぽ》は左右にブンブンと大きく振れている。

「邸に戻りましょう！」

作ります！　今すぐに作らせて下さい‼

「シャル、準備できたよ！　戻ろう！」

私がテーブルの上に広げていた、瓶やグラス等を手早く片付けたお兄様が急《せ》かしてくる。

……仕事が早い。というか早過ぎる……。

私が『戻りましょう』と言ってから一分も経《た》ってないような気がするのだが……。

そんなに、アイスクリームが食べたいのか……。

邸に戻った私は、出迎えに来てくれたマリアンナにお願いをして、厨房《ちゅうぼう》の隅に必要な材料や道具を用意してもらった。隅なのは、夕食の準備をする料理人さん達の邪魔をしないよう考慮した為《ため》だ。お兄様のただならぬ雰囲気を察知したマリアンナは、それはもう迅速に手配をしてくれた。完成したらマリアンナにも食べさせてあげなくては……。


アイスクリームの作り方は色々あるが、今日は凄《すご》く簡単な作り方にしようと思う。

お兄様のギラギ……キラキラとした視線が痛いので……さくさく作りますよー‼

卵、砂糖、ミルク、シーラのシロップ。と、材料はこれだけでいい。

まずは卵黄と卵白をボウルに分け、卵白は角が少し立つくらいまで泡立てる。そこへ分量の半分の砂糖を加えてまた泡立てる。残り半分の砂糖を加えて、角が立つまで泡立ててメレンゲを作ったら卵黄を入れて混ぜ合わせる。これを容器に流し込んだら、魔術を使用し速攻で凍らせてしまう。

本当は冷凍庫で一時間かけて凍らせるのだが……瞬《まばた》きすらせずに、私の手元を見ている魔王様《おにいさま》が怖いので、チートさん全開でいくよ⁉

凍らせた容器の中身をよくかき混ぜながら、ミルクとシーラのシロップを入れる。

その後にまた様子を見ながら魔術で凍らせたら……。

「アイスクリームの完成です！」

後ろからパチパチパチと溢《あふ》れんばかりの拍手が聞こえてくる。

それは明らかに、お兄様とリカルド様の二人分だけの拍手の大きさではない。

恐る恐る振り返ると……いつの間にか、アヴィ家の三人の料理人さんが交じっていた。

ええと……お仕事は大丈夫……？

興味津々な眼差《まなざ》しでアイスクリームを見ている料理人さん達の視線が痛い。

あげなかったら暴動が起きる予感がしたので、お兄様達の分の他に料理人さん達の分も用意することにした。少し多めに作っておいて良かった……。

大きめのスプーンで掬《すく》いながら人数分のガラスの器に入れていくと、お兄達はよほど待ちきれないのか、絶妙な連携プレイであっという間に全員に器を渡し終えてしまう。

「では！　いただきます」

私の声を合図に各々がスプーンを持って一斉に食べ始めた。

うん。思ったよりも上手《うま》くできたようだ。舌触りも甘さも丁度いいし、シーラの爽《さわ》やかな香りがいいアクセントになっている。これはおいしい！

……さて、随分と静かだけど、お兄様達の反応は……？

チラッと様子を窺った私は予想外な光景に息を飲んだ。

……え？

スプーンを口に咥《くわ》えたまま、うっとりと瞳を閉じて幸せそうな笑顔を浮かべ……時折、思い出したようにハッと目を見開き、アイスクリームを一口運ぶ。そして、またスプーンを口に咥えたまま、うっとりと………。

私以外の全員が同時に同じ反応をしていた。

その中でもお兄様は、悟りきった菩薩《ぼさつ》のような顔をしていた。

このまま天に召されてしまいそうだ。

そんなにおいしかったのですね……。お兄様。

リカルド様の尻尾は左右に大きくブンブンと振られている。あれは、『大満足』って感じかな？

おいしく作れてよかった。私はホッと胸を撫《な》で下《お》ろした。


お兄様達が急に悲しそうな顔をして私を呼ぶから、何事かと思えば……。

「シャルロッテお嬢様……」

「シャルロッテ……」

「シャル……」

「無くなっちゃった……」

全員が一斉に悲痛な声を上げた。

アイスクリームは、あっという間にみんなの心を奪い去ってしまったらしい。

アイスクリームの信者が誕生した瞬間である。

さっきまで悲しそうにしていた信者達は、みんなが自分と同じ気持ちであると気付くと否や……アイスクリーム談義に花を咲かせ始めた。……私を除いて。

別にいいんだけどどね？　寂しいなんて思ってないんだからねっ⁉

…………いいもーんだ。

軽くいじけた私は氷を入れたグラスの中に、庭園で作った残りのタンサン水とシーラのシロップを注いでシーラジュースを作った。タンサンが抜けている可能性があるので、一応『サンダー』と唱えてタンサンを加えておく。

ジュースの上にアイスクリームを掬って載せ、ストローを差し込めば完成である。

お兄様達が『無くなっちゃった』と騒いでいたのは、あくまでも自分の器に入っていた分だ。

「シャル。それ何？　ジュースの上に……アイスクリーム？」

チッ。お兄様に気付かれた。

「これはクリームソーダと言います。タンサンジュースの上にアイスクリームを載せた飲み物です」

「飲んでいい？」

「……はい。どうぞ」

キラキラと瞳を輝かせるお兄様にクリームソーダのグラスとスプーンを差し出した。

あーあ……まだ一口も食べてなかったのに……。私は溜息《ためいき》を吐いた。

クリームソーダを取り囲むようにリカルド様や料理人さん達が集まって来る。

みんな見たことのない飲み物に興味津々で、仲良く順番にクリームソーダを口にしていく。

「面白い味がする！」

「うん。別々でもおいしいのに混ざるとまた別の味になるのが面白い」

お兄様とリカルド様は普通に率直な感想を言い合っているのだが、タンサンを初めて飲んだ料理人さん達の興奮がもの凄かった。その勢いで『アイスクリーム』か『クリームソーダ』かの言い争いを始めてしまったのだ。

……おいしければどちらでもいいと思うのだけど、そうはいかないらしい。

仕方ない……。

「アイスクリームを果物や焼き菓子と一緒に食べてもおいしいですよー？」

気を逸《そ》らそうと別の話題を提供してみれば……言い争いはすぐに収まり、話題はそちらへ移った。

ふふふ。チョロいな。

おいしい物の話は楽しく、ね？

私の作り方を伝授するには、魔術が使える人が大前提なのだが、三人の料理人さんの中で一番年下の『ノブさん』が魔術を使えたので無事にレシピを伝授することができた。

タンサン水とアイスクリームの作り方を丁寧に教え込んだから、これでアヴィ家のデザートは充実するはずだ。おいしいデザートを期待していますよ‼


「……シャル」

「……シャルロッテ」

「はい？」

「無くなっちゃった……」

二人にそんな悲しい顔をされても、残念ながらアイスクリームは完売してしまった。

「また今度作りますから……ね？」

アイスクリームの信者となった我が家の料理人さん達が、間を置かずにデザートとして作ってくれるのは目に見える。リカルド様には私が作ってあげよう！

「……分かった」

渋々と頷くお兄様に私は苦笑いを浮かべた。

「そういえば、タンサン水とかアイスクリームとか……シャルロッテはどこでその知識を得たの？」

リカルド様からすれば、ただの素朴な疑問なのかもしれないが……その質問は非常にまずい。

今、リカルド様に和泉のことを話すわけにはいかないのだ。

いつか全《すべ》てを話せたら……と思ってはいるが、まだその時ではない。

「……シャルは、色々な国の料理の本や童話が好きなんだよね」

お兄様がそう言いながらチラッと私を見た。

困っている私を見かねて、フォローしてくれるつもりらしい。

「その本の中からヒントを得たんじゃない？　シャルは食いしん坊だからね」

「はい。おいしそうだなーって思いながら見ていた本を参考に……」

……って、こら‼

『食いしん坊』って、まるで私が食べ物のことしか考えてないみたいじゃないか‼

……ま、まあ、あながち間違ってはいないけど。私が一番に考えているのはお酒のことだ！

フォローしてくれるのは嬉《うれ》しいが、リカルド様の前で言うフォローではない。

私が頬を膨らませながら睨《にら》み付けているのに、お兄様は涼しい顔をしている。

……騙《だま》された？　初めからフォローする気なんてなかったな⁉

「お兄様！」

真《ま》っ赤《か》になってお兄様に突っ掛かる私を見たリカルド様はクスクスと楽しそうに笑った。

「シャルロッテは可愛《かわい》らしいね。今度、どんな本なのか教えて？」

『可愛らしい』って……リカルド様に可愛らしいって言われた‼

小躍りしそうになる気持ちを懸命に堪える。ここで踊ったら確実に変な子だ。

「……あれ？　何してるの？」

ガチャリと音を立て開いた厨房の扉の隙間《すきま》からミラがそっと顔を覗《のぞ》かせた。

「ミラ？　それはこっちのセリフだよ！」

厨房の入口で立ち止まったままのミラに駆け寄る。

「実験用の氷を貰《もら》おうと思って」

「実験？　何か作るの？」

「うん。ちょっとね」

「あ、そうだ！　ミラにお願いしたいことがあるの」

「いいけど……あれ、大丈夫？」

ミラが指差す先には、何やらコソコソと話をしているお兄様とリカルド様の姿がある。

中でもリカルド様は心なしか不機嫌そうに見えた。

リカルド様にミラを紹介しないのは失礼かな？

そう思った私は、軽く抵抗しているミラの腕を引いて、リカルド様の前に連れて来た。

リカルド様を前にしたミラは、気まずそうに視線をさ迷わせている。きっと、瞳《ひとみ》を見られたくないのだろう。私は勝手にそう解釈した。

「リカルド様。彼はミラ・ボランジェールです。今は色々ありまして一緒にここに住んでいます」

にこやかにミラを紹介する。

「リカルド・アーカーです。よろしく」

ミラに手を差し出したリカルド様は、いつも通りの優しい笑顔だった。不機嫌そうに見えたのは私の気のせいだったのだろう。

「……ミラです。ボランジェールの名はもう捨てました。た、だ、の、居候です！」

微妙に視線を逸《そ》らしながら、差し出された手を握るミラは何故か最後の部分を強調した。震えている？　ミラの腕から私の手に微《かす》かな振動が伝わってくる。

やっぱり見られることに抵抗があるのだろう。そう思った私はミラを安心させるように手に力を込めた。……すると、今にも泣きそうな顔でミラが私を振り返った。……そんなに怖かったの⁉

「シャルロッテ」

リカルド様は微笑《ほほえ》みながら、ミラの腕を掴《つか》んでいた私の手をそっと外した。

「またすぐに君に会いに来るから」

そしてその手を少しだけ引いて……私を自分の腕の中に閉じ込めた。

……え？

わ、私……今、リカルド様に抱き締められている……？

「余所見《よそみ》したら駄目だから……ね？」

耳元で囁《ささや》かれる言葉に私は首を上下に大きく振って答える。

「約束」

クスッと笑った声が聞こえたと同時に、頬に柔らかな感触がした。

これって……⁉

「じゃあ、またね」

真っ赤な顔で口をパクパク動かしている私を解放したリカルド様は、私の頭を優しく撫でた。

「ルーカスもミラもまたね？」

お兄様とミラに笑い掛けたリカルド様はそのまま厨房《ちゆうぼう》を出て行った。

緊張が解けた私の身体《からだ》はズルズルとその場に座り込んでしまいそうになる。

そんな私をお兄様がしっかりと支えてくれた。

「……牽制《けんせい》か。リカルドもやるなぁ」

お兄様は瞳を細めながら楽しそうに笑っている。

ミラは……といえば『怖かった……』。そう呆然《ぼうぜん》と呟《つぶや》いたまましばらく動かなくなった。

え？　……これって……ヤキモチみたいじゃない？

リカルド様が……？　私に？　……ええ⁉

自分の許容量を超えた出来事に、オーバーヒートを起こした私は……そのまま気を失った。

第七章　チート暴走す……？

私は、魔法少女《チート》シャルロッテ☆　みんなは『シャルドネ』って呼んでね！

え？　どこかで聞いたことがあるー？

そうそう、それはね！

『シャルドネ』って白ワインを作る為《ため》のブドウの品種の一つなんだよ！

名前の響きが可愛いし、何よりもおいしいから大好きなんだよねぇ！　えへっ。

ダンジョンの地下八階層にいる【幻幽《げんゆう》】っていう、すっごーく！　怖ーいお化けみたいな魔物を倒す為に、今日は私のお部屋の中で聖水を作るんだぁ!!

シャルドネ頑張る！　だからみんなも応援してね？　お・ね・が・い？　きゃはっ☆

聖水を作るためには『塩』『水』『杯（盃《さかずき》）』『白い紙』が必要みたいなんだけどぉー。

魔法少女《チート》シャルロッテは使わないよ！

キレイなお水と、ポケットに入るくらいの携帯に便利な蓋《ふたつ》付きの瓶を数十本。これだけ！

まずはー、テーブルの上に並べた数十本の瓶の中に、ピッチャーに入っているキレイなお水を入れるよ！　ここではまだ魔法《チート》は使わないから、面倒だけど瓶の本数だけ地道に作業してね？

瓶に水を詰め終わったら蓋《ふた》をしっかり閉めて！　ここ大事だからテストに出しちゃうぞっ!!

数十本の瓶をテーブルの上に並べたら……ここで魔法《チート》の出番☆

右手を翳《かざ》しながら、自分の中の聖水のイメージを大きく膨らませるの‼

（お願い！　全《すべ》ての穢《けが》れを祓《はら》い清《きよ》めて‼　幽霊も病も何もかもぜーんぶ☆　一瞬で塵《ちり》となれ！　せ・ん・め・つ‼）

「ピュリホーリー☆」

うわぁ！　真っ白な光が周りを包み込んだと思ったら！　キラッキラに輝く液体の入った瓶がいっぱいできたよぉー‼

聖水のか・ん・せ・い‼　早速、味見しちゃおーっと♪

キラキラと輝く聖水を一本取り蓋を開けた。

そして、そのまま口元で傾けて中身を全て飲み干す……。

……こ、これは‼

さっぱりとした林檎《りんご》のような……完熟したパイナップルの味のようにも感じられる……この芳《ほう》醇《じゅん》で上品な葡萄《ぶどう》の風味はまさに『白ワインの女王』。シャルドネの味だ……‼

……身体の中が、隅々まで清められていく気がする。これで私は……。

「何してるの？　シャル」

いつの間にか真横にお兄様が立っていた。

「……っ‼」

……心臓が止まるかと思った。

身体の外側から掴めそうなくらいにバクバクと心臓が脈打っている。

お願いだから普通に現れて下さい。じゃないと私いつかショック死してしまう……。

「ええと、幻幽対策の聖水を作ってました」

当たり前のように私の隣に座るお兄様。

「ふーん。じゃあ、なんで飲んだの？　ソレ幻幽対策なんでしょ？」

ギクリ。

一体いつから見られていた？

「え、えーと、味見？　みたいな？」

「へー。味見か。おいしかった？」

「は、はい。おいしかったですよ！」

「そっかー。普通は聖水の味見なんてしないから……てっきり、リカルドにキスされたから消毒でもしたいのかと思ったよ」

瞳を細めながら私の顔を覗き込んでくるお兄様は、からかうような人の悪い笑みを浮かべている。

「え⁉　……キ……消毒⁉」

し、失礼な！　リカルド様はバイ菌じゃないよ‼

あの日のことをまともに思い出した私は、太陽の光を浴びたバンパイアの如《ごと》く悶絶《もんぜつ》しそうになる。

私の一方的な好意だと思っていた。……なのに、あんな態度を取られたら勘違いしてしまうじゃないか……！　私のことを好き……だと。

ああ……もう！　外見はともかく、中身は和泉《アラサー》な私なのに……なんでこんなに動揺してるの⁉

初心《うぶ》な小学生じゃあるまいし！　別れたとはいえ同棲《どうせい》していた彼氏もいたというのに、だ。

頬に触れたリカルド様の柔らかい唇……。またして欲しいと思ったなんて………言えない！

あああああ…………‼

浄化だ！　もっと浄化をしなくては……‼

聖水をもう一本飲もうと、手を伸ばしかけた時……お兄様がふと視線を逸《そ》らして呟いた。

「あ、リカルド」

なん……ですと⁉

「リ、リカルドしゃま⁉」

……思い切り噛《か》んだ。噛みまくりだ。

お兄様の視線の先を追うようにして見れば、そこには……。

ミラが扉の隙間《すきま》から私の部屋の中を覗いていた。

「ミラ……？」

気付かれると思っていなかったのか、声を掛けられたミラは驚いた顔をしている。

……色々と突っ込みたいことはある。だがまずは……。

リカルド様なんていないじゃないかー‼　よくよく考えれば分かることだけどさー⁉

……騙された。お兄様に騙された……。

私はガックリと項垂《うなだ》れ、そのままテーブルに顔を伏せた。


あの日、リカルド様から不意打ちの頬チューを受けた私は、『リカルド』と彼の名を聞くだけで、挙動不審な言動を取るようになってしまっていた……。

「そんな所に立っていないで、入っておいでよ」

部屋の主《あるじ》である私の許可も取らずに、お兄様がミラを呼ぶ。

ミラが部屋の中に入って来たのは気配で分かった。もう……好きにして。

「お二人は……何をしていたのですか？」

ミラが敬語なのはお兄様が相手だからだろう。私には普通に話してくれる。

私は顔を伏せたまま、静かに二人の会話に耳を傾けることにした。

「僕は、シャルロッテの観察かな。座ったら？」

『観察』って……言い方……！　私は珍獣か！

「……失礼します。シャルロッテはどうかしたのですか？」

「ああ。昨日《きのう》のアレのせいだから大丈夫だよ」

「あー……アレですか」

「まあ、その内に治るでしょ」

お兄様がそう言うと、ゾクリと私の背筋が震えた。

何これ……？　刺すような鋭い視線を感じる。見・ら・れ・て・る‼

ダメよ⁉　絶対に顔を上げちゃダメ！　お兄様の顔を見たら絶対に後悔する‼

「……怖い顔してますよ」

「ん？　何か言った？」

「い、いえ。……ち、近いです」

「一緒に住んでるんだから、そんな他人行儀にしなくていいのに」

「えっ……でも」

「シャルを相手してるみたいに、楽にして？」

「…………」

ミラが沈黙した。

うん。うん。分かるよ。魔王様《おにいさま》は何を考えているか分からないから楽になんかできないよね!?

「その間は何？」

「……なんでもないです。頑張ります」

「……まあ、いいけど。それよりもこれを見てどう思う？」

そっと視線を上げてミラを見ると、お兄様が聖水の入った瓶をミラに渡しているところだった。

その瓶を受け取ったミラはくるりと瓶を一回転させた。

「この瓶の山……ずっと気になってたんです。凄《すご》くキラキラしてますけど……これは？」

聖水を見つめているミラの瞳がその中身のようにキラキラキラと輝いてる。

「【鑑定】してみたら？　できるよね？」

「使えますけど……」

ミラの顔が分かりやすく動揺した。

まさか自分が秘密にしていた能力を知られているとは思わなかったのだろう。

私にはゲームの知識があるからミラが鑑定持ちなのを知っているが……。ミラが隠していた能力まで調べ上げていたとは……。お兄様は味方なら頼もしいが、敵には絶対したくないタイプである。

お兄様を誤魔化《ごまか》すのは無理だと悟ったミラは、潔く【鑑定】を始めた。

「【超強力聖水。即効性で効き目抜群。病や穢れ、実体を持たない魔物もイチコロ！　振りかけてもよし、飲ませてもよし！　一口飲めば……極上な白ワイン（ノンアルコール）の調べが、あなたを優しく天へと誘《いざな》うでしょう】って………何これ⁉」

鑑定を終えたミラは、驚きのあまりに思わず瓶を落としそうになっていた。

私もその鑑定内容に思わず顔を上げてしまった。

な、なんという……効果。チートさん恐るべし……。天へと誘っちゃうのかぁ……（遠い目）。

よく私、無事だったな……。おいしかったけど。うん。凄くおいしかったからいいか。

……そういえば、ノンアルコールだったけど、白ワイン作れちゃった⁉

ヒャッホーイ‼

「シャルロッテ？」

魔王降臨。……まずい。……お兄様が怖くて横を向けない。

ご、誤魔化しちゃう？　『テヘッ』って。いける？　今ならいけるよね⁉

「……『パンドラの箱』」

ミラが真顔でボソッと呟いた。パンドラの箱って言うなー！

顔が引きつっているけど、私とミラは紙一重だからね⁉　研究馬鹿《ミラ》！


その後……魔王様《おにいさま》からとても長ーい、長ーいお説教をされたことは言うまでもないだろう……。

たくさん作った聖水は全《すべ》て没収され、アヴィ家の地下深くに封印されてしまった。

今後、お兄様の許可なく聖水を作るのは禁止である。

せっかくできた私の白ワイン（ノンアルコール）がぁぁぁぁあ――‼

幻幽《げんゆう》対策の聖水は、お兄様とミラの監視の元で無事に完成させることができた。

完成するまでに、お蔵入りすることになった聖水の数は知れず……。

＊＊＊

さてさて、本日はダンジョン地下八階層にいる【幻幽】を討伐するぞー！

この日の為《ため》に色々な装備やら道具を揃えてのリベンジとなったのだが……その間に色々とあったことは私の精神状態が不安定になるので……割愛します。

本日の参加者は、お父様率いるリアのメンバーと、私とお兄様、クリス様と……公には初参加のミラである。コッソリ私達の後を付けてダンジョンに潜っていたミラなので、大丈夫だろうという判断をギルドマスターを含めた大人達がした。

因《ちな》みに、ハワードは騎士団の遠征に参加中なので不参加だ。やったね！

ミラといえば、私とお兄様に振り回され続けたことで色々と吹っ切れたのか、最近は自らを隠すことを止《や》めたらしい。たまに遠い目をしていたりもするが……元気ならいいだろう。元気が一番！

目的地は地下八階層だが、まずは地下一階に降り、そこに固定してある転移装置を使用して地下七階層の出口に向かう。

「クリス様、お久し振りです。お元気でしたか？」

移動しながら、クリス様に話し掛ける。

久し振りに会ったクリス様だが、今日はニコニコしていていつもより機嫌が良さそうだ。

「ああ。シャルも元気そうだな。噂《うわさ》は色々とルーカスに聞いているぞ」

「噂……ですか？」

「ミラの髪を無理矢理切って泣かしたとか、リカルドにキ……もがっ」

……不敬だとは分かっている。分かっているが塞《ふさ》がずにはいられなかった。

「お兄様……？」

背伸びをしながら両手でクリス様の口元を塞いだ私は、キッとお兄様を睨《にら》み付けた。

しかし、お兄様は涼しい顔をしながら微笑《ほほえ》んでいる。

「シャル。クリスの息が止まりそうだよ？」

そして、そんなことを平然とのたまう。

お兄様に指摘をされた私は……恐る恐る手元を見上げる。

「クリス様⁉」

クリス様の顔が土気色に変色していた。その目は虚《うつ》ろである。

私は慌ててクリス様の口元を押さえていた手を外した。

無意識とはいえ、王太子を殺してしまうところだった……。

「ク、クリス様！　申し訳ありませんでした‼」

「……い、いや。亡くなったお祖父《じい》様が手招きしているのが見えたが……大丈夫だ。私こそすまなかった。あの話は禁句なのだな」

クリス様は、気にするなと言って謝罪を受け入れてくれたが、その顔色はまだ悪い。

【王太子殺人未遂】だなんて、首斬り処刑まっしぐらではないか……‼

私はスカートのポケットを探り、コッソリと忍ばせていた一本の瓶を取り出した。

「クリス様これを……」

「ん？　飲めばいいのか？」

私が渡した瓶の蓋《ふた》を開けて、躊躇《ためら》いもなく一気に中身を呷《あお》るクリス様。

自分で渡しておいてなんだが……。

クリス様は警戒もせずに飲んだのだ。私が悪い人だったら、クリス様は死んでいただろう。

信用されている……。そう思えば自然と口元が緩んだ。意外なことに私は嬉《うれ》しかったらしい。

「シャル！　これおいしいぞ！」

満面の笑みを浮かべたクリス様の顔色が、本来の血色の良さを取り戻していた。艶々《つやつや》している。

「しかも不思議なことに、昨日《きのう》まであった筋肉痛や溜《た》まっていた疲労感が全くなくなったぞ‼」

「それはよかったです」

私はにこやかに笑い返した。これで不敬罪は回避した‼


「ミラ。いくよ？」

「……了解」

私の側《そば》にいたお兄様とミラの声が、聞こえたと思った瞬間……。

「……なっ！　お、お兄様⁉」

お兄様が私を背後から羽交い締めにしてきた。力強い腕に固定され身動きが全く取れない。

「ど、どうした⁉」

クリス様は驚きのあまり瞳《ひとみ》を見開いた。クリス様からすればお兄様の行動は乱心としか思えない。そんな突然の暴挙だ。どうしたらいいのか？　と、私とお兄様を交互に見ながらアワアワしている。

お兄様はそんなクリス様には構わず、ミラに指示を出す。

「ミラ。シャルのポケットの中を探って」

……ギクリ。

指示をされたミラは、黙々と私のスカートのポケットを探り出す。

「ありました！」

私のポケットの中を探っていたミラの手には、四本の小瓶が握られていた。

瓶の形は四本それぞれに違うが、その内の一本はクリス様に渡した瓶と同じ形のものである。

「……シャル。アレは何かなー？」

耳元で聞こえる魔王様《おにいさま》の囁《ささや》き。

サーっと、全身から血の気が引いていく。

……バレた。焦った私は唇をギュッと噛み締め、首を左右に大きく振って抵抗した。

しかし、すぐに判断を間違えたと気付かされる……。

「口を割らせる方法は幾つかあるけど、それはまた今度ね？　ミラ、よろしく」

腰が抜けそうになるくらいに、ゾクッとするような甘い声がした。

あわわわわ……っ。ま、ま、魔王が……！

ガタガタと震え出す私の身体《からだ》。

「お、お兄様！　私の話を……！」

「話は後でゆっくり、ね？」

魔王が降臨してしまった‼

縋《すが》るような視線をクリス様に送るが……哀れみを帯びた瞳で首を横に振られただけだった。

クリス様の人でなしぃぃぃぃ！

「クリストファー殿下が飲んだのはコレだね」

ミラが一本の瓶を私の目の前に差し出してきた。

「【超スーパーハイポーション。どんな怪我《けが》や疲労も瀕死《ひんし》状態までならば速攻回復！　欠損だって治しちゃうぞ♪　爽《さわ》やかレモンサワー（ノンアルコール）風味】」

……普通のポーションを作ったつもりだったけど、『超』に『スーパー』に『ハイ』まで付いたポーションを作ってしまったらしい。

流石《さすが》は……チートさん。

味はレモンサワー風味だよ！　スッキリ爽やかでおいしいよ⁉

背後から感じる無言の視線が痛い。何よりも怖い……。

……すみませんでした。

「ミラ。他のは？」

【超高性能目薬。眼精疲労、視力超回復！　失明だって治しちゃう！　カルピスサワー風味（ノンアル略）】

【超万能胃薬。ストレス社会に生きるあなたに！　胃壁の穴も塞いじゃう！　カシスオレンジ風味

（ノンアル）】
【超即効育毛剤。無毛、薄毛、抜け毛でお悩みのあなた！　そこのあなたですよ！　もうこれで大丈夫‼　もう気にしなくていいんです！　今日でカツラとはさようなら。赤ワイン風味（ノンアル）】

予想以上にデタラメな効能に、お兄様、ミラ、クリス様の三人は、なんとも言えない顔でお互いを見合っている。え？　ダメ？


「え……えーと。テヘペロ？」

私は小首を傾《かし》げて誤魔化《ごまか》した。


さて、そろそろみなさんもお気付きのことだろう。

私が薬系の物を作ると、何故《なぜ》か和泉《いずみ》の世界のノンアルコールなお酒味になってしまうことを！

あれ？　でも、これなら……おいしいお酒をたくさん飲みたいっていう私の夢が簡単に叶《かな》うんじゃ……？

アルコールが入ってないのならば足せばいいのだ。そうしたら、立派なお酒になるじゃないか‼

イエーイ‼　おいしいお酒が飲・み・放・題‼


「没収」

お兄様は私を解放した後、四本の瓶を全《すべ》て自分のポケットにしまい込んでしまった。

「お兄様ー！　そんな……殺生なぁああ！」

私のお酒達がぁぁ……！　お兄様は鬼だ！　悪魔だ‼

ミラとクリス様が名残惜しそうにしているのがチラッと見えた。

ミラは育毛剤か？　育毛剤が欲しいのか⁉　クリス様は……胃薬……かな？

待望のお酒達（ノンアル）を取り上げられて、しょんぼりしている私にお兄様が囁く。

「いい加減にしないと、大変な目に遭うのはシャルだって分かってる？　『白ワイン』や『レモンサワー』？　僕らは知らない言葉なんだけど？」

私はハッとした。

そうだ。この世界にそんな物は存在していないのだ。だからこそ私が作ろうとしたのだ。

お兄様は私の味方だからいい。だけど他の人は……？

『赤い星の贈り人』であることはできる限り隠しておきたい。でないと大騒ぎになる。

ポロっと目から鱗《うろこ》が落ちた気分だ。

この世界には、少数だがミラの他にも【鑑定】持ちは存在するのだ。

その人達に和泉の世界が絡んだ物が見つかったら……。

「……ごめんなさい」

暴走しすぎて周りがきちんと見えていなかった。

眉《まゆ》を寄せ、シュンと肩を落とすと、お兄様が背後から私を抱き締めた。

「分かってくれたらいいよ。もし、試したくなったら僕の前ですればいいんだから」

「……はい」

「じゃあ、そろそろ先に進もうか」

素直に頷《うなず》いた私を一撫《ひとな》でしてから、お兄様は私を放した。

お父様達は少し離れた地下七階層の出口で、私達が来るのを待ってくれていた。

……肝心のダンジョンのことを忘れていた。


そうして辿《たど》り着《つ》いた地下八階層は、なんというか……井戸のような物が無数に点在している、日本のお化け屋敷的な様相をしていた。これって絶対にさ◯子が出てくるヤツだよね……？

寒気がした私は、思わず近くにあった腕にしがみ付いた。

「んー？　シャルはここが怖いのか？」

しがみ付いた相手はお兄様ではなくクリス様だった。

……間違えた。恥ずかしい。

そっと腕を放すと、クリス様が寂しそうな顔をした。そんな子犬のような目をしても無理です。

「はい。少しだけ」

蜘蛛《くも》よりお化けの方が全然いいと言った気がするが、こんなのは想像してなかった。

明らかに驚かしてくる気満々な演出は苦手だ。

ほら……。こうしている間に、それぞれの井戸の中からソロリと細い指が出てきたじゃないか。

次は頭かもしれないと、咄嗟《とっさ》に身構えるものの……手が出てきたところで動きが止まっている。

これは……近寄らないと出てこないパターンとか？

井戸を見つめながら首を傾げると……。

「幻幽が出たぞ‼　皆《みな》、気を引き締めろ‼」

先頭にいるお父様が、正面を見据えたままみんなに向かって叫んだ。

幻幽⁉　え？　……どこ？

目を凝らしてお父様の方を見ると、風船くらいの大きさの白く透き通る丸い物体が宙に浮かんでいた。

……アレが幻幽？　私は結界を張りながら首を傾げた。

それは喩《たと》えるならば、マ○オに出てくるテ○サのような姿形をしていた。背中を向けると襲い掛かってくるアレだ。想定外の可愛《かわい》い姿に拍子抜けしてしまったが……とにかく数が多い。

この数で一気に襲われたら、何の準備もしていなかったお父様達では撤退せざるを得なかっただろう。今回、お父様達は幻幽対策として用意した聖なる気を宿した剣や槍《やり》等の武器を使用してはいるが……追い付いていない。

どんどんと数を増やし続ける幻幽は、結界を張って支援をしていたこちらにまでやってきた。

今回、万能チートさんの完全防御結界には、触れた瞬間に浄化するような効果を付けている。

初めの数匹は無謀にも突っ込んできたが、残りの幻幽は遠巻きにしてこちらを警戒している。

「……随分と頭のいい魔物だな」

「そうみたいですね」

クリス様に答えながら、今後の作戦を考える。

さて、どうしたものか。

余計な警戒を与えない為《ため》にも、ここは一気に私の魔術で殲滅《せんめつ》した方がいい気がする。

誰かに相談しようかと視線を巡らすと、ミラが何やらブツブツと呟《つぶや》いていた。

「ミラ？　どうしたの？」

問い掛けると、ミラは私の顔をジッと見つめてきた。

「……そうか。シャルロッテがいるんだ」

その言い方……なんか嫌な予感がするんだけど。

「落ちてる幻幽の透明な魔石が欲しいんだけど……できるだけ多く集められないかな？」

「魔石？　実体のない幻幽も魔石を落とすんだね？」

「うん。魔石は魔物の力の核だから、生まれたての魔物でない限りはあるみたいだよ」

「魔石を集めてどうするつもり？」

「何か作るのか？」

お兄様とクリス様が話に加わってくる。

「幻幽は互いを認識する性質があるみたいなんだ。その幻幽の魔石を使って誘導できないかと」

「誘導……？」

「あそこを見ていて。……幻幽は融合するんだ」

ミラの指差す方向を見ていると……。

「あ、合体した！」

ぶつかった二体の幻幽が、互いを吸収するかのようにして重なる。すると、融合した幻幽は少しだけ大きくなったように見えた。

「そう。そして、融合した幻幽は元には戻らない。つまりは……」

「全《すべ》ての幻幽を融合させてから倒せばいいと？」

「極論だけどね。でもそれが一番手っ取り早いんじゃないかな？」

ミラは大きく頷いて肯定した。

ミラの【鑑定】は魔物にも使えるらしく、その魔物の特性や弱点がステータスのように表示されて見えているらしい。ＲＰＧのゲームみたいだ。

「ただ……どういう風に誘導するかなんだよね」

「あ、それならいい方法があるよ！」

風船のように浮かぶ幻幽を見た時から、ずっと思っていたことがあったのだ。

「集めた魔石で……こんな感じの魔道具を作れないかな？」

私は身振り手振りを使ってみんなに説明をする。

「作ったことがないから分からないけど、面白そうだからやってみよう！」

「僕達も協力するよ」

私達四人はお父様達とは別に幻幽討伐作戦を開始することにした。


まずは、完全防御結界ミニを纏《まと》ったお兄様やクリス様に幻幽の魔石を集められるだけ集めてきてもらうのだが、ついでにお父様達へ今後の作戦を伝えてもらうことにした。

残った私とミラは幻幽の魔石を使った魔道具の構想を練る。

「魔石が集まったら、作りたい物をイメージしながら、シャルロッテの魔力を魔石に注いで欲しい。ミラはそのイメージを形にしていくから」

「うん。分かった」

「それにしても……シャルロッテは想像力も規格外だよね」

ミラは感心したような、呆《あき》れたような微妙な顔で笑った。

「シャルロッテと一緒にいると、ミラの悩みがちっぽけなものだと思えるんだ。ミラは今までこの瞳《ひとみ》や異様に白い肌を周りに必死に隠して……生きてきた。本当の家族には……まるで汚いものを見るような視線をずっと向けられてきた。なのに、君やルーカス様……アヴィ公爵家は屋敷中の使用人に至るまで全ての人達が、ミラのことを丸ごと全部受け入れてくれたんだ。ミラは公爵家とは関わりのない他人だっていうのに……」

「ミラ……」

「シャルロッテは、初めからミラに酷《ひど》いことしかしてないよね。普通なら慰める場面なのに優しい言葉の一つもくれなかった。ミラが必死で守ってきた前髪も簡単にバッサリ切っちゃうし。あれ本気で怖かったからね？　……全く本当に……規格外すぎるよ」

ミラは前髪を切られた時のことを思い出したようで、苦笑いを浮かべている。

「そんな心配そうな顔しなくていいよ。ミラは多分もう大丈夫。だけど……シャルロッテには、ミラが余計なことを考えないように、たくさん振り回してもらわなくちゃ、ね？」

べーっと舌を出したミラは、私の両頬をムニッと引っ張った。

「み、み……りゃ……!?」

「ははは。変な顔ー。頬《ほ》っぺたムニムニで柔らかっ！　リカルド様の気持ちが分かるかも」

ムニムニと頬を伸ばし続けるミラ。頭にきた私はミラの額に手刀をお見舞いした。

「あたっ！」

「いつまでも乙女の頬を伸ばさないの‼　そ、それに……リカルド様の話はダメなの……」

真《ま》っ赤《か》な顔で唇を尖《とが》らせ、ツンと横を向いた。
リ、リカルド様の話はもう少し気持ちの整理がつくまでそっとしておいて欲しいのだ。
そんな私の両方の耳を、ミラはいきなり何も言わずに押さえた。

「え？　ミラ……何？」

「あーあ。リカルド様ずるいや……。ミラの方が先にシャルロッテに会いたかったなぁ……」

苦笑いを浮かべたミラが、何かを話しているのは口の動きから分かるが……内容までは読み取れなかった。

「何話してるの？　耳を塞《ふさ》がれたら聞こえないよ⁉」

私が文句を言うと、ミラの両手はあっさりと外された。

「何でもない。悪口を言ってただけー」

「はぁ？　なにそれー‼」

「痛っ！　痛いって！　シャルロッテの馬鹿力‼」

私はミラの額に手刀を打ち続けた。

「ミラが悪いの！　って、誰《だれ》が馬鹿力だ‼　……後悔しないでよね⁉　ミラが嫌がって泣くくらいに振り回してやるんだからね⁉」

「はいはい。楽しみにしてるよ！」

またべーっと舌を出したミラが後悔するまで……後少し。

自分でフラグを立てちゃダメだよね？　フラグは回収しますよ！　テヘッ。

そんな私達のじゃれ合いをお兄様が複雑そうな顔で見ていたことに私は気付かなかった。


「たくさん集まりましたね！」

お兄様とクリス様は仕事が早かった。

私達がじゃれ合いをしていた間のわずかな時間で、山盛りの魔石を集めてくれたのだ。

「このくらいで大丈夫そう？」

ミラに確認してみれば、『充分すぎる』とのことだ。

「シャル……」

「どうかしましたか？」

お兄様が寂しそうな顔をして私の名前を呼ぶから……ドキッとした。いつもの余裕気な表情とは違って、何かを堪《こら》えたような顔をしている。どうしたのだろうか？

「褒めて？」

「……へ？」

「褒めて欲しいな」

なんだこの……甘えん坊なお兄様は‼

状況がよく分からないが……いつもお兄様がしてくれることを真似《まね》することにした。

「お兄様。ありがとう。大好きです！」

……改めて言うと恥ずかしい。

照れながら背伸びをした私は、蜂蜜《はちみつ》色の頭に手を伸ばした。

お兄様は私の行動を察し、撫でやすいように頭を少し下げてくれた。

その頭をゆっくり優しく撫でていると……

「ルーカスばかりずるいぞ‼」

クリス様が騒ぎ出した。

お兄様と同じようにしないと落ち着かない。そう悟った私は、フーッと大きな溜息《ためいき》を吐《つ》いた後に、
クリス様の頭に手を伸ばした。

……王太子の頭を撫でるのって不敬にならないのかな……？

クリス様本人が望んでいることとはいえ、内心はヒヤヒヤである。

「クリス様もありがとうございます。お疲れ様でした」

クリス様の透けるような金色の髪は、細くてサラサラしていた。

「『大好き』がない‼」

「はい、はい。『クリス様』は、そこまで」

お兄様が苦笑いしながらクリス様を宥《なだ》める。

「ルーカスばかり……」

「シャルは僕の可愛《かわい》い妹なんだから仕方がないでしょ？」

「うーっ！」

「嫌われたくなかったら、そこまで」

「……分かった」

お兄様はチラッと私に視線を寄越《よこ》した。クリス様のことは気にするなということだろう。

私は魔石の山に向き合い、己の仕事を始めることにした。

イメージを魔力にして送り込む……か。

右手を翳《かざ》した私は、知る限りの知識やイメージを魔石に送り込んだ。


「ミラー。多分、できたと思うよ？」

私の言葉を聞いたミラは即座に鑑定をした。

「ああ。大丈夫そうだね。じゃあ、次はミラの番。ちょっと待ってて……」

ミラは魔石の山の前に座り込み、両手を翳しながら瞳を閉じた。

ミラの両手に挟み込まれる形になった魔石の山は、ミラが何かを呟いたと同時に……溶けた。

魔石って溶けるの⁉　叫びそうになった口元を慌てて押さえる。魔術の使用は集中力が大事だ。

溶けた魔石は球体になり、グニャグニャと円の中心から蠢《うごめ》きだした。

こうやって魔道具を作るのか……。

自分の思い描いた物がその通りの形となったら、それは凄《すご》く楽しいだろう。ミラが夢中になる理由も分かる。

……後で分かったことだが、魔石をそのまま加工して魔道具にするのはかなりの高等技術だそうだ。普通は媒体となる物を粘土やその他の物で作り、魔石はあくまでも核として埋め込んで使用するらしい。つまり、ミラも相当な規格外ということなのだ！

思っていたよりも早く、私の思い描いたイメージが目の前で形になっていく。

「これは……凄いな」

感心するように呟いたのはクリス様だ。私はその言葉に黙って頷《うなず》いた。

私達はミラの両手から目が離せなかった……。

「完成。これでいいの？」

ミラに手渡されたソレを見た私は、満面の笑みを浮かべながら撫《な》でた。

「凄い……。イメージと全く一緒！」

「じゃあ……」

「うん！　作戦開始だね‼」

私はウキウキしながら、一人で結界の中から飛び出した。勿論《もちろん》、完全防御結界付きである。

付属の紐《ひも》を肩に掛けてから、スイッチをオンにする。

キユイ――――ン。ブォォォォォ。

魔石をそのまま加工した魔道具は、通常の物よりも高性能だ。

強力な吸引力でそこら中にいる幻幽を次から次へと吸い込んでしまう。

そう。私がイメージしたのは掃除機である。それも、ダイ○ン級の吸引力抜群な強力掃除機だ。

圧倒的な吸引力が学習能力のある幻幽を上回り、短時間で半数まで吸い込むことができた。

ふふふっ。まるで某ゲームのオバ○ュームみたいだ！

こうして、地下八階層にいた全《すべ》ての幻幽をあっという間に吸い込み尽くした。

「終わったのか……？」

お兄様達とお父様達が近寄って来る。

「はい。後は、この中にいる一個体になった幻幽を浄化すれば終わりですね」

このままポイッとゴミ箱に捨てられたら楽なのになぁ。

掃除機はプルプルと小刻みに動いている。幻幽の仕業だろう。

早く掃除機から出して、トドメをさしてしまえばいいのだが、せっかく捉《とら》えている幻幽をここから出すのは無駄なように思えてきた。超巨大化しているのは分かっているし、バトルは必須《ひっす》だ。

あっ……！　ふと、いい考えが閃《ひらめ》いた。

「お兄様、例のアレを下さい！」

「ん？　飲むの？」

「飲みません！　試しに、ここに流し入れてみようかと思ったのです」

私は吸い込み口をお兄様に向けた。

「なるほどね。それならいいよ」

頷いたお兄様は二つ返事で、私に小瓶を渡してくれた。

ふふふ。この中身は聖水だ。

誰《だれ》でも使える安心安全な弱い聖水ではなく、お蔵入りにされた『白ワインの女王シャルドネ』の劣化番的な聖水だ。大きく纏《まと》まった幻幽にはこのくらい強い聖水の方がいいだろう。

万が一の為《ため》に、お兄様にお願いをして一本だけ持っていてもらったのだ。

【強力聖水。実体を持たない魔物なんてイチコロさ！　塵《ちり》となって消・え・ろ！】

これを吸い込み口からチョロチョロと流し込む。

待つこと……数秒。

すると中から、『キュ――――‼』という、潰《つぶ》したら甲高い音のする玩具《おもちゃ》のような声？　音？　がしたかと思ったら、今までプルプルと小刻みに動いていた掃除機がピタリと止まり、動かなくなった。

…………成功？

掃除機のゴミの取り出し口をパカッと開けて恐る恐る中を覗《のぞ》き込むと……。

そこには透明で巨大な魔石が残されていた。

「お、おぉ……‼　やった……‼」

歓声を上げ、拍手をする仲間達。

幻幽の討伐はこれにて終了‼　地下八階層の調査完了‼

呆気《あっけ》なさすぎてつまらなかったなと、思いきや……。

ザワザワザワ……。

ゾクッと身の毛もよだつような気配を感じた。

ほぼ無意識に臨戦態勢を取った私達は、一斉に同じ方向を振り向き……絶句した。

幻幽の討伐を終えた時、簡易的な結界にし直したのが仇《あだ》となった。

私達の背後……結界の丸みに沿って、無数の手首が這《は》い上がってきていたのだ。

この簡易防御結界には浄化の効果はない……。

ありがちな、心霊スポットに行った帰りに後部座席の窓一面に無数の手形が……！　ならぬ、無数の手首が……状態だ。

さ〇子が出て来ないだけマシって？

いやいやいや……。結界を這い回る手首の動きが私の嫌いなアレに似ていて落ち着かない。

そう。アレに……。

プチン。

手首からアレを連想してしまった私の中で何かが切れた音がした。

……そこからの記憶は、私には残っていない。


後からミラに聞いた話だが……。

ミラに言わせれば、手首なんかよりも私の方が何倍も怖かったそうだ。

虚ろな瞳《ひとみ》で『ピュリホーリー』と呪文《じゅもん》を唱えまくって手首達を殲滅《せんめつ》したその後。クルリと仲間達の方を振り返った私はみんなの顔をジーッと見つめ……

『悪《あ》しきもの……邪《よこしま》なもの……汚い大人はいませんか？　私が全て塵にしてあげましょう』

そう虚ろな微笑みを浮かべてから、大人達に向かって『ピュリホーリー』を唱え始めたらしい。

一斉に散り散りに逃げ出した大人達とその後を追う私。そんな命懸け（？）の鬼ごっこが私の体力が尽きて倒れるまで続いたそうだ。大人達に当たらなかったピュリホーリーが、お化け屋敷のようにおどろおどろしい様相をしていた地下八階層を完全に浄化することになり、一面キレイな花畑に生まれ変わったとか。……マジですか。

その光景を傍観していたお兄様は大爆笑し、ミラとクリス様は茫然《ぼうぜん》自失《じしつ》だったらしい。

『こんな風に振り回して欲しいわけじゃない！』と、涙目のミラに懇願されたのは余談である。

因みに今回の件は、大人達の間で『忘却のシャルロッテ』として語られる出来事となった。

合い言葉は『ピュリホーリーが来るぞ』だそうだ。

って……まあ……うん。

私に消されたくなかったら、悪いことはしちゃダメ‼　ってことで！　テヘペロ。

第八章　最後の攻略対象者

【サイラス・ミューヘン】は、この世界で私《シャルロッテ》がまだ出会っていない最後の攻略対象者である。

ハーフエルフのサイラスは、白金色の長い髪に琥珀色《こはくいろ》の瞳。長く尖《とが》った耳をしている。

エルフの特徴でもあるその美しい容姿は、見る者を魅了してやまない。

魔術を使用した攻撃を得意とした腹黒毒舌キャラ。

「シャルロッテちゃ～ん、可愛《かわい》い～！　あたしの妹にならない～？」

私の知るサイラスは決して、ヒラヒラのフリフリのロリータファッションに身を包むような……

お姉さんじゃなかった‼

「サイラス様……」

「そんな男みたいな名前で呼ばないでよ～！『サイリー☆』って、呼・ん・で？」

大切なことだからもう一回言うけど………。

お姉さん、いや、お姉さんじゃなかったのだ‼


ダンジョン地下八階層の調査を終えた翌々日。

私とお兄様は、まだ日も昇らない早朝からアヴィ家の馬車に揺られながら王都を目指していた。

王都に向かう目的は、九月に控えているお兄様の王立ラヴィッツ学院の入学準備の為だ。

優秀な人材を育てたい学院側が、入学前に試験をかねて様々な課題を出す。その一つが入学準備である。入学の手続きをする人は親でも親戚《しんせき》でも構わないのだが、制服等の学院生活に必要な持ち物は全《すべ》て自分で用意をしなければならないのだ。

今まで親や家族、使用人に任せっ放しだった男子生徒は、初めての難関にぶち当たることになる。

しかし、どのみち全寮制の学院では、使用人の手を借りずに一人で生活しなければいけないのだから、自分のことは自分でできるように頑張れ。

今回、一人でしなければならないお兄様の入学準備に同行したのは、決して手伝う為なんかではない。そもそも、優秀なお兄様に猫の手は要らないのだ。

私の目的は単純にお兄様の制服姿を一刻も早く目に焼き付けたいから。というのは建前で、リカルド様の制服姿を想像する為である。ふふっ。一石二鳥！

もう一つは、今後の計画の為にも王都へは前もって行ってみたかったのだ。

お兄様にお願いしたら、『決して僕の側《そば》から離れてフラフラしないこと』を条件に承諾してくれた。

……お兄様？　シャルロッテの中身はアラサーですよ……？

物言いたげな眼差《まなざ》しをお兄様に向けたら……鼻で笑われた。くっそー！　信用ないな！　私！

因《ちな》みに、王立ラヴィッツ学院の女子生徒にはこんな課題はない。

良家の子女は何もできないのが『美徳』とする風習がまだ残っているのだ。更に女子生徒は一人だけ侍女を連れて入学することができる。これで親元から離れた何もできないお嬢様も生活ができるという……なかなかにお嬢様に甘い学院なのだ。

生徒の中には市井からの特待生もいるが、彼女達は自分でなんでもできる為に問題はない。


馬車の中。

向かい側には、いつものように静かに読書をしているお兄様がいる。

さて、本日のタイトルは……『犬のしつけ方』？

前回は、猫の飼い方の本を見ていたはずだが……犬を飼うことに決めたのだろうか？

『犬』というワードで、ハワードの顔が頭を過《よぎ》ったが……フルフルと左右に首を大きく振って頭の中から追い出した。

「どうしたの？　もう疲れた？」

視線を上げると、お兄様は優しく微笑《ほほえ》みながら私を見ていた。

「おいで」

お兄様は自分の横をポンポンと叩《たた》きながら手招きする。私は素直にそれに甘えることにした。

差し伸べられた手を掴《つか》むと、動いている馬車の中だというのに危なげもなく私を座らせてくれる。

アヴィ家から王都までは馬車で半日以上かかる。

単騎で駆ければもう少し時間の短縮はできるが、私は早駆けができるほど上手《うま》くは乗れない。

ゆっくり、ゆっくりのお散歩レベルで限界だ。

『早駆け』『王都』。この二つのワードで思い出すのはスタンピードだ。

王都に向かうこの道を、ゲームの中のルーカスはカイル団長達と一緒に早駆けで逆走したのだ。

無意識に近くにあった腕をギュッと抱き締めると、お兄様は何も言わずに頭を撫でてくれた。

私はそれに甘えて、お兄様の肩口に頭を預ける。

「王都に着いたら、おいしい物をたくさん食べようか」

頭の上から穏やかな声が降ってくる。

スタンピードはゲームの中の話……。まだ現実にはならない。

私達はそれを現実にしない為に頑張っている。……そう自分に何度も言い聞かせる。

「……王都でのオススメは何ですか？」

「んー、そうだなぁ」

お兄様は馬車の天井を見上げながらうーんと首を捻《ひね》った。

「あー、『フルッフ』っていう、甘いパンケーキみたいなのかな？」

「パンケーキ？　食べたいです‼」

「あとは焼き菓子の『シャロン』かな。これは今日の晩餐《ばんさん》で出るかもしれないね」

「晩餐……ですか」

シャロンは食べてみたいけど……晩餐は憂鬱《ゆううつ》だ。

今夜は伯父様の……この国の王様の住むお城の晩餐に招待されているのだ。

お城にいる重臣達が余計な詮索《せんさく》をしないかが一番の心配の種である。

クリス様とは、なんだかんだで仲良くなってしまったから、『王太子妃に！』とか言い出されかねない。そんなのは断固拒否するけどね！

でも、伯母であるシルビア王妃に会えるのは楽しみだったりする。

私の母の親友でもあるシルビア様には、昔から実の娘のように可愛がってもらっているのだ。

……着せ替え人形とも言うけど（汗）。

「シャル、起きて」

考えごとをしていたら、いつの間にか眠ってしまっていたらしい。

「んっ……着いたのですか……？」

欠伸《あくび》をしながら目を擦《こす》る。

「うん。外を見てごらん」

お兄様に言われるままに、小窓を開けて外を見た。

「うわぁー……！」

一瞬で目が覚めた。

アヴィ領の街とは比べ物にならないくらいの、人、人、人だ。

街中が人で溢《あふ》れ、活気に満ちていた。

王都らしい古くて歴史のありそうな建物から小さな佇《たたず》まいのお店まで、多種多様な建物が軒を連ねている。その中央には、本日滞在する予定の大きな城がそびえ立っている。

……ここが王都か。

「ランチの前に制服を作ってしまいたいんだけど大丈夫？　お腹空《なかす》いてない？」

お兄様に尋ねられた私は、自分のお腹と相談をしてみる。

『起きたばかりだから、まだお腹は空いてない』だそうだ。

「はい。まだ大丈夫です」

「了解。じゃあ、行こうか」

私達の乗った馬車は、そのまま仕立屋に向かった。

王都という場所柄と、王立ラヴィッツ学院が存在するからだろうか……。大通りには仕立屋が何軒もあった。しかし、私達を乗せた馬車はそれらの店を次々と素通りして行き、大通りから少し離れた濃紺色の外壁の小さな仕立屋の前で止まった。

【エトワール】と店先に置かれた立て看板に書いてある。小さいながらも歴史や気品を感じさせられる建物だ。店内を覗ける少し大きめな窓の中には、王立ラヴィッツ学院の男女の制服を着たトルソーが二体飾られているのが見えた。

馬車を降りた私達がお店の扉に手を掛けるとカランという鈴の音がした。

「いらっしゃいませ」

出迎えてくれたのは、小柄で品の良さそうなマダムだった。

「まあ……まあ！　ルーカス様ではないですか」

「マダム。ご無沙汰《ぶさた》しています」

おお。ここはお兄様の知っているお店だったらしい。

エトワールは百五十年以上続いている老舗《しにせ》のお店で、旦那《だんな》さんと、マダム、娘さんの三人で経営をしているらしい。お父様やお母様もマダムの仕立屋さんで学院の制服を作ってもらったそうだ。

そして学院の設定している数少ない『合格の店』である。

大通りの華やかな店に騙《だま》されずに、店を見極めて制服を仕立てることが要求されるのだ。

お兄様も情報収集により、昔から馴染《なじ》みのある仕立屋の一つであるこの店が『合格の店』なのに気付いたそうだ。決してお父様に聞いたわけではない。

お兄様が採寸を受けている間、することのない私は店内を眺めていた。

店内に置かれたデザイン画をパラパラとめくっていた私は、一枚のドレスのデザイン画に目が釘《くぎ》付《づ》けになった。

それは、真っ白なウエディングドレスだった。

プリンセスラインの柔らかい丸みを帯びたドレスは、胸元から裾《すそ》にかけて花模様の細かいレースの刺繍《ししゅう》がされていた。背後は腰の辺りで大きなリボンが結ばれ、大きめなドレープのスカートが幾重も重ねられた洗練されたデザインだった。

つり目な私には似合わなそうな甘めなドレスだけど……こんな可愛《かわい》いドレスを着てリカルド様と結婚式を挙げられたら……。そんな幸せな未来を想像しながらうっとりと瞳を閉じていると……。

「何かいいデザインあった？」

「わっ……!!」

急に肩越しにお兄様の顔が出てきた為《ため》に、驚いた私は素《す》っ頓狂《とんきょう》な声を上げてしまった。

「……ウエディングドレス？　リカルドとの結婚式でも想像してた？」

私の顔を覗《のぞ》き込むお兄様はからかうようにそう言ったが、何となく雰囲気が尖っている気がした。

「え……ええと……もう、終わったのですか？」

「うん。マダムは仕事が早いのに腕がいいから助かるよ」

お兄様にしては珍しく、あっさりと話題に乗ってくれた。

……拍子抜けである。もっと追及されると思ったのに、だ。

「ウエディングドレスは買ってあげられないけど、これはどう？」

お兄様がそう言いながら差し出してきたのは、袖《そで》のある膝下《ひざした》の長さのプリンセスラインのドレスだった。肩のデコルテ部分が薄いレースでできていて、胸元から裾にかけては白から薄紫のグラデーションになっていた。所々に紫色の花の刺繍がちりばめられた少しだけ大人っぽい可愛いデザインだった。

「可愛いです‼」

「気に入ってくれると思った。試着して見せて？」

ふっと笑みを溢《こぼ》したお兄様は、有無を言わさずに試着室のカーテンの中に私を押し込んだ。

着ていたワンピースを脱いでドレスに袖を通す。後ろのファスナーはマダムが上げてくれた。

そのドレスはまるで、オーダーメイドされたかのように私の身体《からだ》にピッタリだった。

「どうですか？」

試着室から出た私は、クルリとお兄様の前で一回転して見せた。

裾がふんわり揺れて可愛い。

「うん。可愛い。凄《すご》くよく似合ってる。これは僕からのプレゼントだよ」

「え？　プレゼント？　……いいのですか？」

「今夜の晩餐時に着てね？」

嬉《うれ》しそうにニコニコと微笑《ほほえ》んでいるお兄様。

お兄様も褒めてくれたこのドレスは、私も気に入ってしまった。

買ってもらうことに気が引けてしまうが……私は思い切って甘えることにした。

「……お兄様、本当にありがとうございます！」

「どう致しまして。僕のお姫様」

お兄様は私の額に小さなキスを落とした。

なっ……⁉

「リカルドばかりにいいところを持って行かれるのは面白くないからね」

真っ赤《まっか》になって額を押さえる私に、お兄様は悪戯《いたずら》が成功した子供のような満面の笑みを浮かべた。

もう！　振り回される身にもなって欲しい。

少し怒った私だが……脱いだドレスを包んでもらって、マダムの店を後にする頃《ころ》には機嫌がすっかり直っていた。馬車の中では、エトワールの話やドレスの話と話題が尽きなかった。

因みに、買ってもらったドレスが実はお兄様が私の為にデザインをした特別なドレスだったと知った時の私の衝撃は凄かった。だからあんなにもサイズがピッタリだったのだ……。

さあ、次はお待ちかねのランチタイムだ！

お店の中で落ち着いて座って食べるのもいいが、王都にまで来たのだから、ここでしか食べられない物を堪能したい。……と、いうことで、王都の屋台街にやって来ましたー‼　わーい！

勿論《もちろん》、最初の目的は『フルッフ』だ。

色とりどりの果実がたくさん載せられたフルッフを屋台で一つ購入する。

他にも色々食べたいから、フルッフはお兄様と半分こにすることにした。

フルッフは、ワッフルのような形をしたパンケーキだった。甘いパン生地に載ったたくさんの甘酸っぱい果物がいいアクセントになっている。

このままでもおいしいのだが……。

「シャル、これにはアイスクリームが合うと思わない？」

お兄様は私と全く同じことを考えていたらしい。

そうなのだ。アイスクリームがあったら、このフルッフは完璧《かんぺき》なものになるはずだ。

流石《さすが》だ。アイスクリームの信者は分かってる！

「私もそう思います！　アヴィ家に帰ったら、ノブさん達と作ってみましょう‼」

彼らもアイスクリームの信者だから喜んで手伝ってくれるだろう。

「うん。楽しみにしてる」

ふむ……。やっぱり、早めにアイスクリームを広めなければ！

帰ったらアイスクリームマシーンが作れるかどうかミラに相談しよう。

甘い物を食べたら、次は塩辛い物が食べたくなった。

さて、次は何がいいかな……。

キョロキョロと辺りを見回していると、向こう側の屋台の一角に人だかりが見えた。

あんなに人が大勢いるということは、人気の屋台なのかもしれない。そう思った私はお兄様の手を引いて、人だかりのある方へ向かった。

近くに来ると、それが屋台に並ぶ人達ではないことに気付いた。

ザワザワと騒がしい中心に、言い争いをしているような若い男女の姿があったからだ。

「だから〜！　行かないって言ってるでしょ〜！」

「いいから付き合ってよー。奢《おご》るよ？」

「い・や・よ‼　しつこい！」

女の子が嫌がっているが、みんな関わりたくないようで誰《だれ》も止める素振りがない。

……どうしよう？

ハラハラと成り行きを見守っていると、琥珀色《こはくいろ》の瞳《ひとみ》の女の子と目が合った。

白金色の長い髪に、琥珀色の瞳。長く尖《とが》った耳。それは麗しいエルフの特徴だ。

ほんのり化粧のされている美少女の顔は……どこか見覚えがある気がした。

しかし、私の知り合いに白とピンクのフリフリなロリータファッションの似合う美少女のエルフはいない。私が知っている唯一のエルフと言えば……。

「……サイラス？」

お兄様が眉間《みけん》にシワを寄せてボソッと呟《つぶや》いた。

そう。サイラスしか……って。ええっ⁉　どっち？　ナンパしてる方……は違うよね。

あのエルフは女の子だし………。同じ名前の別人⁉　いや、ちょっと待って……。

私は目を閉じて想像する。あのスラッとした長身の女の子の化粧を取って制服を着せたなら……。

「【サイラス・ミューヘン】⁉」

よく知っている顔が頭の中に浮かび、思わず叫んでしまった。

「あれ？　サイラスを知ってるの？」

「え、ええと……まあ」

私の微妙な反応で事情を察してくれたお兄様は、私の頭をポンポンと優しく叩《たた》いた。

「ちょっと行ってくる」

そう言い残してサイラスの方へ駆けて行った。

まさかのサイラスの登場だ。これで私は攻略対象者全員に出会ったことになる。

この世界の彼らが、ゲーム中に出てくる彼らとは微妙に異なっていることは分かっていたが……。

まさか性別まで変わっているとは思わなかった……！

複雑な問題にぶち当たった気もするが……。まあ、いいか‼

サイラスが女だろうが、男だろうが私には関係ないし‼

気にしたら負けだ！　シャルロッテ。


「ありがと〜！　助かったわ〜」

お兄様がサイラスを連れて戻ってきた。

二人が並んで歩いていると、普通に美男美女のカップルにしか見えない。

「サイラス。妹のシャルロッテだよ」

「もぉ〜！　サイラスって呼ぶのは止《や》めてって言ったのにぃ！」

サイラスはお兄様に向かって、頬をプーッと膨らませた後にクルリと私を振り向いた。

「あなたがシャルロッテちゃんなのね！　初めまして、お兄様のお友達のサイリーで〜す！」

サイラスが笑いながら琥珀色の瞳を細めると……ゾクッと背筋に寒気が走った。

『この人は危険だ』と、私の本能が警鐘を鳴らしている。

ということは、こんな格好をしていてもサイラスは腹黒設定のまま変わっていないのか？

「初めまして、シャルロッテ・アヴィです。よろしくお願い致します」

精一杯、猫を被《かぶ》りながら淑女の礼を取る。この手の人間には隙を見せたらダメなのだ。

トドメとばかりに、可憐《かれん》さを装って微笑《ほほえ》むとサイラスが抱き付いてきた。

「シャルロッテちゃ〜ん、超可愛《かわい》い〜！　あたしの妹にならない〜？」

……サイラスのイメージと違いすぎて混乱する……。

サイラスに抱き付かれたまま……私は途方に暮れていた。

チラッと横を見れば、お兄様は凄く楽しそうな顔で私を見ている。

……私の困っている状況を見て楽しんでるな？

サイラスはサイラスで、頭の上から鋭い瞳で私を観察しているし……。

私……初対面のサイラスに睨《にら》まれるようなことやらかしたかな？

私は片手で額を押さえながら、ガックリと項垂《うなだ》れた。


サイラスは【ミューヘン】辺境伯の孫らしい。『らしい』というのは、証拠がないからだ。

エルフの母と、人間の父から生まれたサイラス。父親はサイラスが生まれる前に事故で亡くなったそうで、母親は父親の家柄や素性は一切話さなかったし、サイラスもそんな母親を気遣って父親の話題はほとんど出さなかったそうだ。

人間の血が混じった『ハーフエルフ』のサイラス。彼は生まれた時からエルフ達から迫害されて生きてきた。異種婚を嫌悪しているエルフはハーフエルフを同胞とは認めない。母親が同胞のエルフ達からサイラスを必死に守ってくれたが、長年の心労が影響したのか、サイラスが八歳の時に病気で亡くなってしまった。

サイラスは幼い時から魔力が高く、様々な魔術を得意としていた。それに目を付けたエルフ達が、彼をいいように利用しようとしていたところをミューヘン辺境伯が引き取ったのだ。

辺境伯は、『亡くなった息子の面影がある』のだと言うが、サイラスの境遇を不憫《ふびん》に思った辺境伯が見かねて『孫』として引き取ったのではないかと言われている。

サイラスは、自分を引き取り、育ててくれた辺境伯老夫婦の恩に報いる為《ため》に暗躍し続けるのだ。

もしかしたら、お姉さんの格好をしているのはその活動の一環によるものなのかもしれない。

私はチラッとサイラスを見た。

「シャルロッテちゃん、どぉしたの～？」

うーん。これが演技なら凄い。声だって少しハスキーな女の人の声にしか聞こえない。

無駄に女子力も高いしね。

腹黒サイラスと素直で優しいリカルド様。二人はほぼ似たような境遇だが、こんなにも性格が違うとは……。リカルド様だって生きる為に道を踏み外していた可能性だってあったのだ。

……腹黒なリカルド様。意外といいかもしれない。……ってダメダメ！　何考えてるの私！

ていうか……そろそろ私を解放してくれないかな？

私が再度お兄様に助けを求めると、やっとサイラスを引き剥《は》がしてくれた。

お姉さんにしか見えないくせに力強いんだもん！

「それで？　今日は何してるの？　サイラス」

「またサイラスって言ったぁ！　何って、ただの買い物よぉ？」

「それはもういいから。仕事？　それとも入学の準備？」

サイラスが頬を膨らませて抗議するが、お兄様はまともに相手にする気はないらしい。

「まったく……仕事中は合わせて欲しいのですが？」

フーッと大きな溜息《ためいき》を吐《つ》いたサイラスは、ジト目をお兄様に向けた。

「僕だけならいいけど、シャルが混乱してるから」

「へー？　ルーカスがそんな風に気を遣うのは珍しいですね？」

「失礼な。僕はきちんと空気読んでいるんだよ」

「まあ、そういうことにしておいてあげますよ」

サイラスは温厚（腹黒）な敬語キャラだったけど、この世界でも敬語が標準装備のようだ。

親密度が上がると、その特別な相手にだけは敬語が外れるというギャップ萌《も》えの鉄板設定も生きているのだろうか？　私は試さないけどね！　サイラスと親密になってたまるか‼

さっきまでの女性の雰囲気がガラリと変わり、ヒラヒラのフリフリのロリータ服を着ているはずなのに、ちゃんと男性に見えるのが不思議だ。声の高さだって、少し高いだけの男性の声に変わっている。

サイラスは心からお姉さんになったわけではなく、変装のプロになったということか……。

「仕事って僕達の監視？」

「さあ？　教えると思いますか？」

食えない笑みを浮かべるサイラス。

「ふーん。君の独断か伯の指示か分からないけど、シャルを泣かしたら潰《つぶ》すから。覚えといて？」

サラッと魔王様《おにいさま》が降臨した。

格好いい！　大好きです‼

「……覚えておきます」

おお……。サイラスが一瞬、戸惑った。

「それにさっきの。君ならもっと上手《うま》く逃げられたよね？　僕達に近付く為の計算だった？」

「いえ、それは買い被り過ぎですよ。私でも失敗はしますから」

「誤魔化《ごまか》したか。まあ、いいけど」

お兄様は瞳を細めながらサイラスを見た。

「じゃあね、そろそろ僕達は行くよ」

私の手を引いて、その場から立ち去る。

ふと、後ろを振り返れば……お仕事モードに戻ったサイリーが笑顔で手を振っていた。


予期せぬサイラスの登場に時間を取られてしまった私達は、そのまま急いで馬車に戻った。

王城に向かわなければ晩餐《ばんさん》会に間に合わない。晩餐に参加するのにも色々と用意することがあり、時間が掛かるのだ。お風呂《ふろ》で全身を磨かれる所から始まるからね⁉

……サイラスのせいで、フルッフしか食べられなかった。

他にも色々食べたかったのに‼　食べ物の恨みは根深いぞ？

「シャ、ャ、ャ、ルロッテ」

お兄様がニコリともせずに私の名を呼ぶ。

馬車に乗り込む辺りからずっと何かを考えているようだったから、敢《あ》えて声を掛けずにいたのだが、私を呼んだということは考えごとが終わったのだろうか？

「どうしましたか？」

「サイラスには気を付けて」

お兄様に言われなくてもそのつもりだ。

「……サイラス様がどうかしたのですか？」

「サイラスはエルフを憎んでいる。シャルを復讐《ふくしゅう》に利用する可能性がある」

「復讐……ですか」

母親をエルフに殺されたようなものだから仕方ないかもしれないけど……私を利用する？

「シャルの万能さはサイラスにも、ミューヘン辺境伯にも届いている。僕も必ず守るけど……くれぐれも彼には気を付けて」

お兄様は私の両手をギュッと握った。

「分かりました」

真剣なお兄様の眼差《まなざ》しを受けて、私は冷静に頷《うなず》きながら答えたけど……内心では冷や汗が止まらなかった。

この展開でのお兄様のあの台詞《セリフ》。

『シャルの万能さはサイラスにも、ミューヘン辺境伯にも届いている。僕も必ず守るけど……くれぐれも彼にも気を付けて』

これは《ルーカスルート》のバッドエンドが始まるきっかけの台詞なのだ……。

本当は、『シャル』じゃなくて、彼方《ヒロイン》の名前なんだけど。

サイラス絡みで避けては通れないエルフ問題。それは、ルーカスルートにも影響が出た。

バッドエンドでは、仲間であるはずのサイラスが裏切り者になってしまうのだ。

サイラスに攫《さら》われた彼方《ヒロイン》を救う為に、ルーカスが単身で助けに向かう。

彼方《ヒロイン》を己の復讐の道具としか考えられないサイラスとは最後まで相容《あいい》れず、どうすることもできないままに戦闘が始まり、サイラスと刺し違えるようにして……ルーカスは死ぬ。

彼方《ヒロイン》がルーカスを抱き締めて泣き叫ぶシーンで、ゲームは終了。

……あれ？　詰んだ？

いやいやいや。ていうか、私は彼方《ヒロイン》じゃないし！

お兄様がここで死ぬなんて絶対に嫌だし、そんな未来は認めない！

スタンピードがどうにかなるかもしれないと思い始めた矢先にこれか……。

【強制力】……ふと、この言葉が頭に浮かんだ。

ブルッと寒気を感じた私は、自分で自分を抱き締めた。

この世界は、どうあっても私達家族を不幸にしたいのだろうか？

……どこだ。どこにフラグがあった……？

彼方《ヒロイン》が攫われるのはゲームの後半。

王様とクリス様から、ハワードやミラ、ルーカス、サイラスと共に日頃《ひごろ》の働きを讃《たた》える為《ため》の晩餐に招待された時だった。

日頃の働きとか……褒められるようなことはしてないし、晩餐に招待なんて…………。

さ・れ・て・る・じゃないか！　ちょっと待って‼

【晩餐】がフラグだったってこと？

そんな……お兄様の用事のついでに、たまたま王都に遊びに来たら、そのせいでお兄様が死んでしまうなんて展開は絶対におかしいよ⁉

重ねて言うが、私は『彼方《ヒロイン》』ではないのだ。

なんでこうなるのか……。私はただみんなで幸せに生きていたいだけなのに……。

もし、サイラスが既に動き出しているならば、どう足掻《あが》いても私《シャルロッテ》の誘拐は決行されるのだろう。

……それならば。

「……お兄様、和泉《わたし》の話を聞いて下さい」

お兄様が死ぬ《バッドエンド》なんていう理不尽は全力で潰してやる！


お城の侍女さん達に手伝ってもらいながら、お兄様にプレゼントしてもらったドレスに着替える。

縦ロールの髪の毛は丁寧に薄紫色のリボンと一緒に編み込んでシニヨンにしてもらい。そこにドレスの刺繍《ししゅう》と同じ紫色の小花と白の大小の花を散らしたことで、全体を華やかに仕上げてくれた。

やっぱり、王城の侍女さん達はセンスがいい。アヴィ家の侍女さん達だって最高だけどね！

そうして全《すべ》ての用意が終わると、晩餐会の会場まで案内してくれた。

既にお兄様は到着していたが、私をエスコートする為に中に入らず待っていてくれたようだ。

お兄様は私をジーッと眺めた後。

「うん。やっぱりよく似合ってるよ。シャル」

蕩《とろ》けるような甘い笑みを浮かべた。

「お、お兄様の見立てがいいからですよ！」

真《ま》っ赤《か》に火照る顔を隠す為にツンとそっぽを向いた私に、お兄様はクスクス笑いながら腕を差し出してきた。

「お姫様。お手をどうぞ？」

「ええ。よろしくてよ？」

お兄様の冗談に付き合いながらその腕に掴《つか》まった私は、公爵令嬢として相応《ふさわ》しい表情を意識して作りながら、扉が開けられるその時を待った。

伯父様とはいえ、アヴィ家ではなく王城で会うのだから緊張しないわけがない。

ギーッと扉が開かれると、ドキドキした気持ちのまま私達はゆっくりと中へと進んだ。

華やかなシャンデリアの下には大きな円卓が置かれており、既に国王夫妻とクリス様が着席していた。

私達は入口付近で一度立ち止まり、正規の挨拶《あいさつ》をする。

「本日はお招きにあずかり、光栄の極みです」

お兄様が右手を胸に当て忠誠を示す礼をする。それに合わせて私もドレスの裾《すそ》を掴み、最上級者への礼をした。

すると、ユナイツィア王国の国王であり、私達の伯父でもあるチャールズ様がその場で立ち上がり、私達に向かって両手を広げた。

「よく来た。堅苦しい挨拶はそこまででいい。ルーカス、シャルロッテ、おいで」

私とお兄様は頷き合い、促されるままに伯父様の元に向かった。

入口から一番遠い上座には伯父様が座り、左回りにシルビア様、私、お兄様、クリス様の順番で座っている。

「シルビア様、お久し振りです」

ニコリと微笑《ほほえ》みながら頭を下げると、シルビア様は隙のない完璧《かんぺき》な女王の笑みではなく、母親が子供に向けるような慈愛に満ちた眼差しを返してくれた。

「シャルロッテ。よく来てくれましたね。あなたの活躍はクリスから聞いていますよ」

「クリス様から……？」

チラリとクリス様の方に視線を向けると、何故《なぜ》かクリス様がビクッと身体《からだ》を揺らした。

「へ、変なことは言ってないぞ⁉　シャルの強いところを説明しただけだ‼」

……私は、そんなに怖い顔をしているのだろうか？　ただ、見ただけだというのに。

思わずペタペタと自分の顔を触った。

「ふふっ。シャルロッテのそういう顔はジュリアそっくりね。お父様とお母様はお元気かしら？」

「はい。お母様は相変わらずですよ。そしてお父様は……懲りない人です」

「まあ……！　エドワードも相変わらずなのね。ふふっ。久し振りに二人に会いたいわね」

シルビア様は、十五歳の息子がいるとは思えない、少女のように可愛《かわい》らしい笑みを浮かべた。

こんな風に私達は談笑しながら、暫《しばら》く晩餐を楽しんだ。

デザートの一つとしてシャロンが出された時は歓喜した。お兄様から出るかもしれないとは聞いていたが、本当に食べられるなんて……！　サイラスのせいで食べ損なったし。

因みに、シャロンはマカロンに似た食べ物だった。

外側はサクッとしていて、中はしっとりモチモチで滑らかなクリームが挟んであった。

あまりのおいしさに夢中になり、続けて五つほど食べたらお兄様や伯父様達に笑われた。

『食べ過ぎるとシャロンになるぞ』だって。おいしいからいいもーん！

アヴィ家のみんなへのお土産はシャロンにしようと思う。

多めに買って帰って、自分でも食べるんだー！　……え？　自分の為だけじゃないよ⁉


お腹《なか》がいっぱいになった私は、一足先に晩餐会から退出させてもらうことにした。

子供の時間はもう終わり。これからは大人の時間だ。

伯父様が呼んでくれた侍女さんの案内で、近くの客室に行くはずなのに……先頭を歩く侍女さんはどんどん人気の少ない場所へ進んでいく。

「……用意して頂いたお部屋はこんなに遠かったかしら？」

声を掛けてみるが、返事がこない。

話すつもりはない……か。

公爵令嬢の権限を駆使することもできるが、黙って付いて行くことにした。

そこから五分ほど歩き続けただろうか。とある扉の前で侍女さんが漸《ようや》く歩みを止めた。

「シャルロッテ様。こちらです」

カチャッと扉を開けて私を中に促す。

私が中に入ったと同時に、扉の閉まる音とガチャリと外から鍵《かぎ》が閉められた音がした。

ここは……パウダールーム？

「今晩は～。シャルロッテちゃん」

部屋の中へ視線を巡らせる前に、正面から声が聞こえてきた。

声がした方を見れば、やはりサイラスがいた。

昼間のロリータファッションではなく、王城の侍女のお仕着せを身に付けている。

ここへ潜入する為《ため》に変装しているつもりかもしれないが、エルフの侍女なんてそうそういないからね？　やるなら耳もきちんと隠しなさい。

「こんばんは。サイリー様？　それとも、サイラス様？　どちらでお呼びしましょうか？」

平然と微笑みながら話し掛ける私に、サイラスは酷《ひど》く驚いたような顔をしている。

これではどちらが嵌《は》められたのか分からない。

「……私がいることに驚かないのねぇ～……？」

「はい。想定内ですから」

「……じゃあ、私がこれからしようとしてることも知ってるって言うのぉ？」

「勿論《もちろん》です」

私は悪役令嬢さながらの冷笑を浮かべた。

「サイラス様？　私は……私を含めた周りのみんなが幸せに生きられることだけを望んでいます」

サイラスに向かって一歩歩みを進めると……サイラスは私を見据えたまま一歩後退した。

「私を利用するだけならいい。そうではなく……最悪の事態に関係のない人達まで巻き込むのであれば……私は絶対にその人を許さない」

私は微笑みを崩さないまま自分の後頭部に手を回し、そこから大きめの白い生花を二本抜き取る。

「……何を？」

更に一歩後退したサイラスの動きに合わせて、私も一歩前進する。

「この二本の花はあなたの運命です。まずは……」

そう言ってから、左手に持った花の一本に右手を翳《かざ》す。

サイラスには聞こえないくらいの呟《つぶや》きを口にすれば、その花は宙に浮き……白い花は業火に焼かれた。一瞬で燃え尽き、灰も残らない。

「次は……」

また小さな声で呟けば、二本目の白い花は一瞬で凍り付いた。

顔面蒼白《そうはく》になったサイラスは、歩みを止めない私に壁際まで追い詰められてしまう。

「きれいですよね。コレ」

手の中にある凍った白い花をサイラスに見せつけるようにしてから……グシャリと握《にぎ》り潰《つぶ》した。

「ほら。もっときれいになった」

サイラスの目の前で、粉々になった白い花弁がサラサラと指の隙間《すきま》からこぼれ落ちる。

「これは警告です。炎に焼かれ灰も残らないような死か……凍らされて跡形もなく粉々にされる死か……。どちらを選びますか？　ああ、なんでしたら他の方法も提案しますけど？」

お兄様と立てた作戦。それは『先手必勝』だ。

腹黒サイラスだが、実は攻められることに弱かったりする。

今回のようにサイラスの想像を上回る行動を先にしてしまえば、サイラスは動けなくなってしまうのではないだろうか？　……と。

しかし、これは賭《か》けでもあった。

サイラスが私のことを何処《どこ》まで調べているか分からなかったからだ。

私の性格まで調べられていたらアウトだったかもしれない。

お兄様に言わせると、無鉄砲で斜め上の行動を取ることが多い私には決まった行動パターンが幾つかあるらしい。それを把握してしまえば簡単に制御できるそうだ。マジですか……。

魔力が高いだけの令嬢だと思っていたら痛い目を見るよ？　エヘッ。

「どうして……邪魔をするのですか……」

サイラスは崩れ落ちるように床に座り込みながら、ガックリと項垂《うなだ》れた。

お姉さんを装うことは止めたらしい。言葉遣いが本来のサイラスに戻った。

「邪魔？　私を巻き込もうとしたくせに、よく言えますすね？」

こちらは、お兄様の命が懸かっていたかもしれないのだ。必死になるに決まっている。

「私はただ……あいつらに味わわせてやりたかっただけです。圧倒的な力の差というものを……」

「そんなのは自分の力だけでやって下さい。私達は関係ありませんから。迷惑です」

ズバズバと文句を言いながらも……、正直サイラスには同情をしている。

長寿であるはずのエルフの母が、同胞達に精神的に追い詰められて亡くなってしまった。

サイラスは理不尽に母を殺された。そして私は…………和泉《いずみ》は理不尽に殺された。

家族に残された者と、家族を残してきた者。

私は深い溜息《ためいき》を吐いた後に、ニコリと微笑《ほほえ》んだ。

「……協力してもいいですよ」

「え……⁉」

「……その顔はなんですか？」

人を化物を見るような顔で見るなんて失礼だ。

お兄様がよくする顔を真似《まね》っこしたのに……ってお兄様は魔王だったたか。だったら仕方ない。

「こんなの……最初から制御できるわけがなかったんだ……」

サイラスは絶望の表情を浮かべながら自分の顔を両手で覆った。

こんなの⁉　重ね重ね失礼だな⁉

「シャルロッテ‼　ここにいた…………の？」

バンッと、鍵の掛けられたパウダールームの扉を勢いよく蹴破って中に飛び込んで来たお兄様は、
私とサイラスを交互に見ながら首を傾《かし》げた。

「……もしかして、終わった？」

「はい。ポッキリ折りました」

私は長い棒を半分に、折り曲げるような真似をしてみた。

「……そうか。じゃあ、取り敢えず場所を変えようか」

苦笑いを浮かべるお兄様の提案を受け、私達は移動することにした。

最早《もはや》、逃げも隠れもできない状態になってしまっているサイラスを引き摺《ず》るようにしながら、お兄様の方の客室まで移動してきた。

お兄様は私の魔力の波動を感じた為に、急いで駆け付けてくれたそうだ。

因みに侍女姿のサイラスは、色々な意味で紛《まぎ》らわしいので、お兄様の予備の服に着替えさせた。

「……随分とやらかしたね」

未《いま》だに放心したままのサイラスをソファーに座らせたお兄様は、向かい側のソファーに自らも腰を下ろした。

「当然の報いです」

お兄様の隣に座りながら、私は首を大きく横に振る。

私達を害する者に容赦なんかしない。こちらは常に天秤《てんびん》の反対側に命が懸かっているのだから。

「シャルロッテは怖いな」

わざと肩を竦《すく》ませるお兄様。

そんなお兄様だってサイラスを気遣うようないい人のフリをしているけど、ずっと楽しそうにしているじゃないか。その瞳が輝いていることに私は気付いているぞ⁉

どうしてサイラスがこんな風になったのか、晩餐会《ばんさん》を抜けた後から今までの経緯をお兄様に語ってみた。途中でお兄様が顔を強張《こわば》らせたが気付かないフリをした。

「それで、これからどうするの？」

ガックリと肩を落として項垂れているサイラスを、チラリと横目に見ながらお兄様が尋ねてくる。

「そうですね。サイラス様のお望み通りに、エルフ達に復讐《ふくしゅう》しましょう」

私は、ふっと不敵な笑みを浮かべた。

「本当……ですか？」

サイラスは項垂れていた顔を上げ、琥珀色《こはくいろ》の瞳をこれでもかというくらいに見開いている。

だから、さっきも言ったじゃないか！

「はい。但し、殺しはなしです。私にはエルフ達を殺す理由がないからです。それでもよければ力を貸しますが？」

サイラスは泣きそうに顔を歪《ゆが》ませた後に、唇を噛《か》んで顔を俯《うつむ》かせた。

本当は、殺してしまいたいほどに……恨んでいるのだろう。

サイラスの横顔が残してきた弟と重なった。あの子もこんな顔をしたのだろうか……。

いや、弟だけでなく、両親や姉もだが……。


「……それでもいいです。何もせずにはいたくない」

顔を上げてそう言ったサイラスの瞳には、さっきまでの絶望に満ちたものではなく、揺るぎのない決意のような強い意志が込められていた。

「分かりました。だったら、死ぬよりも辛《つら》い目に遭わせてやりましょう！」

私がニコリと笑うと、サイラスも釣られるように笑った。

「具体的には何をするつもり？」

「そこですよねぇ……。エルフって何か弱点とかないですか？」

私の問い掛けにサイラスは首を横に振る。

ないのか……。

「いっそのこと氷漬けとか火炙《ひあぶ》りにでもしちゃいます？」

エヘッと笑うと、お兄様が首を傾げた。

「殺さないいんじゃなかったの？」

「冗談です！」

半分本気だったけど！

だって、その方が絶対に早いもん。

「因みに、サイラス様はどこまでのエルフ達に復讐したいですか？」

「どこまで……とは？」

「エルフと呼ばれる全ての者達か、一部の者達か。ですかね」

「ああ……。それなら、長《おさ》を含めた一部のエルフの男達ですね。長は私の祖父でもあります」

サイラスは長の孫だったのか……。

ハーフを嫌うエルフの長の娘がハーフを産んだのだから、相当な迫害を受けたことだろう……。

それでも、死んでしまうほどに追い詰めていい理由にはならないけどね。

「エルフの長が主犯なら話は早いですね」

私はニヤリと笑った。

見せしめにはうってつけの人物だ。

「何か思い付いたんだね？」

瞳を細めながら楽しそうに笑うお兄様に頷《うなず》き返してから、今回の作戦内容を話してみた。


「……それは罰になるのですか？」

サイラスは眉間《みけん》にシワを寄せ怪訝《けげん》そうな顔をしている。まあ、気持ちは分からないでもない。

「勿論です。これはとある世界では、拷問の方法として取り入れられていましたからね」

「なるほど。面白そうだね」

お兄様には理解できたらしい。

あれ？　もしかして……魔王に余計な知識与えちゃった……？　……ま、まぁ、いいか。

幸いなことにここは王都である。必要な物はすぐにでも揃《そろ》うだろう。

「サイラス様、エルフの里ってどうやったら行けるのですか？」

問題はエルフの里までの移動だ。どこにあるのだろうか？

「ああ。それなら、ここからすぐに行けますよ」

「ここ？」

「はい。王城には、エルフの里に繋《つな》がるゲートがあるのですよ。そこから飛べば一瞬です」

おお……。今更だが、異世界ファンタジーっぽい。

しかし、ゲートを使用する為《ため》には、伯父様達に了承を得ないと……まずくないかな？

異種族間戦争にでもなったら大変だ。

「必要な物の手配も含めて、僕が話してくるよ」

諸々《もろもろ》の空気を読めるのがお兄様の素晴らしいところだ！　素敵！　大好き！

早速……と、お兄様は客室から出て行った。

……二人だけで残された客室に気まずい空気が流れる。不可抗力とはいえ……、サイラスを脅して、心を折ってしまったし……。しかし、私は謝る気はない。

すると、突然、目の前に座るサイラスが深々と頭を下げた。

「今日のことは本当に申し訳ありませんでした」

ここで謝られるとは思っていなかった私は瞳を丸くした。

「そう……ですね。今回は、結果的に何もありませんでしたから許します」

誰かが傷付いていたりしたら、決して許しはしなかったけどね。

「ありがとうございます」

安心したのか……自然な柔らかい笑みを浮かべるサイラスに、私はドキッとした。

忘れてたけど、サイラスって美形なんだよねぇ。

エルフってなんでこんなに美形なんだろう。ずるいよね……。

「あなたは不思議な人ですね」

「……え？」

「あなたがまだ十二歳だということを自然に忘れてしまう。まだ幼さの残る少女なのに……大人の女性と話している気分になります」

「……そうですか」

二十七歳まで和泉として生きた記憶があるとも言えず、私は曖昧《あいまい》に笑って誤魔化《ごまか》した。

和やかとはいかないが……ポツリポツリと会話をしている内にお兄様が戻ってきた。

予想以上に戻ってくるのが早かった気がしたが、必要な物の手配も済ませた上でゲート使用も了承済みらしい。流石《さすが》は優秀なお兄様である。

「決行は明日です。今日はゆっくり眠って明日に備えましょう」

お兄様はサイラスと一緒にこの部屋で眠るらしいので、サイラスのことはお兄様に任せて、私は用意してもらった自分の部屋で早く休むことにする。

素早く就寝の準備をした私は、ベッドの中に潜り込んだと同時に眠りに落ちた。


翌日の早朝。

私とお兄様、サイラス、そしてクリス様が一緒にエルフの里に向かうことになった。

何故《なぜ》、クリス様が一緒なのか。

王城のゲートを使用するのには公式な理由が必要になる。ゲートを使用するとエルフ側にも来訪者が告げられる為、コッソリと使用することなんてできないのだ。

そこでクリス様の出番だ。

『未来のユナイツィア王国の国王が、今後の友好の為に訪れる』。理由はこれだけで充分だろう。

そして大事なのは、同行する私達の肩書きだ。

クリス様は言わずもがな……。

私は不本意ながらクリス様の婚約者（仮）で、お兄様はクリス様の友人兼、婚約者（仮）の兄＋未来の宰相候補。サイラスにはバレないように、侍女姿に変装してもらった。

私のチートさんで髪は茶色に、瞳の色はグリーンと一般的な色を変え、耳は髪型で誤魔化してある。名前は『リリー』。サイラスの母の名前を採用した。リリーは私付きの侍女である。

『胸も作れるよ？』と提案したら即却下された。……残念。

王城にある【王の間】。その玉座の後ろにゲートがあった。なるほど、ここなら悪用されにくい。

壁に描かれた魔法陣のような物に手を翳《かざ》すと転移ができるシステムらしい。

一人ずつということなので……まずは、お兄様が先に手を翳して転移した。

それに続いてクリス様とリリーが。最後に私の番となった。

「気を付けてな？」

「行ってきます！」

見送りに来てくれた伯父様とシルビア様に向かって大きく手を振ってから魔法陣に手を翳した。

長い、長い、滑り台をクネクネ、クルクルと滑り続けた……！

……なんてことはなく。『すり抜ける』という感覚が一番近いだろうか。

薄い膜をすり抜けるようにして、あっという間にエルフの里に辿《たど》り着《つ》いた。

そこは緑がいっぱいの自然溢《あふ》れるきれいな森の中だった。

物珍しさに状況も忘れてキョロキョロしてしまう。

「シャル。こちらへ」

王太子の仮面を隙間《すきま》なく被ったクリス様に手招きをされる。

……そうだ。

今の私はクリス様の婚約者（仮）なのだ。浮ついている場合ではない。

クリス様達のいる場所には、既に数名のエルフ達がいた。

差し出された手に自分の手をそっと乗せると、流れるような所作でクリス様の左横にエスコートされた。流石は王太子。場慣れしている。

「私の婚約者のシャルロッテ・アヴィ公爵令嬢です。シャル、この御方《おかた》が長様だ」

『長』というくらいだから年配の男性を想像していたが、長命なエルフなだけあって見た目にはかなり若く見える。私が父と呼んでも違和感のない年代に見えるのだが、一体何歳なのだろうか？

この人がサイラスのお祖父様《じい》……か。

琥珀色の瞳に白金色の長い髪は、確かにサイラスによく似ている。

「初めまして、長様。シャルロッテ・アヴィと申します。どうぞ、お見知り置きを」

私は可憐《かれん》さを意識して微笑《ほほえ》みながら淑女の礼をした。長年受けてきた王太子妃教育の成果を惜しみなく発揮させる。猫の三重被りだ。そんな私の演技に、ほっと見惚《みと》れるような吐息を漏らしたのは、長の側《そば》に立つ五人のエルフ達だった。

チラッと、私の斜め後ろに控えているサイラスに視線を向けると、彼は黙ったまま頷いた。

了解。長を含めたこの六人がターゲットであるらしい。全員の顔を頭の中に叩《たた》き込《こ》む。

「ようこそいらっしゃいました。我々はあなた方を歓迎しますよ」

柔和な笑みを浮かべる長に連れられ、私達はそのまま長の家へと向かった。

エルフは美形が多いと知識として理解していた。ゲームの中でもエルフの里のシーンは出てきたが……まさか、里中のエルフ達がみんな美形だとは思わなかった。

すれ違う人々がみんなハリウッド女優や俳優並だなんて……羨《うらや》ましすぎる。

長の家に着くと、すぐに友好会談なるものが始まった。

夜には歓迎会を行うそうで、先に会談を済ませてしまうという。

どこの世界もお酒が入る前に面倒なことを済ませるのは変わらないようだ。

因みに、私はその昼の会談には不参加だ。参加する気満々だったのに長達に却下されたからだ。

男尊女卑とまではいかないが、エルフの里は女子供が政治に関わるのを快く思っていない。

時代錯誤な……と和泉なら思ってしまうが、シャルロッテからすれば、この世界はエルフの里に限らず、まだまだ圧倒的に女性の立場が弱い世界だと理解している。

本当に婚約者だったら、年齢や性別で参加させてもらえないことにショックを受けて、ガッカリしたのかもしれないけど、私は婚約者（仮）だから気にしていない。

会談に参加しないならしないで、作戦決行の準備を進めればいいだけの話だ。

侍女の変装をしているサイラスも、このままでは会談に参加することはできないのだが……。

「私はちょっと外出しますけど……リリーはどうしますか？」

「勿論《もちろん》、私もお供致しますわ。お嬢様」

『リリー』は清楚《せいそ》系な設定らしく、言葉遣いも含め、完璧《かんぺき》なお姉さんに仕上がっている。

え？　来るの？

サイラスは、どこかでこっそりと会談を聞くものだと勝手に思い込んでいた。

「……参加しなくていいのですか？」

「はい。ここはあまりいい思い出がないので……」

サイラスは呟《つぶや》くように言ってから、悲しそうな顔で微笑んだ。

……サイラスにとっては大事な人を亡くした、忘れたくても忘れられない場所だもんね。

あ、そういえば……。

「長の家に来る途中に、スーリーの花をたくさん見かけましたが、エルフの里にはスーリーが多いのですか？」

「はい。昔は、スーリーの群生している場所が森を抜けた所にありました。……お嬢様？　私相手に敬語はおかしいですよね？」

……あっ。そうだ。

苦笑いを浮かべたサイラスに指摘されて気付いた。私は侍女のリリーと会話をしているのだ。

サイラスはリリー、サイラスはリリー……。

「ええと……そこに行きたいのだけど、案内してくれる？」

「はい。喜んで」

やったー！

リリーの案内を受けて、長の家の裏側にある森をどんどん進んで行く。

「里の監視が付いてないとも限らないので、くれぐれも用心して下さいね」

そうこっそりと忠告された私は小さく頷いた。

森の中は艶々《つやつや》とした緑色の木々で溢れ、その清々《すがすが》しい空気が心地《ここち》よい。

はあー……マイナスイオンだ……。癒《いや》される……。

里には大きな結界が張ってあり、触れると風船みたいな弾力に押し返されてしまうそうだ。

目的地は最北の結界付近、生活に必要な物が特にあるわけでもないので、エルフ達もなかなか足を運ばない場所らしい。

「ここを抜ければすぐですよ」

リリーが斜面を指差す。

スーリーの群生を少しでも早く見たかった私は、リリーを置いて駆け出した。

「わぁー‼」

斜面を駆け登った先には、一面のピンク色の世界が広がっていた。

三六〇度どこを見てもスーリーだらけの草原だった。

「見て！　こんなにいっぱい！　すごーい！」

はしゃぎながら駆け回る私をリリーは瞳《ひとみ》を細めながら見ていた。

「……どうかした？」

息を切らしながら戻ってきた私を笑顔のリリーが出迎えてくれた。

「楽しそうなあなたを見ていたら、母がこの花を好きだったことを思い出したのです」

「そっか……」

母親との思い出を懐かしんでいるリリーに、余計な言葉はいらないだろう……。

私はそれ以上何も言わずにリリーと二人で暫くの間、スーリーの草原を黙って眺めていた。

「ここでいいですか？」

リリーは、持ってきたシートを草原の上に広げてくれる。

「うん。でも、スーリーの上に敷いて平気なの？」

少し大きめなシートだから、普通にスーリーの花が潰《つぶ》れてしまう。

「大丈夫です。ここはエルフの里の加護がありますから」

リリーが言うには、たとえ潰れても放っておけば数時間で元に戻るらしい。

……では、遠慮なく座らせてもらおう！

シートの上に座り、持ってきた荷物を広げる。

瓶に詰まったラベルとシーラの花や、大きめな空瓶と小さな空瓶。水の入った瓶も何本かある。

こんな大荷物を持って歩いて来たのか……って？

驚くことなかれ！　王城にあった異空間収納バッグを借りてきたのだ！

空気のように軽いのに、収納力抜群！　いいなー。こんなの絶対私も欲しい‼

「本当にここで作るのですか？」

私が取り出した物を不思議そうな顔でリリーが見ている。

ラベルとシーラの花を用意してもらったが、こんなにも見事なスーリーがたくさん生えているならば、使わない手はないだろう。

ここのスーリーには加護が付いているというので、一応リリーに確認してみると『問題ありませ

ん』とのことだった。それなら遠慮なく使っちゃうよ⁉

リリーに手伝ってもらいながら、スーリーの花の部分を三十本分ほど摘んだ。

ピンクの花弁《はなびら》の部分だけを千切って、瓶の中に入れていく。

よし。準備はできた。

いつもは、シロップやタンサン水を別々に作り、最後にそれを混ぜ合わせてジュースを作るのだが……、今回は、少しだけ作り方を変えてみようと思う。

シロップの作り方は一緒だ。花弁の入った瓶に右手を翳して呪文《じゅもん》を唱えるだけ。

そうしてシロップができたら、水の入った瓶にスーリーのピンク色をしたシロップを注ぎ入れる。

この状態で、タンサンジュースに仕上げたいと思います！

タンサン水を作る時と同じように右手を翳し、小さな小さな雷をイメージしながら、更にシュワシュワでビリビリになるようにイメージを練り込む。苺《いちご》のような甘酸っぱさを損なわないように……っと。

「サンダー」

そう雷の呪文を呟くと、ピカッという閃光《せんこう》が走り、瓶の中に小さな雷が落ちた。

すると、今回はブクブクと沸騰したような状態にはならなかった。だが、タンサン水ならではのプツプツとした気泡はちゃんとある。……成功だよね？

小さめのグラスにでき上がったばかりのスーリーのジュースを注ぐ。

「はい。どうぞ」

私の隣で屈《かが》んで一連の作業を見ていたリリーにグラスを手渡すと、リリーは渡されたグラスを穴が開きそうなほどに見つめていた。

私はそんなリリーを微笑《ほほえ》ましく思いながら、自分のグラスに口を付けた。

コクンと一口分飲み込めば、スーリーの新鮮な苺のような甘酸っぱさとシュワシュワッとした弾《はじ》けるタンサンが心地よく喉《のど》を刺激した。

いつもの作り方よりも、今回の方が素材の味を更に引き立ててくれている気がする。

この新しい作り方を早くお兄様やリカルド様に伝えたい！　試飲して欲しい！

「……おいしいっ……!!」

瞳をカッと見開きながら驚いた顔をしているリリーだが、その口角は嬉《うれ》しそうに上がっている。

うんうん。シュワシュワがおいしくてクセになるよね！

あとは……っと。液体の入った小さな透明な小瓶をバッグの中から取り出した。


今回のエルフ達への復讐《ふくしゅう》の作戦名は【眠りの森のエルフ】である。

そこで最も重要になるのが、この『睡眠薬』だ。

『睡眠薬を盛って眠らせちゃおう！』というなんとも簡単な作戦なのである。

この作戦に、スーリーのジュースを使うのは心苦しいのだが……相手は用心深いエルフだ。

しかし、意外と好奇心旺盛《おうせい》らしく、自然の花や食べ物を使った物ならすぐに飛び付いてくるだろうとサイラスが教えてくれた。弱点ではなくその逆を突《つ》く方法にしたのだ。

お酒だと飲める人と飲めない人がいるかもしれない。だからジュースに仕込むことにした。

それも速効性ではなく、遅効性の薬を使うつもりなので、多少警戒されて時間を置かれたとしても何ら問題ない。

それも友好の証《あかし》の品として出されたら、エルフ側は飲まないわけにはいかないよね？

駄目押しでクリス様だ。クリス様が率先して飲んでいる物に、まさか睡眠薬が仕込まれているなんて思いもしないだろう。クリス様には長達と一緒にスヤスヤと眠ってもらう予定だ。

王族を巻き込んでの完全犯罪である。ふふふっ。

万が一のことを考えて、クリス様には眠ってもらっていた方が都合がいい。

そして、クリス様には作戦の詳しい内容を敢《あ》えて教えない。予期せぬアクシデントが起きても、『知らぬ存ぜぬ』で押し通す為《ため》である。

因みに、この睡眠薬は私が出発前に作った物だ。

『【睡眠薬】遅効性。効き目抜群。完全犯罪を実行したいそこのあなた向き！　ほんのりハイボール（ノンアル）風味』

鑑定してくれた王城の魔術師さんが真顔で引いてたが……気にしない。ハイボール入りました‼


「そろそろ戻ろうか」

ニコニコと機嫌のよさそうなリリーに声を掛け、何気なく森の方に視線を移すと……

……あれ？

キラリと光る何かが目に入った。

途端にその何かが気になって気分が落ち着かなくなる。光から目が離せない……。

「お嬢様⁉」

気が付くと私はリリーを置いて駆け出していた。

まるでその光に呼ばれているようだと私は思った。


光に導かれるままに森の中を駆けて行くと……とある大木の前で私の足が止まった。

子供が届く高さにある木の虚《うろ》の中に、隠すようにして置いてあった小さな白い箱を見付けた。

この箱が光って見えたのだろうか……？　里の子供が隠した物……？

誰かの秘密を暴くような行為に一瞬戸惑いを感じたが、私はどうしても、これを開けなくてはいけない。

思い切って白い箱の蓋《ふた》を開けると中には指輪が入っていた。上蓋の内側には文字が書いてある。

《アレフとエリナの愛し子《いとご》リリーナへ》

『リリーナ』って……。

箱を見つめる私の頭の横から長い腕が伸びてきて、指輪の入っている箱を奪っていく。

「これは……母の名だ……！」

呆然《ぼうぜん》としたように呟かれた声は、リリーの仮面の外れたサイラスのものだった。

ハッとした私は右手を翳《かざ》し、咄嗟《とっさ》に周囲に幻覚結界を展開させた。

……ホッと安堵《あんど》の溜息《ためいき》を吐く。

これで私達は、外側からは普通に散歩をしているようにしか見えない。

「アレフは祖父の名で……エリナは祖母の名です。どうしてこんな所に……母の指輪が？」

もう一度、虚の中を見ると、そこには萎《しお》れたスーリーの花が一輪あった。

萎《しお》れてはいるがまだ新しい。ということは、誰かが摘んで添えたのだろう。

一体誰が……？

「長様の家ではお見かけしませんでしたが、サイラス様のお祖母《ばあ》様はどちらに？」

「祖母は私が生まれる前に亡くなったと聞いています」

「では……長様の他にサイラス様達に縁のある者は里の中にいますか？」

私の問い掛けにサイラスは首を横に大きく振った。

ならば……十中八九、これは長によるものだろう。現状ではそれしか考えられない。

この発見は偶然なのだろうか？

いや……私は見えない力にここまで導かれたという確信がある。

普通なら気付かない場所に隠された指輪の入った白い箱。この箱の材質は、決して光る物ではない。それなのにさっきは確かに光っていた。だからこそ私が見付けられたのだ。

「取り敢えず……作戦を実行しましょうか」

私とサイラスは困惑した状態のまま、白い箱を持って長の家に戻った。


「ようこそ、エルフの里へ！」

長の一声で歓迎の宴《うたげ》が始まった。

宴とはいえ……私達四人と長、その取り巻きのエルフが五人。その他に給仕やら雑用をこなしてくれる男性エルフが数名と、かなり小規模なものだった。まあ、この方が私達には好都合だが。

宴といえば、見目麗しい女性を多く配置するイメージだったが……エルフの里は違うらしい。

他種族の男にエルフの女性が見初められたり、反対にエルフの女性がこちらに懸想するのを避けたいという意志が窺《うかが》えた。クリス様もお兄様もイケメンだから仕方ないか。

私は王太子の婚約者ということで、問題外とみなされたのだろう。本当は違うけどね⁉

……まあ、エルフと恋をする予定のない私にはどのみち関係ない。

「アヴィ領で開発した、食用花のスーリーを使用した新しい飲み物です。近々、国の特産として売り出す予定です。皆さんには友好の証として、誰よりも早くご紹介したいと思います」

クリス様との目配せの後、一本の大きな瓶を見せながらお兄様が説明を始めた。

説明が終わると、それはすぐにエルフ側の給仕の手に渡り、全員のグラスに注がれていった。

未知の飲み物に、予想通りになかなか口を付けようとしないエルフ達を見たクリス様は、先陣を切るように自らグラスを傾けた。

「これは………おいしい‼」

瞳を見開いたまま、グラスを見つめるクリス様。

その反応は初めて私の作ったタンサンジュースを飲む人に見られる反応であった。

あれー？　クリス様にジュースを飲ませたことは……そういえば、なかったな……。

で、でも、結果オーライである！　おいしそうにジュースを飲むクリス様の素直な反応を見た、長を始めとしたエルフ側が、次々とグラスを傾け出したのだから……！

更に本日は氷の力を借りずとも、冷えたままでキープする術を付与してある特別仕様である。

おいしいのはお墨付きですよ！　ハイボール風味の睡眠薬も入ってるからね！　テヘッ。

「こ、これは……⁉」

「舌がビリビリするぞ……！」

「……うまい！」

呆然とグラスを見つめるエルフ達。私は内心でニヤリと笑いながらグラスを傾けた。

因みに、私とお兄様の分にも睡眠薬は入っている。

私達側にいる者が、給仕をできないことは想定済みなので、私とお兄様は眠らないように解毒剤を飲んでいるし、私の侍女をしているリリーは決して同じテーブルには着かない。念の為に解毒剤を飲ませてあるから問題ない。

ふふふっ。作戦第一弾は成功だ。あとは眠ってくれるのを待つばかりである。

睡眠薬を盛られたことに全く気付いていないクリス様達は、タンサンジュースの話で盛り上がっている。

「このスーリーのジュースをシャルロッテ様が考えたというのは本当ですか⁉」

その声に視線を上げれば、瞳《ひとみ》をキラキラさせた男性陣がこちらを見つめていた。

……キラキラとした視線が痛い。

「……ええ。そうですわ」

私はしっかり三重に猫を被って微笑《ほほえ》んだ。

ラベルやシーラを使って同じようなジュースを作ったことを話すと、彼らの興奮度が更に増した。

お酒が入っていないのに……このハイテンション。今にも雄叫《おたけ》びが聞こえてきそうだ……。

これはもしかして……ハイボール風味の睡眠薬のせいなのだろうか？

「妹が作る物はなんでもおいしいですよ。このジュースも僕は好きですが……」

にこやかな微笑みを浮かべたお兄様がズイッとみんなに迫る。

あっ……嫌な予感がする。

「このジュースにアイスクリームを載せたら……最高ですよ」

聞き慣れない言葉に周囲がざわめき出す。

私の側《そば》に控えているリリーもソワソワし出した。

「ルーカス様……アイスクリームとは？」

取り巻きの一人がゴクリと喉を鳴らしながら、緊張した面持ちでお兄様に尋ねた。

お兄様と私を除いた全員が固唾《かたず》を呑《の》んでその答えを見守っている。

お兄様はそんな面々に恍惚《こうこつ》とした笑みを浮かべながら口を開いた。

「ふわっとした滑らかな甘い口溶け……濃厚なのにくどくない……僕が最も愛する食べ物です」

まるで愛しい恋人を思いながら周囲に構わず惚気《のろけ》ている……そんな口振りだ。

お兄様……そんなことを言ったら……。

「あ、あの！　シャルロッテ様……!!」

私はこの場にいる全員から、期待に満ちた視線を向けられている。

まあ、こうなるよね……。復讐をしに来た場所で信者を増やしてどうするの……!!

「シャル……」

クリス様だけでなく、ここにいる全員がしょんぼりとした犬のように見えるから不思議だ。

……頭が痛くなってきた。本気で頭を抱えそうになってきたその時……。

一人、また一人とテーブルにもたれ掛かるようにして、あっという間に私とお兄様とサイラスを除いた全員が眠りに落ちた。そこには給仕の男性達も含まれていた。いつの間にか睡眠薬入りのジュースを口にしていたようだ。よしよし。目撃者はいない方がいい。

ニコリと笑った私は、作戦第二弾の為《ため》に椅子から立ち上がった。

「………？　こ、これは……⁉」

目を覚ました長が瞳を見開きながら大きな声を上げた。

長の叫び声を聞いて目を覚ました取り巻きエルフ達も次々と長と同じような反応をしている。

それは当然だ。目覚めたら椅子に座った状態でグルグル巻きに固定されているのだから。

「ルーカス様……⁉　シャルロッテ様⁉　これは一体……！」

私達の存在に気付いた長が叫ぶ。

「ああ、因みにクリス様はまだ眠っていますよ？　さっきまでのあなた達のように。但し、『ベッドの中』で、ですが」

ゆったりと椅子に座っていた私は、頬に手を添えて小首を傾《かし》げながら瞳を細めた。

お兄様は私の後ろに立ち、黙って微笑んでいる。

現在、里を訪れた翌日の早朝である。

私の作った睡眠薬は思っていたよりも強力で……長達は暫《しばら》く起きそうになかった。

それならば……と、私達もゆっくり休んで万全の体調を整えさせて頂いた。

そうして長達が目覚めたのが、今だ。

「こんなことをして……どうなるか分かっているのか⁉」

「やっていいことと悪いことの区別も付かないのか！」

「早くこのロープを解《ほど》きなさい！」

口々に喚《わめ》き出すエルフ達。朝からちょっと元気過ぎる。

「うるさい大人達ですね。彼を見ても同じことが言えますか？」

そう言うと、スッと私の横に影が降りた。

影の正体は白金の髪に琥珀色《こはくいろ》の瞳に戻ったサイラスだ。

「なっ……お前は！」

「サイラス……」

「なんでここに……！」

取り巻きのエルフ達はいきなりのサイラスの登場に動揺を隠せないようだ。

そんな中。長は一人黙ってジッとサイラスを見つめている。

「さて、そろそろ私達がこんなことをした理由が分かってきましたよね？」

私はニコッと人の悪い笑みを浮かべた。

「では、皆さん頑張って下さい」

パチン。一回指を鳴らした。これは魔術発動の合図である。

合図と共にニューッと、彼らの座っている椅子の背もたれ部分から何本もの腕が生えた。

それが一斉にわきわきと動き出し……。

「ギャハハハ‼」

室内には人数分の笑い声が響き渡った。

昨夜の内に仕掛けておいた、自動擽《くすぐ》り機『ワッキー』である。

チートさんにより生えた手は、ターゲットの一番弱い場所を探り当て、しつこくコチョコチョし続けてくれる。しかも首、脇《わき》、足等々を同時にだ！

「や、……止《や》め‼　アハハ！」

「たっ……！　助け……‼」

「ひぃ……ひひひっ‼」

「アハハハハハハッ‼」

涙を流しながら笑い続ける大人達。

「シャルロッテ様……これは……」

私の横に立つサイラスは眉間《みけん》にシワを寄せ、怒ったような顔で長達を見ている。

「これで本当に罰になっているのでしょうか？」

なるほど。傍目《はため》には大笑いしているようにしか思えないからね。

「勿論《もちろん》です。……ほら、逃げたくても逃げられないじゃないですか」

涙と鼻水を垂らしているエルフ達を指差す。

「よく見ていて下さい。常に擽り続けているだけでなく、ああやってたまに止めるのです」

擽りが止まりホッとした隙をついて、また擽られる。緩急を付けた地味な拷問である。

これで擽りに慣れることはない。いつ止むかも分からない苦痛と絶望を味わい続けるのだ。

「信じられないなら、サイラス様も試してみてはいかがですか？」

私はサイラスを見上げながら口元を歪《ゆが》ませ、コテンと首を傾げた。

瞳を細めて楽しそうに状況を見ているお兄様が喜んで手伝ってくれるだろう。

「い、いや。いいです。試さなくていいです……」

サイラスは両手を前に突き出し、防御の姿勢を取りながら首を大きく左右に振った。

「あら。それは残念です。因みにコレ、手加減を間違えると精神が壊れますからね」

私がニヤリと笑いながら言うと、サイラスは顔を真っ青にしながら僅《わず》かに身を引かせた。


パチン。

復讐《ふくしゅう》開始から一時間と少し。

高性能なチートさんのお陰で、エルフ達は嫌というくらいに苦痛を味わわされた頃おいだろう。

泣き叫ぶことも笑うこともできず……目は虚《うつ》ろで涙や涎《よだれ》、鼻水で顔面が酷《ひど》い状態になっている。

もう一度指を鳴らすと、椅子から生えた手と一緒に、拘束に使用したロープも消えた。

責め苦から解放されたエルフ達は、虚空を見上げ焦点の定まらない瞳をゆらゆらと揺らしている。

ブツブツと何かを呟《つぶや》いている者もいる。

……やり過ぎたかな。

「少しは気が晴れましたか？」

眉間にシワを寄せているサイラスを見上げながら問う。

「こんな大人達のせいで……母は……！」

今の大人達の姿はとても醜く滑稽《こっけい》だ。サイラスが憤りたくなる気持ちは分かる。

十代の子供達にこうも簡単に酷い目に遭わされた大人に、自分の母は殺されたのか……と。

やはり、殺してしまわない限り……サイラスの気持ちは収まらないのだろうか？

それならば、私が彼の為《ため》にできることはもう何もない……。


「サ……サイラ……ス……」

息も絶え絶えの長に、不意に名前を呼ばれたサイラスはビクリと身体《からだ》を揺らした。

「す……まな……かった……」

「……っ‼　今頃《いまごろ》謝られたって……母は戻ってこない‼　何故《なぜ》……母様を殺した‼」

謝られるとは思っていなかったのだろう。一気に感情を爆発させたサイラスは長に詰め寄り、首元をギリッと締め上げる。

「ち……違う……」

長は苦しそうに眉間にシワを寄せながらも、視線はサイラスから逸《そ》らさなかった。

「違う？　何が違うと……」

「っ……お前の……母は……リリーナは……寿命だったのだ」

「……嘘《うそ》だ‼」

憎しみの籠《こ》もったサイラスの眼差《まなざ》しを受けた長は、泣き出しそうに顔を歪めた。

「私は身体の弱い娘が……幼い頃から心配で堪《たま》らなかった。それなのにリリーナは、勝手に人間の男と子供なんて作って里から出て行った！」

「だから、母様を殺したのか！　ハーフの俺を産んだ母様をみんなで蔑《さげす》んで‼」

「違う！　私達はお前を連れて戻ったリリーナを許し、受け入れた！　……お前は、ハーフエルフが人間の性質を捨て、エルフになる為の方法があることを知っているか？」

「は……？」

「やはり、お前には話していなかったか……。ハーフはエルフよりも短命で、本来得られるはずの自然からの恩恵を受けにくい。私はお前の人間の部分を捨てさせるようにとリリーナに言った。だが、リリーナはそれを頑《かたく》なに拒み、挙句にお前を連れて里から出ようとした。だから閉じ込めたのだ」

「そんな……母様が泣いていたのは、俺のせいだった……？」

「話し合いは平行線のまま……リリーナは寿命を迎えてしまった。母親を亡くしたお前をエルフに変え、私の後継者にしようとしたところを……ミューヘンの爺《じじい》が勝手に連れて行ったのだ！」


……サイラスと長以外の全員が蚊帳の外の状態である。

深刻な内容すぎて簡単に割り込むことができないのだ。

ただ、今思うことは……やはり導かれたのだ、と改めて感じた。

そう考えれば、光るはずのない箱を見つかりにくい木の虚から見付けたことにも合点がいく。

チラッとサイラスに視線を向けると、彼は長から手を離し自らの顔を両手で覆っていた。

長はそんなサイラスに手を差し伸べることもできず、両手を強く握り締めながら項垂《うなだ》れていた。

この状態で私ができるのは第三者としての意見を言うことだけだ……。

「……長様。森の中でこれを見付けました」

白い箱は結局私が持っていた。サイラスの手に渡ったはずなのに、いつの間にか私の元に戻ってきていたのだ。

「これを……見つけたのか？」

「はい。散歩中にたまたま光っているのに気が付いて……」

「光って……？　まさか、あんな誰《だれ》にも分からない場所に隠したのに、か？」

長は信じられないというように琥珀色の瞳《ひとみ》を見開いた。

しかし、私が白い箱を渡すと、何かを悟ったように一度だけ頷《うなず》いてから白い箱を撫《な》でた。

「あれは、安らかに死なせてやれなかった娘への贖罪《しょくざい》だった。妻にも……娘にも先立たれた私の唯一の……。せめて娘が好きだった場所に……花の側《そば》に置いてやりたかったのだ。あなたがこれを見付けたのはきっと森の導きだ……」

両手で白い箱を包み込んでボロボロと涙を流す長。

どうしてみんなこんなに不器用なのだろうか……。

「第三者の私に言わせれば、長様もサイラス様のお母様も、止めなかった皆《みな》さんも同罪です」

私は立ち上がり、ギュッと両手の拳《こぶし》を握り締めながら周りを見渡した。

「皆さんが互いに思い合った行動をしているのは私にも分かります。だけど……一番大切な人の気持ちを置き去りにしていませんか？」

私の言いたいことに気付いた長が、ハッとした顔でサイラスを見つめた。

自らの顔を両手で覆っていたサイラスはその手を外し、まるで迷子《まいご》の子供のような眼差しを私に向けてきた。その時……。

パチパチパチ
「シャルロッテ様。よくぞ言って下さいました」

静まりかえったこの場に似つかわしくない拍手と、聞き慣れないしわがれた声が室内に響いた。

「……辺境伯⁉」

サイラスが瞳を見開きながら驚きの声を上げた。

拍手の主は、サイラスのもう一人の祖父であるミューヘン辺境伯だった。

「……ミューヘン辺境伯⁉」

私は慌てて、辺境伯に向かって淑女の礼を取った。

……どうしてミューヘン辺境伯がここにいるの？

「ワシのことは気にせんでおくれ。それよりも、もっと言ってやってくれませんかのう」

辺境伯は笑いジワを深くしながら私の礼を押し留《とど》めた。

よく見れば、辺境伯の後ろにはお兄様とクリス様が控えていた。

この事態を見越した二人が辺境伯をここへ連れて来たのだろう。

ならば……。

私はコホンと小さく咳払《せきばら》いをし、話を続けることにした。

「長様は気付いたようですが、今回の件での最大の被害者はサイラス様です」

「私……？　母様ではなく……？」

サイラスの眉間にシワが寄った。

「はい。あなたは大人達の都合に振り回された子供にすぎないのです」

私は、困惑しているサイラスが理解できるように説明を始めた。

さっきも言ったが、サイラスの母も長も子供のことを全く考えていないのが全《すべ》ての原因なのだ。

サイラスの母の気持ちは分かる。サイラスがハーフであることが、愛する人との間にできた子供である証《あかし》になるのだ。だから母は、長の意見を頑として聞き入れなかった。

では……サイラスが人間の性質を捨ててエルフになることを選んだら、サイラスは母親と父親の子供ではなくなってしまうのか？　答えは否である。

そして一方の長だが……エルフになった方が自然の恩恵を受けられるとか、長寿になれるとか、身体の弱い娘を主体にして考えてしまっているのだ。

結局、二人ともサイラスの為《ため》と言いながら、我を通していたに過ぎない。

どうして当事者であるサイラスの意見を聞こうとしなかったのだろうか？

だから話は平行線のままで交わることもなく、最悪の結末を迎えてしまったのでは？

これに関して子供だったサイラスが責められる要素は皆無だ。

では、どうすればよかったのか？　そんなのは簡単だ。サイラスを話し合いに参加させるべきだったのだ。子供だから分からないとか、親が子供の為に……なんて大人側のエゴだ。

長と母は、サイラスがよりよい人生の選択をする為のサポートに徹し、彼の選んだ人生を見守り、愛し続けるだけでよかったのだ。

第三者ならこんなに簡単に分かるのに、それに気付けなかった他の大人達も同罪なのだ。

「そうじゃ。シャルロッテ様の言う通り……サイラスの母も長殿も間違えてしまったのじゃ」

辺境伯は悲しそうに眉《まゆ》を寄せてから、長に向かって深々と頭を下げた。

「まずは……長殿、ワシの愚息のせいで大切な娘さんに辛い思いをさせてすまなかった。息子が妻子を遺《のこ》して死んだりしなかったら、こんなことにはならなかったかもしれんのに……」

愚息……。サイラスはやはり、ミューヘン辺境伯の孫で間違いなかったのか。

「そして長殿。ワシら先人は若者を導く立場にあるのじゃ。古きを守ることは大事だが、それで本当に大事なものを亡くしてしまったら本末転倒ではないかのう？　そろそろ、ワシらもエルフも……若人《わこうど》のために変わらんといかんよ」

辺境伯は更に続ける。

「歳《とし》のせいか……あれこれ口を挟みたくなる気持ちも分かるんじゃが……黙って見守らんとな」

辺境の地に邸を構える辺境伯とは、数えるほどしか面識がないが、こんなにも愛情深い人だったとは……。但し、優しいだけの老人が辺境伯を任されているはずがないので油断は禁物である！

「辺境伯……」

長の近くで項垂れるサイラス。

「サイラス。お主もそろそろワシを祖父と呼んでくれんか？」

そんなサイラスを辺境伯は愛情深い眼差《まなざ》しで見つめている。

「でも……」

「でもも何もないじゃろうて。何度も言っとるが、お主はワシの孫なんじゃ。もっと甘えんかい！」

辺境伯は動かないサイラスに近付き、白銀色の頭をわしゃわしゃとかき混ぜた。

「奪って行ったワシが言うのもなんじゃが……長殿もそうじゃろ？　こんなに大きく立派に成長した孫に祖父と思ってもらえないほど悲しいことはないじゃろうて」

「私には……サイラスの祖父としての資格がありませんから……」

「長殿は相変わらず固いのう」

視線を逸《そ》らす長に、辺境伯が苦笑いを浮かべる。

「ワシらのような人間には限られた寿命しかないが……長寿のエルフは違うじゃろ？　なあに、時間はたっぷりある。今すぐは無理でもいつか必ず歩み寄れる。そう思うじゃろう？　サイラス」

「でも……私は事情もよく分かってなかったのに……長に復讐しようとしました」

「こんなのは可愛《かわい》い孫のイタズラじゃよ。エルフといってもお前さん達にもヤンチャな時はあったじゃろう？」

辺境伯は、にこやかに笑いながら周りの大人達を見渡した。

エルフ達は苦笑いを浮かべながら大きく頷いた。その中には長も含まれていた。

「さて、サイラス、長殿。ワシはリリーナ殿の最後のメッセージを預かっておるぞい」

「母様の……？」

「……リリーナの？」

「そうじゃ。自分が亡くなった後に、必要になったら届けて欲しいと預かっていたんじゃ」

辺境伯はそう言いながら、ポケットの中から一通の手紙を取り出した。

その手紙の内容は……。

自分にはもう寿命が残されていないこと。自分の亡き後に辺境伯を頼ることへの謝罪。

そして、分かり合うことはできなかったが、長である父を愛してる、と。生まれてきたことへの感謝と喜びが綴《つづ》られていた。

そして最後はサイラスへのメッセージだった。

『自由に生きて。あなたは私の誇りよ。ずっと愛してるわ』

手紙が終わる頃《ころ》には、長もサイラスもボロボロと涙を流しながら泣いていた。

「サイラス。お前は自由に生きるんじゃ。それが両親とワシ達大人の望みじゃからな」

辺境伯は、泣いているサイラスの頭を優しく何度も撫でた。

「でもワシの仕事も手伝っておくれ？」

小さくウインクをする辺境伯。

「…………はい。お祖父様」

サイラスは瞳を丸くし何度か瞬《まばた》きを繰り返した後、泣きながら笑った。

……もう、彼らは大丈夫だろう。

あとは時間が解決してくれるはずだから……。

どうにか収まったことに安堵《あんど》しながら、サイラス達を眺めていると……。

『ありがとう』……と、私の頭の少し上から女性の優しい声が聞こえた気がした。

キョロキョロと辺りを見渡しても、私の他に女性はいない。

……気のせい？　…………いや、きっと気のせいなんかじゃない。

私は声がした方を見上げて微笑《ほほえ》んだ。

「皆さーん！　私からの謝罪ということで、アイスクリームパーティーをしましょうー‼」

私が声を張り上げると、部屋の中から歓喜の声が上がった。サイラスと長も喜んでいるようだ。

さあ！　今日はいつも以上に気持ちを込めて作りますよー‼

アイスクリームパーティーの開始だ‼

アイスクリームパーティーをすると聞き付けた大勢のエルフ達が長の家に押し掛け、家の中や外が凄《すご》いことになってしまった……。

是非、作り方も教えて欲しいということで、急遽《きゅうきょ》、長の家の庭での公開調理となったのだが……三六〇度どこからでも視線を感じるこの中で作らされるとか……公開調理ならぬ公開処刑？

……私が言い出したことだから責任は取るけど……ああ……胃が痛い。

今回作るアイスクリームは、エルフ仕様ということで卵は使用しない。

用意する材料は、牛乳、生クリーム、砂糖、スーリーのシロップの四種類だ。

まずは、器に生クリームと砂糖を入れて、泡だて器で泡立てるのだが……。

今回は凄くたくさんの量を作らなければならないので、最初からチートさん全開でいきます！

魔術で風を作り出し、生クリームを五分立てくらいにトロッとするまでかき混ぜたら、そこに牛乳とスーリーを入れて、更によく混ぜ合わせる。

「こんなに少ない材料であいすくりーむが作れるのですね」

今まで黙って私の作業を見守っていたサイラスが、感心したように口を開いた。

「『少ない材料で簡単！　おいしい！』が、アイスクリームの魅力でもありますから」

「へえ……。それを聞いたら出来上がりがますます楽しみになりましたよ」

「はい。後少しで完成しますので、ちょっと待っていて下さいね！」

微笑むサイラスに相槌を打ちながら、私はその期待に応えるべく作業を続ける。

そうして、ある程度混ぜ合わせたら、魔術を使ってアイスクリームを凍らせていく。

凍らせたアイスクリームは、スプーン等を使って空気を含むようにしっかりとかき混ぜ、最後にもう一度凍らせたら……。

スーリーのアイスクリームの完成だ――‼

「ウォ―――ッ‼」

完成と同時に、里中に雄叫《おたけ》びが響く。立ち込める熱気に圧倒されそうになるが……まずは試食だ。

スプーンで一口分だけ掬《すく》って口の中に運ぶ。

スーリーの甘酸っぱさと濃厚な生クリームがバランスよく混じり合い、互いの良さを引き出している。滑らかな舌触りが口の中でふわっと広がり……。

うん。卵なしでも充分においしい。

満足気に頷いた私が顔を上げると……目の前にはいつの間にか大行列ができていた。

みんな行動が早いな⁉

その光景に軽く引きかけたが、気を取り直して向き合う。

一番先頭に並んでいるのは……勿論《もちろん》、お兄様だ。辺境伯やクリス様、サイラス、長もその後に続いている。もう……何も言うまい。

「はいどうぞ」

アイスクリームの入った器を手渡すと、ニコニコと笑みを浮かべたお兄様はそのまま列の最後尾に回った。辺境伯達もまたそれに続き……。はい。無限ループ入りましたー……。

終わりの見えない列を捌《さば》く為《ため》に、機械のように無心でアイスクリームを配り続けた。

そうしてまたお兄様の番になったが、大量のアイスクリームが入っていた器は空っぽになってしまっていた。

「シャルロッテ……。もう、なくなっちゃったの？」

「シャル……」

「シャルロッテ様……」

お兄様だけでなく、クリス様やエルフの里のみんなが悲しそうな顔をしている。

……はいはい。

「分かりました。すぐに作りますよ」

私は苦笑いを浮かべながら、更に倍の量のアイスクリームを作り始めた。


二回目のアイスクリームが完成した後は、配膳《はいぜん》をエルフの里の女性達にお任せした。

何故《なぜ》かというと、お兄様がクリームソーダの話をみんなにしたからだ。

つまり、大量のスーリーのタンサンジュースを用意しなければならないのだ。

それらの用意が全《すべ》て終わってから、やっと解放されたのだが、チート持ちの私でも流石《さすが》に疲れた……。


空いていた椅子に座って、溜息《ためいき》を吐《つ》くと……。

「お疲れ様でした」

サイラスがそう言いながら、クリームソーダを差し出してきた。

「ありがとうございます」

私はそれをありがたく受け取り、ストローを使ってジュースを一口分吸い込んだ。

あぁ……癒《いや》される……。

ホッと溜息を吐くと、クスクスとした笑い声が降りてきた。

そちらへ視線を向ければ、『復讐《ふくしゅう》』という柵《しがらみ》のなくなったサイラスが穏やかに笑っていた。

よかった……と、私は心の中からそう思った。

サイラスを見ていると、残して来てしまった和泉の家族を思い出す。

サイラスが救われたのなら、和泉の家族だって救われてもいいはずだ……。

「シャルロッテ様」

シャルロッテ様？

「……止めて下さい。今までそんな呼び方していなかったじゃないですか」

「私や長である祖父を救ってくれたのはシャルロッテ様ですから……そう呼ばせて下さい。本当にありがとうございました。そして色々とご迷惑をお掛けしてすみませんでした」

土下座をしそうな勢いのサイラスに私は慌てて立ち上がり、座っていた椅子の上にクリームソーダのグラスを置いた。

「私は何もしていません。好き勝手に行動したまでです。……感謝するなら、サイラス様のお母様にしてあげて下さい」

「母様に……？」

「はい。全てはサイラス様達を思うお母様の導きだったと私は思っています」

サイラスの姿勢を正させてから、私は彼を見上げて微笑んだ。

私を見下ろすサイラスも釣られるように微笑んでくれる。

そこへ……。

「ねえ。キスでもするの？」

場の空気を敢《あ》えて読まないお兄様が乱入してきた。
キ、キスだとー⁉
「し、しません‼」

真っ赤《まっか》になって否定する私に、お兄様は更なる爆弾発言を落とす。

「リカルドから、サイラスに乗り替えるのかと思ったよ」

な、なんてことを言うんだ‼

「そんなことしません‼」

「えー？　本当かなぁ？」

「本当です‼」

「じゃあ、コレ頂戴《ちょうだい》？」

お兄様が欲しいと言ったのは、私の飲みかけのクリームソーダだ。

サイラスとリカルド様のことは単なる口実で、最初からコレを狙《ねら》っていたな……？

「……どうぞ」

「ありがとう」

お兄様は満面の笑みを浮かべながら受け取ると、幸せそうにアイスクリームを口に運んだ。

サイラスはそんなお兄様を見て苦笑いしている。

「おいしいですか？」

私が尋ねると『勿論』との即答だった。なら……いいか。

「シャルロッテの作る物はみんなを幸せにしてくれるよね」

お兄様の言葉に弾かれたように周りを見渡せば……この場にいるみんなが幸せそうな顔でアイスクリームを食べ、楽しそうに会話をしていた。この光景に私の胸がじんわりと熱くなり、瞳《ひとみ》が潤んだ。

「シャルー！　アイスクリームおいしかったぞ‼」

クリス様がキラキラとした笑顔を浮かべながら駆け寄ってくる。

「シャルロッテ様。是非ともサイラスの嫁に来てくれんかのう？」

「それはいいですね。シャルロッテ様はクリス様の本当の婚約者ではないみたいですから」

クリームソーダを片手に、すっかり仲良くなったらしい辺境伯と長が続く。

「お祖父様《じいさま》方。シャルロッテ様に失礼ですから止めて下さい！」

真っ赤な顔で二人を諫《いさ》めるサイラス。

「本当に私の婚約者にならないか？　シャル」

「な・り・ま・せ・ん！」

冗談にならない冗談は止めて欲しい。

ていうか、これってみんな……明らかにアイスクリームの為に、だよね⁉

「えー？　シャルは僕の大事な妹だから誰《だれ》にもあげないよ？」

そこに射し込む一筋の光……。

救世主《おにいさま》‼

……って、いやいやいやいやいやいや‼　騙《だま》されてはいけない。

お兄様こそ、アイスクリームの熱狂的な信者じゃないか！

「……皆さんにはアイスクリームのレシピをあげますから、私のことは放っておいて下さい……」

私はへたり込むように椅子に腰を降ろした。疲れた……。本当に疲れた……。

「レシピを頂けるのなら、スーリーのアイスクリームをエルフの里の特産にしてもいいですか？」

長がポンと両手を合わせながら尋ねてくる。

ふむ……。悪い話ではないな。

里にはスーリーの草原もあるし、スーリーのアイスクリームを特産にするには丁度いいだろう。

それに……。チラッとお兄様を見ると、笑顔でこちらを見ていたお兄様と目が合った。

これは私の好きにしていいということだろう。それならば……。

「いいですよ。その代わりに、また遊びに来てもいいですか？」

「ありがとうございます‼　勿論です。いつでもどうぞ！」

長は小躍りしそうなくらいに明るい笑顔を浮かべた。

閉鎖的なエルフの里にたくさんの種族が訪れるようになれば、今までの古い柵が少しずつなくなるのではないかと思ったのだ。エルフの里が変われば、サイラスのような辛い思いをする人が減るかもしれない……。私はそんな希望を胸に抱いた。


乙女ゲーム『ラブリー・ヘヴン』の悪役令嬢のシャルロッテに転生してしまった私は……。

スタンピードや死亡フラグをどうにか回避する為《ため》に、余計なフラグを立てずにひっそりコッソリ過ごしながら、お兄様以外の攻略対象者とは関わらずに生きていくつもりだった。それなのに、気付けば攻略対象者全員と関わりを持ってしまっていた……。

しかし、この世界の彼らとはゲームの設定とは全く違う出会い方をし、不本意ながらも関わっていく内に、ゲームとは違う意志を持った生身の人物だということを知った。

スタンピードも死亡フラグもまだまだ不安で怖いが……私はお兄様という心強い協力者を得た。

もっともっと親密になりたいリカルド様。ハワードはやっぱり好きになれないが、クリス様やミラ、サイラスとはいい友人になれるかもしれない。

そんな彼らと一緒に、ゲームのシナリオに囚《とら》われすぎず、もっと気楽にこの世界を楽しむのもいいかもしれない。

『シャルの作る物はみんなを幸せにしてくれるよね』

お兄様のこの言葉を励みに……。

もっとおいしい物も……大好きなお酒だってたくさん作りたいし、味わいたい（布教も）。

私を含めた周りの人みんなが幸せになれる未来を作る為に、私はこれからも頑張り続ける！

あとがき

本作を手に取っていただき、ありがとうございます。ゆなかと申します。

この小説は【第4回カクヨムWeb小説コンテスト】異世界ファンタジー部門にて特別賞をいただいた作品になります。（旧題『悪役令嬢はお酒の為《ため》に頑張る！』）

応援して下さるたくさんの皆様のおかげで、こうして一冊の本にすることが叶《かな》いました。

感慨深くて色々と泣けてきそうですが……。Web小説版よりも加筆修正してありますので、読みやすくなっているかと思います（安心して下さい！　誤字脱字はありません！）。

私がこの作品を書くきっかけになったのは【夢】でした。夢といっても、その前に『将来の』は付きません。そうです。眠った時に見るあの夢です。……因《ちな》みに、子供の頃の夢は『声優』でした。

あれ？　……聞いてない？　すみません……（汗）。

巷《ちまた》は『悪役令嬢ブーム』で、私自身もたくさんの作品を楽しみながら拝読させていただいた一人であり、乙女ゲーム好きの一人でもあります。

そんな私が見た夢は、本作のスタンピードのワンシーンです。目覚めた私は、「嫌味を言ったり酷《ひど》いことをしたりする悪役令嬢だって、好きでそうなったわけじゃない！　理由があったからだ！」と当たり前のことにハッとしました。ましてやスタンピードのような、自分にはどうしようもないことに巻き込まれたら……色々とおかしくもなってしまうよね、と。じゃあ、そうならない為にはどうしたら良いだろうか？　そう考えたことで話が膨らみました。

　悪役令嬢に転生してしまった平凡な主人公。ありとあらゆる困難に立ち向かう理由が、【お酒のため】だったら……？　悪役令嬢×チート×お酒＝？？？　これって新しくない？　と。

……何故《なぜ》お酒なのか。それは単純に私がお酒好きだからです。はい。和泉《いずみ》の飲めるお酒や飲めないお酒は私と全く同じです。『ウイスキーが飲めないくせにハイボールは飲めるのか？』という矛盾も出てきたりしますが、ぶっちゃけ味次第ですよね⁉（おい！）　飲みやすければ飲める！

　おっと……脱線しました。

　せっかくのチートを美味《おい》しい食べ物作りやお酒作りの為に使用する主人公。

え？　公爵令嬢なのに……？　という少し残念感の漂う異色の悪役令嬢がいても良いかな……と思ったのですが……。流石《さすが》は異色。作者の想像を遥《はる》かに超えた突拍子もない行動を勝手に引き起こしてくれています。全く反省しない主人公。ミラの髪を切って泣かせたりもしてくれました（汗）。

　しかし、主人公を始めとした登場人物達には、のびのびと自由に幸せになってもらえれば……と野放しにしています。それには私の表現力が重要となってくるわけですが……これがなかなか難しい。日本語って複雑ですよねぇ……（遠い目）。Ｗｅｂ小説では誤字脱字の雨あられ……。未《いま》だに発見する度に悶絶《もんぜつ》しております……。

　そんな誤字脱字だらけの作品を「間違っている所は直せば良いだけ」と優しく言って下さったカドカワＢＯＯＫＳ編集部のＷ様。抜群のアドバイスで、淡々とした私の小説に深みを与えて下さったと共に、Ｗ様の語彙《ごい》力の高さには、いつも胸をキュンキュンさせていただいております！　右も左も分からない素人の書籍化作業をご指導いただきまして、ありがとうございます。

イラストを担当して下さった、ひづきみや様。細かい注文にも即対応していただきまして、ありがとうございます。ひづきみや様の描《えが》く素敵なキャラクター達と鮮やかで美しい色彩は、私の頭の中の白黒だった世界を鮮明な世界へと塗り替えて下さいました。

大切な家族へ。私が小説を書いていることや、コンテストで特別賞をいただいたことは黙っていようとも思いました。……だって恥ずかしいじゃない？

勿論《もちろん》、見られて恥ずかしい作品ではありませんが（誤字脱字は超恥ずかしい‼）、こそばゆい……。

褒められると、照れ臭くてムズムズしそうにもなりますが……自分のことのように喜んでくれてありがとう。これからもよろしくお願いします、ね？

最後になりますが、この本に携わり、ご尽力下さったカクヨム編集部様や各担当の皆様。そして、ここまでお付き合い下さった全ての読者の皆様へお礼申し上げます。

この作品を読んで少しでも笑っていただけたら幸いです。

『シャルの作る物はみんなを幸せにしてくれるよね』

私を含めた周りの人みんなが幸せになれる未来を作る為に、私はこれからも頑張り続ける！

（BY　シャルロッテ）

では、また皆様にお目にかかれる日を夢見て……。

カドカワBOOKS

お酒《さけ》のために乙女《おとめ》ゲー設定《せつてい》をぶち壊《こわ》した結果《けつか》、悪役令嬢《あくやくれいじよう》がチート令嬢《れいじよう》になりました

2020年2月10日　初版発行

著者／ゆなか

発行者／三坂泰二

発行／株式会社KADOKAWA

〒102-8177
東京都千代田区富士見2-13-3
電話／0570-002-301（ナビダイヤル）

編集／カドカワBOOKS編集部

印刷所／旭印刷

製本所／本間製本

●お問い合わせ
https://www.kadokawa.co.jp/（「お問い合わせ」へお進みください）
※内容によっては、お答えできない場合があります。
※サポートは日本国内のみとさせていただきます。
※Japanese text only

Printed in Japan
ISBN 978-4-04-073414-9 C0093

新文芸宣言

かつて「知」と「美」は特権階級の所有物でした。

15世紀、グーテンベルクが発明した活版印刷技術は、特権階級から「知」と「美」を解放し、ルネサンスや宗教改革を導きました。市民革命や産業革命も、大衆に「知」と「美」が広まらなければ起こりえませんでした。人間は、本を読むことにより、自由と平等を獲得していったのです。

21世紀、インターネット技術により、第二の「知」と「美」の解放が起こりました。一部の選ばれた才能を持つ者だけが文章や絵、映像を発表できる時代は終わり、誰もがネット上で自己表現を出来る時代がやってきました。

UGC（ユーザージェネレイテッドコンテンツ）の波は、今世界を席巻しています。UGCから生まれた小説は、一般大衆からの批評を取り込みながら内容を充実させて行きます。受け手と送り手の情報の交換によって、UGCは量的な評価を獲得し、爆発的にその数を増やしているのです。

こうしたUGCから生まれた小説群を、私たちは「新文芸」と名付けました。

新文芸は、インターネットによる新しい「知」と「美」の形です。

2015年10月10日

井上伸一郎

百花宮のお掃除係
黒辺あゆみ
イラスト　しのとうこ
転生した
新米宮女、
後宮のお悩み
解決します。
カドカワBOOKS
前世の記憶をもったまま中華風の異世界に転生していた雨妹。後宮へ宮仕えする機会を得て、野次馬魂全開で乗り込んでいった彼女は、そこで「呪い憑き」の噂を耳にする。しかし雨妹は、それが呪いではないと気づき……

第4回カクヨム
Web小説コンテスト
キャラクター文芸部門
〈特別賞〉
憧れの後宮はトラブルだらけでした!?
新米宮女、医療チートで大活躍!
風邪の予防にアルコール消毒!
呪い信者の道士と医学論争!?
無害な化粧品づくり!

聖女じゃなかったので、王宮でのんびりご飯を作ることにしました
seijo ja nakattanode, oukyu de nonbiri gohan wo tsukurukotonishimashita
シリーズ好評発売中!!
FLOS COMIC にて
コミカライズ
連載中!!
作画：朝谷コトリ
カドカワBOOKS

メシマズ異世界で
〜皆の胃袋わし掴み……したら〜
誰も私に逆らえなくなった!?
神山りお ill たらんぼマン
聖女召喚で異世界へ来た莉奈は、あまりのご飯の不味さに驚く。王宮でさえこの味なの……？　もう自分で作るから厨房貸して！　聖女の役目から解放された莉奈は、美味しい料理で王族たちの心と胃袋を掴んでいく！

魔王《ラスボス》よりも強いけど、
平穏に暮らしたいんです。
B's-LOG COMIC＆
異世界コミックにて
コミカライズ
決定!!!!!
漫画：のこみ
カドカワBOOKS

AKUYAKU REIJO LEVEL 99
悪役令嬢レベル99
～私は裏ボスですが魔王ではありません～
七夕さとり
Illust. Tea
RPG系乙女ゲームの世界に悪役令嬢として
転生した私。だが実はこのキャラは、本編終
了後に敵として登場する裏ボスで――つまり
超絶ハイスペック！　調子に乗って鍛えた結
果、レベル99に到達してしまい……!?